iHuman

成
为
更
好
的
人

戴冰 著

一个人的音乐记忆

声音密纹

广西师范大学出版社
GUANGXI NORMAL UNIVERSITY PRESS
·桂林·

Shengyin de Miwen

图书在版编目（CIP）数据

声音的密纹：一个人的音乐记忆 / 戴冰著. —桂林：
广西师范大学出版社，2019.2
ISBN 978-7-5598-1400-5

Ⅰ．①声… Ⅱ．①戴… Ⅲ．①随笔－作品集－中国－
当代②音乐评论－文集 Ⅳ．①I267.1②J605-53

中国版本图书馆 CIP 数据核字（2018）第 266608 号

广西师范大学出版社出版发行

（广西桂林市五里店路 9 号　　邮政编码：541004）
　网址：http://www.bbtpress.com
出版人：张艺兵
全国新华书店经销
广西广大印务有限责任公司印刷
（桂林市临桂区秧塘工业园西城大道北侧广西师范大学出版社集团
有限公司创意产业园内　邮政编码：541199）
开本：787mm × 1 092 mm　1/32
印张：11.375　　字数：210 千字
2019 年 2 月第 1 版　　2019 年 2 月第 1 次印刷
定价：58.00 元

如发现印装质量问题，影响阅读，请与出版社发行部门联系调换。

这是一种可以使年轻情绪漫无边际扩充的乐器，因为它的每一种声音都不是定义。

——刘索拉《吉他》

　　不仅仅与音乐相关，也与音乐所拥抱的事物和态度相关。

——杨·温纳

目 录

自 序

自　序

　　博尔赫斯在一篇谈论惠特曼的短文中说，一个人老是不停地写作，最终会想写出一本包括了所有书的书。我在写作本书的过程中也经历了类似的心态：开始时我只打算写一篇两千字左右的小东西，好去交《文汇报》专栏的差。但写着写着，我发现两千字根本不可能概括记忆的渊薮里那些经历、那些人和那些事，于是我把它们分成了若干的段落和章节——我还是不满足，认为只是我一个人说是不够的，只是当下的我在说也是不够的，于是我把别人写下的相关文字，以及我从前写下的相关文字，都以附录的方式添加进去；我觉得文本的拓展和互动，也就是视角的拓展和互动，同时是时间和空间的拓展和互动。接下来，我发现我真正隐秘的愿望还不止于此，而是想借这本书，借音乐这个切口，折射一座具体的城市、一个特定的时代、一个个体的人和一群人的生活状态和生存样貌。由此，这本书最终变成了一个枝蔓横生的拼贴性质的文本。事实上，这本书最早的名字就是《时间拼贴的吉他》和《吉他拼贴的时间》。

这种方式曾让我犹豫过那么一段时间，怀疑它会让一些读者在阅读过程中心神游离，不过我最后觉得没关系，因为回忆本来就是心神游离和枝蔓横生的。

这些文字的主体部分，曾以同名专栏的方式在《文汇报》上连载，责任编辑是潘向黎女士，她曾当着我一个朋友的面表扬过它们，让我非常难堪。谢谢她的鼓励。

2013年，这本书在贵州人民出版社初版，责任编辑是谢丹华女士，设计是张人。张人也是我们当年一起玩音乐的伙伴，还记得那时我们觉得用拨片是一种很酷很专业的表现，只有他，某个晚上，沮丧地对我们说，他怎么也不习惯拨片，觉得还是用手指更自如些。我私心里其实大有同感，但虚荣心作怪，仍然坚持用拨片。今天我得承认，在这一点上，他比我诚实。向当年的张人学习。

2016年，拙作《穿过博尔赫斯的阴影》在广西师大出版社出版，余慧敏女士、赵金女士（该书责编）和黎金飞老弟到贵阳来做新书分享会，其间，他们在青岩的"百无一用"书店看到了《声音的密纹》，当场就决定重新出版。所以，我还得感谢"百无一用"书店，感谢书店的女主人胡莉娅女士。是的，你没看错，名字跟略萨那本《胡莉娅姨妈和作家》的女主角一模一样，我给朋友介绍她时都说：大作家略萨的夫人胡莉娅。随便

声音的密纹

2

提一句，张人也是"百无一用"书店最早的发起人之一，这次，我还是请他来设计封面，我觉得这次的封面比初版那本更好。

还要感谢崔健、杜应国、李浩、金志远、陈雪英等老师和朋友，以及我的表弟邹欣，他们都为这本书的写作和出版提供了支持。

表弟邹欣看完书稿后，给我打电话，说这是一个小地方的人，在一种小心翼翼的心态下写出来的。我不知道这是一种委婉的批评，还是只是一种客观描述。我从来没问过他，以后也不打算问。我心存侥幸，也许两者都不是，而是一种表扬呢。

2018 年 7 月 21 日

我想要一把吉他

　　80年代中期的一天，我伏在贵阳市第九中学的一张课桌上午睡，几个男同学聚在一角，时而低语，时而喧哗，大谈男女之事。这几个同学在班上属于成绩不佳但见多识广的一类，我对他们向来有些敬畏，所以对他们谈论的内容虽大感好奇，却不敢在一旁公然侧耳，只得一面假寐，一面窃听。可惜他们低语的时候多，大声的时候少，甚至声音越来越低，渐至不闻。我的意识终于模糊，睡了过去……突然，一阵清亮的乐音把我惊醒，我抬起头来，看到那伙同学中间，不知什么时候多了个我不认识的年轻人，看上去比我们都要大几岁，正抱着一把金黄色的吉他，左手捏了个把位，右手拇指一次一次扫过琴弦……那个时候，吉他已经在整个贵阳市风行起来，满街只要展眼，很容易就能看见穿喇叭裤背吉他的年轻人招摇过市，所以那肯定不会是我第一次耳闻吉他的声音，但在那个半梦半醒的中午时分，我第一次发现吉他的音色如此悦耳，如此美妙，几如天籁。我担心我抬头张望的举动惊扰了那个年轻人，于是重新把头埋在双臂里，屏气凝息，只盼着他能继续弹奏下去。但那个年轻人又胡乱扫了几下，停下来，说起一个比他年长的据说非常漂亮的女人来……

那之后我开始火烧火燎地想要一把吉他。但当时一把普通红棉牌吉他售价在三十到三十五元之间，不算小数目，父母工资不高，母亲又是个节俭的人，所以我哀求多次，始终不能遂愿。越得不到就越想要，我开始梦到吉他，各种颜色的吉他，黄的、红的、蓝的……记得为了买吉他，我有一次还以绝食的方式要挟过父母：我并不大喊大叫，只是做出情绪低落的样子，每到吃饭时间就懒洋洋地坐在堂屋的沙发上，只说不想吃，就这样熬过了当天的下午饭，然后是第二天的早餐、中餐……除了说我不想吃饭，别的一句也不说。但父母似乎毫不在意，照常说笑做事。我又羞又恼，却又骑虎难下，只得咬牙坚持。第二天下午，母亲做了许多我平时爱吃的菜，整整齐齐摆在父亲的书桌上，笑嘻嘻地悄声对我说："我和爸爸要到朋友家吃饭，我们走了之后你赶紧吃了吧。"于是他们就走了。我在堂屋的沙发上软绵绵地躺了一会儿，忍不住就进到父亲的书房里，坐到了他的书桌前。看着满桌子的菜，我心里当真是万分地犹豫，万分地为难。母亲对我说话时的那种笑容，以及父亲临走前若无其事的神情，让我觉察到这是他们合伙商量的一个计谋，他们显然看透了我已是强弩之末，借故出门，不过是要给我一个体面下台的机会罢了。既然识破了父母的用心，我当然不能就这样轻易服输，于是离开书桌，在书架前心神不定地东翻翻，西看看。翻着看着，我猛然意识到，如果再这样拖延下去，错过时机，等到父母回来，接下来的事情我又怎么收场呢？想到这里，虚汗突然出来，意志终于崩溃，于是几步跨到书桌前，重新坐下，毫无廉耻地大吃起来。我至今还记得其中有半碗火腿，拈一片含在嘴里，只觉甘美异常，几乎想要打个幸福的冷战。

两个小时后，父母回来了。父亲进到书房，眼角都不扫一眼书桌，而母亲也不问，只是仍旧笑嘻嘻地洗了碗筷，事情就算是过去了。

既然前功尽弃，我自然也就不好意思再提买吉他的要求。幸好半年之后，母亲终于松口，给我买了一把红棉牌吉他。

有关吉他的记忆片断

表弟的朋友

我学吉他的初期，贵阳市流行的是古典吉他，还不是后来风行一时的民谣吉他。但当时什么都缺，无论是音像制品还是教学资料，当然最缺的还是老师，我就没听说过哪里有专业教吉他的老师。所以但凡想学古典吉他的年轻人通常只能东拼西凑地学，只要听说哪里有某人能弹某曲，立即就会想方设法提着礼物登门求教。正因为学一首曲子如此艰难，所以即便这样诚心了，人家也还未必肯教呢。我就听表弟小涛说过，有个朋友能弹某首大家只知其名却从未听过的曲子，于是有人带了两盒很贵的香烟到他家去，想向他学那首曲子。他当场撕开香烟的封皮，和来人一起，一根接一根地抽，大谈那首曲子旋律如何美妙，技术如何复杂，自始至终，绝口不提教授曲子的事情。直到晚饭时分，这才拿出吉他匆匆弹奏一遍，然后就请来人离开了，说自己可能烟抽多了，觉得恶心，想躺一会儿。我问表弟："你呢，你听他弹过那首曲子吗？"表弟摇摇头，说："从来没有。"加上整件事又是表弟那个朋友自己说的，所以我很怀疑这是他为了自抬身份编造出来的。我把这个想法告诉表弟，他马上很不高兴起来，沉着脸一言不发，好半天才闷声说，我和人家又不是太熟，人家凭什么弹给我听？表弟皮肤白皙，沉着脸时更是白得几乎泛青。

那首曲子有一个很长的音译名字，很遗憾我没能记住。

我和表哥代羽、表弟小涛

成都人和《阿尔罕布拉宫的回忆》

有个周末的下午，省花灯剧团一个朋友突然打来电话，说有重要事情，要我立刻到他家去。我问是什么事情，他说从成都来了一个吉他高手，现在就坐在他家客厅里喝茶，已经答应为我们弹奏一曲《阿尔罕布拉宫的回忆》。朋友在电话里压低了嗓门说："你是知道的，他说，这首曲子全是轮指……"

在当时我们学习吉他的那个小圈子里，《阿尔罕布拉宫的回忆》和轮指都是令人向往的神秘语词，象征吉他世界里一个遥不可及的境界。

那天我急匆匆赶到省花灯剧团朋友的宿舍时，那个成都人已经开始调弦了。那是个二十五六岁的年轻人，一头浓密的长发烫出三个大波浪，上身是白底带杏黄色条纹的衬衣，下身是条齐脚踝的黑色八分裤，再加上黑皮鞋和雪白的袜子，整个人看上去的确像个吉他高手。其实在此之前我对吉他高手的形象并没有任何概念，但不知为什么，看着他那一身行头，我还没听他弹就已经心悦诚服了。

从我进屋起，那个成都人就始终没有正眼看过我，只是埋头调弦，而我大气不敢吭，坐在一旁的沙发上，听他有一声无一声地调弄着。突然，他耷拉着的眼皮抬起头，清了清嗓子，我和花灯剧团的朋友立即会意，知道他要开始了，于是我们一起毕恭毕敬地挺直了身子。

那是我第一次完整地听人弹奏《阿尔罕布拉宫的回忆》，第一次看到有人那样流畅熟练地使用轮指，所以几乎听呆过去，看呆过去。成都人那天统共就弹了这么一首曲子，那之后他把吉他小心地放进琴盒，啪哒一声按下锁扣，默不作声地吸完一根烟后，就在我们的不断恭维和赔笑里提着他的吉他告辞了。

花灯剧团的那个朋友后来考进了武警文工团，弹贝司，复员之后又进了花灯剧团的乐队，曾担任过乐队的队长。几年之后，我开始写我的第一篇小说《短夏》，描述的正是一群热爱吉他和音乐的年轻人的故事，其中一个人物的原型就是这个朋友。小说的末尾，他莫名其妙地疯了，被送进精神病院，我们去看他，他撩起衣服的下摆，在自己凸露的肋骨上用轮指弹奏《阿尔罕布拉宫的回忆》。

公鸡头和高跟鞋

父亲有个朋友在市群众艺术馆工作，有一天来家里访父亲，无意间听说我想学吉他却找不到老师，于是拍一下大腿，说怎不早说，他们那里就刚来一个弹吉他的老师，很有才华，不仅能弹，还能作曲写歌呢。我听了大喜，立即请他引荐。几天之后，他回话说已经给那个老师说好，我随时去随时可以学。

那时我有个表哥也在学吉他，我不忍独吞了这个好机会，于是约他一起去。

那时群艺馆还在小十字，隐约记得是一幢破败不堪的四层小楼，身陷在无以计数的小商贩的摊铺之中，整个感觉乌烟瘴气。我们在一楼的一间黑乎乎的房子里找到了那个老师。他抱着一把吉他，背对着一架钢琴坐在琴凳上，身材瘦小，留着稀疏的胡子，头发像鸡冠一样高高堆起，整个人看上去又肮脏又猥琐。一个打扮入时的年轻女人坐在他左边的椅子上，始终用一种很欣赏很崇拜的眼光看着他。

也许是群艺馆的环境和那个老师的形象让我们败了胃口，我和表哥不约而同都没有提学吉他的事，只是一言不发，听他大谈吉他的种种玄妙神奇之处。那天他非常亢奋，说着说着就给我们演示一首曲子，我还记得其中一首是《西班牙斗牛士》，手法极花哨，几乎让人眼花缭乱，而后又用吉他伴奏，弹唱他自己创作的流行歌曲……某首曲子弹完之后，他突然猛拍琴面，发出强烈而突兀的声响，颓然将吉他扔在一旁，开始抱怨写歌是一件多么艰难的事情："为了找到最好的效果，你得一天到晚把曲子里的某些段落挪来挪去。"他说。但我和表哥都听出了他口气里实则的得意。

表哥只比我大三个月，那时也不过是个高中生，但已经显得世事洞明。出来之后，他冷静地说，那厮肯定刚认识那女的，不然不会激动得像弹簧似的。

我们告辞出来时，小个子老师显然已经筋疲力尽了，他和那个女人一道，把我们一直送到群艺馆的大门。之前他第一次从琴凳上站起身来，我们这才发现，他穿着一双鞋跟至少有六公分的棕色男式皮鞋——这让他的形象永远在我的记忆中定格成了等分的三截：一截头发，一截人，一截鞋跟。

那之后我们再没去找过他。

我和表哥代羽（右）

民谣吉他

自从有了自己的吉他,半年之间,只学得半首《爱的罗曼史》,热情大受打击,加上偶然从一个朋友嘴里听说,我们以为高不可攀的《阿尔罕布拉宫的回忆》,虽是名曲,但在吉他曲子里,技术难度却不属很高的一类。天,还不属很高的一类?我瞠目结舌,心气不禁为之沮丧,于是决定转学民谣吉他。

那时学民谣吉他,虽然一样没有老师,但会一招两式的人却很多,比如仅在我的表哥表姐表弟表妹里,会弹一点的人就不止三四个。我的第一个吉他老师是我的二表姐,是她第一次教会我弹C大调主和弦的四四拍分解和弦。不知别人怎么样,在我的记忆里,我周围所有学民谣吉他的人都是从这个和弦这个指法开始的。

某日傍晚,听说二表姐学会了一首完整的流行歌曲《如果》,我立即背了吉他赶过去。所谓完整,就是说她能用吉他伴奏,唱完整首歌曲。那在我看来,已经是很值得艳羡的了。那天晚上,我在表姐家待了很长时间,一面学唱《如果》,一面学弹《如果》的吉他伴奏。

《如果》清新自然,简单直白,有着台湾校园歌曲的典型特征,算是我能用吉他伴奏唱完的第一首流行歌曲。我现在还能完整地唱完它:

如果你是朝露，

我愿是那小草。

如果你是那片云，

我愿是那小雨。

终日与你相偎依，

于是我将知道，

当我伴着你守着你时，

会是多么绮丽。

如果你是那海，

我愿是那沙滩。

如果你是那阵烟，

我愿是那阵风。

永远与你缠绵，

于是我将知道，

当我伴着你守着你时，

会是多么甜蜜。

台湾校园民谣与《聚散两依依》

我转学民谣吉他，除了因为古典吉他难度太大又没有老师，还有就是受了台湾校园民谣的影响。阿城在《听敌台》中回忆70年代在云南插队，从外台广播里听到邓丽君的歌声时，"杀人的心都有"。我没激动到如此地步，但某次在朋友家，第一次听一个衣着光鲜的年轻人弹吉他烂声烂气唱《迟到》，胸前也是一阵滚热，什么东西翻肠捣肚搅动起来，立时就想找个女朋友。其实台湾校园民谣的题材相当广泛，并非都是情歌，但在当时的我听来，它们无一例外全都关乎爱情，简直有点"触目皆春"的味道。比如《外婆的澎湖湾》，其中有这样两句："坐在门前的矮墙上，一遍遍怀想……"画面感很强，第一次听见时，还没弄懂整首歌的意思，我已经固执地认为矮墙上的少年并非闷声独自坐在那儿想，而是弹着吉他，一面唱，一面想，想什么呢？当然是想他的女朋友了！说句题外话，现在看来，台湾校园民谣应该是华语流行乐的高峰之一，仅就歌词而言，许多作品玲珑明澈，承继了中国古典诗词的美学意境，有真正的、内在的诗意，后来的流行歌曲少有能比的……

除此之外，琼瑶电影，特别是其中的《聚散两依依》，对民谣吉他的一时风行，也起了推波助澜的作用。《聚散两依依》由刘立立执导，吕秀菱、钟镇涛主演，发行时间是1981年。但我看到这部电影的录像带，算起来应该是好几年以后的事了，因为直到1985年从甲秀楼搬到相宝山文联宿舍，我家才第一次有了一台放相机。琼瑶小说在此之前倒是早就看遍了的，《聚散两依依》在其中不算出色，而电影却大不同。首先是两个男女主角，一个漂亮文秀，一个活泼俊朗，都很讨人喜爱（记得有个同学看了这部电影，对吕秀菱大感惊艳，文绉绉地慨叹："得妻如此，夫复何求？"）。更主要是里面的插曲好听，配上缠绵悱恻的剧情，虽说不上让人有"杀人之心"，但"荡气回肠"四个字是当得起的；尤其是末尾，吕秀菱的视角：先是前奏起，随着扶梯缓缓而上，露出"埃及人乐队"的四个成员，每人一把吉他挂在身上，打头的当然是钟镇涛，唱电影主题曲《聚散两依依》。那场面之悲壮煽情，之千钧一发，当时看来，简直无以言喻。那时一盘录像带，转来转去地看，转来转去地录，不知经过多少人的手。记得《聚散两依依》到我手上时，磁粉差不多掉了三分之一，颜色早已游于形外，饶是如此，我还是翻来覆去地看，看得爱不释手，寝食难安。那几年，我以为这世上不会再有比吕秀菱更美的女人了。某次偶从朋友处得一本香港八卦杂志，刊有吕秀菱一幅什么电影的剧照，她侧身而坐，薄衣透湿，隐见胴体，配文是香港一个"算命大师"对吕秀菱身体的种种不堪之辞，看得我大为愤慨，觉得唐突佳人至此，可谓无耻之尤，恶俗之极，该当千刀万剐才对。

琼瑶小说文艺腔、学生腔十足，原本经不得时间滤汰，但凭借那些好听的电影插曲（比如《在水一方》《几度夕阳红》《我是一片云》等），当可被人反复提及——而为琼瑶电影谱曲的那些音乐家大都是台湾现代民歌运动的成员，反过来看，没有琼瑶电影在华人世界的广泛流布，台湾现代民歌运动大约不会在台湾之外产生如此影响。说琼瑶电影之于台湾现代民歌，有如昆虫之于花粉，这个比喻应该不算过分。

文具盒

学习民谣吉他的初期，难点之一是左手把位很难一次到位，总是本能地以食指、中指、无名指、小指的顺序依次按弦。这是初习吉他者常犯的毛病，却也是绝对不允许的。于是为了不间断地练习左手换位，我在四指宽的金属文具盒背面画上六根弦和三个品的图案，专用来在上课时练习。记得有一次在课桌下反复练习，突然贯通，轻松从 C 把位到 G 把位再到 A 把位轮转一遍，一时得意，忘乎所以，禁不住在课堂上嘿嘿窃笑，猛然觉察四周一片死寂，抬头看时，正与老师阴沉的目光接个正着，我因为当时心情极好，竟报以一个挑衅的鬼脸。事后想想，觉得难以想象，我向来畏惧老师，换成平时，断断是不敢的。

血

我生平试图学习的技艺中，吉他是下力不少而收效最微的。记得某次练习节奏，如痴如醉，不觉弹破了右手拇指的皮肉，血被弦琴弹射出去，以辐射状撒在琴面上。我停下来，心里又愤怒又绝望，心想都这样了，还是练不好。有种冲动，想把吉他抢起来，狠狠地砸在书桌上。

不知出于一种什么心理，我把那些血迹保留在琴面上，好几个星期之后才终于抹去。

吉他的聚会

80年代中后期，这座城市的年轻人如果聚会，多数情况下是少不了吉他的，无论事前有无约定，人到齐后，你总会在不止一个人的身边发现吉他。通常的情形是这样的：晚饭之后，带吉他的人当中，总有某人先忍不住，把吉他从身后拿过来，一面仍旧和旁人闲话，一面胡乱拨弄琴弦；几分钟之后，必有人会意，大声提议，别闹了别闹了，听某某某弹吉他吧。于是大家一致附议，于是某某某就半推半就地开始弹唱起来。开始的时候，总是某某某一人弹，一人唱，几句之后，就有另外的嗓子加入进来，而且加入的嗓子越来越多。某某某一人弹唱的时候，无论是弹，还是唱，每个音显然都是经过着意修饰的，等另外的嗓子加进来，琴声和噪音就失去了控制，不同高低的调，不同粗细的嗓，最终汇成了杂乱无章的一片闹。表面看来，房间里每个人的脸上显出或亢奋或欢乐的表情，实则弹吉他的某某某心里却很不高兴，因为他的吉他和他的独唱都被淹没在一片混响之中，有他无他已经毫不重要。某某某不甘被众声淹没，只得化弹为扫，化唱为吼，但他所有的努力显然都只是徒劳，所以一曲既毕，笑闹声中，你常常就能发现，某某某虽然仍旧与旁人一样笑闹，那心神其实已经沮丧，兴味已是索然了。

某某某不想弹了，还有另外的某某某。另外的某某某操起吉他，心存一丝侥幸，故意挑一首调子低沉，旋律平缓的歌曲来唱，比如《请跟我来》。刚开始时效果显著，因为大家刚闹过，忽闻这近乎肃穆的曲调，便都不自觉地摄了心神静听。另外的某某某自以为得计，忘了这歌的后半部有一段是有配唱的，于是唱着唱着突然噩梦重现，令他猝不及防：有人唱主部，有人唱副部，渐渐又成了一锅沸腾的稀粥……

那时的我经常参加这样的聚会，有过某某某的心得，也有过另外的某某某的体会，那点不可告人的虚荣之心，自恋之态，当时并不自知自觉，现在看来，却是洞若观火，昭然若揭的。

双吉他

我父亲的第二个妹妹，也就是我的六姑妈，在花灯剧团工作，她的三个子女，女儿就是教我弹《如果》的二表姐，大儿子就是那个一生气脸色就白得发青的表弟了。我通过表姐表弟认识了不少花灯剧团的子弟，他们的年纪大都也和我们差不多。可能因为遗传，也可能因为环境，他们的艺术细胞很早就活跃起来，而且显然比大多数同龄人有更好的学习音乐的条件。在80年代的吉他热中，他们中有相当一部分也迷上了吉他，弹奏的水平大大高过如我这般的爱好者。记得有一次去姑妈家，碰上他们中的七八个也在，其中两个坐在房子中央，正用两把吉他伴奏，一把弹节奏，一把弹分解和弦，唱齐秦的《冬雨》。现在想起来，那其实也没什么了不起，不过是最简单的一种配合。但我当时是第一次耳闻两把吉他的合奏，只觉层次、变化大大丰富，与一把吉他的伴奏不可同日而语，完全是另一种效果，另一番境界。当时在场的七八个人中，后来有好几个走上了专业从事音乐的路子，就我所知，有当歌手的，当萨克斯手的，当鼓手的，当贝司手的（比如在我的小说中疯了的那个朋友），虽然都不再玩吉他了。

吉他勾魂法

和我一起去群众艺术馆见公鸡头和高跟鞋的表哥是我五姑妈的二儿子，只比我大三个月，性格活泼，极擅交际，人称外号"张半城"。关于他的交友之广泛，有段经历让我印象深刻：某次我们表哥表弟表姐表妹一大帮人到黔灵山游玩，要穿过一条数百米长的隧道去黔灵湖。隧道蜿蜒，漆黑不见五指，我和表哥走在一起，途中他点了一根烟，火机亮起的瞬间，几乎是同时，我听身旁突然有人惊呼："张代羽！怎么是你？"

表哥朋友多，聚会自然就多，我常常跟他一起参加他们那个圈子的聚会，这些聚会在大多数情况下当然也是少不了吉他的。那个时候，我和表哥的吉他技术相比从前已经大为长进，于是这样的聚会里，我们差不多就是从头至尾包场的主角了。

在听到花灯剧团那两个朋友的双吉他配合之前，我和表哥在一般情况下是我弹他唱，或者他弹我唱，要不就是一起弹一起唱；所谓的一起弹，其实就是一起弹分解和弦，或者一起弹节奏，总之手势完全一样。但听过那次的双吉他配合之后，我们也开始学着这样做了，甚至更进一步，除了吉他弹奏上一个弹分解，一个弹节奏，在唱歌时也开始尝试和声的配合。学习吉他后，我读了一点有关乐理的入门书籍，知道一些诸如三度和声五度和声之类的基础知识，但只知道原理，却不能依据主音张口就来，于是就在家里排演：先在吉他上找出要配和声的乐句是哪几个音，do、re、mi，写在纸上，然后再依次上推三度，mi、sol、la，记下来，唱熟，就算是和声了。这样的所谓和声虽然粗陋之极，实际效果却颇为出乎意料，那些比我们更乐盲的朋友们听了之后，居然大为吃惊，甚至有人露出心悦诚服的表情，赞叹道，真是太好听了。

那个时候，小男生们追求女孩子，吉他也几乎是件必不可少的道具，不会吉他的男生和会弹吉他的男生相比，无疑是很要吃些亏的。我和表哥也不例外，我们也学会弹着吉他追求自己喜欢的女孩子了。在这件事情上，我和表哥的配合算得上非常默契。比如某次是他要追一个女孩子，那么弹唱的时候就是他主唱，我配唱，反之，则是我主唱，他伴唱，几乎不用事前商量，到时候自然就是如此了。私底下我们把这种方式称为"吉他勾魂法"，靠着这种方法，那几年我们都谈了不少女朋友。

许多年后，表哥结婚了，某次他妻子问他谈过几个女朋友，他想都没想，断然说道，"没有，你之前我从来没谈过女朋友，不信你问戴冰"。这个回答如此干脆、无耻，如此深谋远虑、高瞻远瞩，让我大为佩服。

工作以后，表哥渐渐不再碰吉他了，虽然还继续听一点流行歌曲，但他的兴趣显然已经开始转移，转移到了摆弄花草和养信鸽上，你能感觉他在其中找到了真正的乐趣。记得某年清明，全家到郊外上坟，对面的山上有人训信鸽，数百粒黑点在空中聚合变幻，浓淡无常，表哥和我站在一排，默不作声地看了很久，然后给我说了许多有关信鸽的事，我这才知道他在其中已经浸淫到了何种程度。我问他："那你

那时我和表哥十分要好，连衣服都时常是一样的

现在不再听音乐什么的了？"他转过头来，平淡地说："也不知为什么，我现在对那些事已经一点兴趣没有了。"前不久，妹妹邀大家到她家喝黄酒吃螃蟹，酒酣耳热之际，有人建议弹吉他唱歌，多数人轰然响应，于是拿出吉他，我弹，大家乱唱。整个过程延续了将近两个小时，表哥果然从头至尾没有张过一次口。

表哥的朋友

我自觉于吉他一艺毫无天赋，所以在稍弹得好些的人面前向来很注意藏拙，但时间久了，不免有抑郁不伸之感。表哥有个朋友，据说吉他弹得很好，不过也只是据说，我从没有亲耳听过。某次，表哥请客吃饭，我正巧与那个朋友邻座，于是问起弹吉他的事，还援引了许多别人对他的夸奖话。他先是谦逊一番，继而淡然道："不过弹到现在，可以说算是比较自如了。"自如的境界可不是开玩笑的，我顿时预先就佩服起来。之后不久，某个晚上，表哥和他突然来访，我大为兴奋，立即将吉他和拨片一并奉上，求他惠赐一曲，以解久慕之渴。他却不接，要我先弹，我自然是不敢的，推拒再三，他这才勉强首肯，不想数节一过，只觉涩勒

21

痴滞，无神无气，好比初习之劣拙，我不禁失笑，劈手夺过吉他："你也听我弹一首！"

弹完，我面有得色，他却也并不惭愧。

几年后，读明末清初张岱的《夜航船·序》，觉得自己当时心态，不啻那舟中伸腿的和尚。

变调夹

那时店面里卖的变调夹只有两种，一种是夹子式的，一种是滚筒式的，两种我都用过，不过夹子式的那种夹不紧，且取下来安上去都不方便，所以后来我总用滚筒式的。滚筒式变调夹安装起来要麻烦些，但一旦装上去就无须再动，想夹住哪个品，随意滚动即可。不过这种变调夹也有它的问题，那就是材料不过关，一段时间之后，滚筒上的橡胶就会老化变质，然后糖浆一样变软稀释，沾得琴柄琴弦上到处都是，让人觉得琴和琴的主人都很邋遢。

用了变调夹后，方便是方便了，但从此我就不怎么愿意去熟悉新的调性，以致始终只会弹那么两三个调子的和弦。

和弦图

我和表哥常常躲在他的小屋子里，脱了鞋子盘腿坐在床上，为我们会唱的某首歌配和弦。因为全无知识，只得照着和弦图，在一个调子的几个主和弦属和弦里挑来挑去地碰，终于碰对和谐的和弦，我们就会兴奋得手舞足蹈，自我陶醉，反复重唱那个小节。现在想起来，真觉愚不可及，其实如果知道原理，要配一个机械的和弦是再简单不过的事情。

吉他与长发

我曾经留过好几年的长发，大约是高中一毕业就开始留了。其实从我爷爷奶奶开始，直到我的父母姑妈叔叔，自来就非常反感任何的标新立异、哗众取宠，但我还是忍不住留起了长发，个中的原因，还是跟吉他有关。那时学西画的、弹古典吉他的，留长发的很多，仿佛是一种标志，头发短了就不够专业似的。不过两种长发还是有所差别。学西画的留的长发大都蓬乱且脏，不蓬乱且脏不足以显示不羁的艺术气质；与此匹配的是巾巾吊吊的奇装异服，前胸后背总有些假装不小心弄上去的各色颜料，远远看去就像一块活动调色板或者一幅立体涂鸦。弹吉他或者搞音乐的不同，大都很讲究穿着的优雅整洁，留的长发也十分柔顺干净。当然，这还只是外形的不同，如果以气味论，差别就更大了。学西画的留的长发，其气味构成相对比较复杂，烟味、酒味、汗味、颜料味、松节油味等；弹吉他弄音乐的留的长发，那气味便单一得多，大抵只是某种牌子的洗发水味而已。两类长发互相看不起，蓬乱且脏的骂柔顺干净的小资情调女人气，柔顺干净的骂蓬乱且脏的粗野市井。那时我虽然并不十分讲究衣着，但那长发还是每天必洗的，为此就曾遭到某个学西画的朋友的嘲笑。"你一看就是那种很阳光的，很健康的类型……"他笑嘻嘻地说，接着脸色马上就变了，"但你不知道，丑比美更有力量。"语气轻蔑且严厉。我听了很羞愧，很想从此蓬乱且脏起来，但我无法像他们那样彻底，于是采取了一个中间路线，那就是虽然照旧每天洗头，但衣服却尽量穿得随便些，巾巾吊吊些。两类长发好长时间都楚汉两界泾渭分明，你只要看他们的头发就能大致判断他们是干什么的。

我留长发的初期，全家人都十分看不惯，尤其是父亲。那时我的头发长到可以垂到胸前，我习惯一面跟人说话，一面用食指和中指夹住长发，从耳根部一直捋到末端。某次父亲忍无可忍，对旁边的人说，你看，你看，就像那些老者捋胡子一样……但我假装听不见，因为我希望自己即便空手走在街上，别人也能从我的头发上猜出我家墙上挂着一把吉他。记得某次我长发飘飘地背着吉他路过贵州日报社大门，正碰上父亲的一个朋友和一个我不认识的人在说话，和她寒暄几句之后我就走开了。几天后她告诉我，我离开之后，她的朋友问我是谁，她说就是某某某的儿子。那人大惊："他老爹容得下他这副打扮？"

但父亲居然慢慢习惯了我的长发。几年之后，当我终于腻味了，剪成短发，他反倒觉得岔眼，皱眉说，看惯了长发，剪短了，那样子好怪。

那是我头发最长的时期，几乎垂到背心

词曲练习

《渔光曲》

1987年，我高中毕业了，意料之中地没有考上大学，表哥也没有考上，于是我们一起进了那种晚上上课的高考补习班。按理说，这种情况下我们都应该收摄心神，好好补课，等到来年重考，但补课的整整一年，恰是我们玩吉他玩得最投入最痴迷最不管不顾的一年，以致到了来年，我和表哥仍然没有考上。那段时期，除了继续为我们喜欢的歌曲配上和声，我已经不再满足于只是唱别人的歌了，开始尝试着自己写歌。歌词问题不大，因为从高一到高三，我断断续续写了两百来首诗歌习作，对语言已经有了一些粗略的把握；而在为歌曲配吉他和弦和和声的过程中，我对歌曲的结构也有了一些模模糊糊的认识，只是因为从来没作过曲，还不敢贸然行事，所以在真正开始写歌之前，我做了一次过渡性的尝试：为一首现成的歌曲重新填词。还记得当时我反复比较，最后选择了20世纪30年代著名电影《渔光曲》的同名主题曲作为我的实验品。这首歌的词作者是安娥，曲作者是任光，作于1934年，我常在父亲爱放的一盘磁带里听到，旋律阴柔凄婉，我一直都很喜欢。

选定了曲子，我就开始动笔填词了。经过反复推敲涂抹，我终于佛头着粪，把《渔光曲》变成了一首内容空洞、辞藻华丽、文艺腔十足的爱情歌曲。我为这首戴冰作词、任光作曲的新《渔光曲》配上和弦，然后弹着吉他试唱一遍，发现跟原作相比，它差不多已经算是另外一首歌了，情意绵绵而又战战兢兢，很合适一个腼腆的小男生唱给某个他一见钟情的女孩子听。这种效果令我惊喜，以我的经验，比起那些更热烈、更直接的表达来说，这种态度更阴险，更老谋深算，因而也更具策略上的优势。

可惜当初填写的歌词如今一句也记不住了，否则我敢保证可以让大家很过瘾地肉麻一把。

初习写歌

我把任光作曲我填词的《渔光曲》唱熟之后，就开始了在不同聚会上的巡回演出。出乎意料的是，新《渔光曲》与旧《渔光曲》的区别并不如我自己想象的那样明显，许多朋友听完之后，都会露出迷惑的神情，说这首歌怎么听上去好像很熟悉又好像很陌生似的？我听了哈哈一笑，这才说出实情。笑归笑，心里却有些不是滋味。我原本的打算是先多填几首词，然后才真正开始写歌的，但我发现这种方式在别人看来，显然有些莫名其妙、不伦不类，于是我不再在任何场合唱新《渔光曲》了。偶尔有曾经听过我唱这首歌的朋友问起，我就做出皱眉半晌才恍然记起的神态："哦，那首呀，我说，写着玩的，你倒还记得？"

与此同时，我躲在家里，开始真正地写歌了。

我写歌的方式一开始就非常荒谬：我先写下歌词（实际上是一首直白露骨带感伤气息的情诗），然后操起吉他，选择一个我熟悉的调子（大多数情况下是 C 调、G 调或者 F 调，因为我只熟悉这几个调的和弦），从主和弦开始，一面弹，一面依据这个和弦的构成音编出曲子，最后再安到歌词上去。每编出一句，我就反复唱，反复唱，直到把它牢牢地记住为止，接着才是第二句，第三句……就这样，我通常需要整个下午或者整个晚上才能编出一首完整的歌来。后来我把这种方式说给那些专业作曲的朋友听，听者无不莞尔。

每写完一首歌，我都会在第一时间唱给表哥听，但我们两家相距很远，差不多一个在城南，一个在城北，所以我时常是急不可待，等不及他过来，或者我过去，就跑到公用电话亭，从电话里哼唱给他听。如果他觉得某首还不错，那么接下来我就会逼他唱得跟我一样熟，然后配上和声和双吉他的搭配方式，火烧火燎地等待着下一次聚会的到来。

就这样，我前前后后写了大约八十多首歌曲。因为不识谱，记不下谱子，所以只能死记硬背把它们全都装在脑子里。那些歌在我的脑子里曾经那么深刻，我以为我永远也不会忘记它们，但随着时间流逝，我又差不多把它们全都给忘了，记得住的只是一些残章断片……

第一首歌

万事总有个开头，我写歌自然也不例外，但很对不起，我确乎是记不得我写的第一首歌是首什么歌了，不过写完之后那种狂喜到忘乎所以的心情倒是记忆犹新的。还记得我的书桌上铺着一块玻璃板，写完之后，我自我陶醉，翻来覆去反复唱，中途时无意间俯下头，从玻璃板上看到了自己的脸，忍不住立即停下来，模仿某篇小说里某个人物说话的语气，对着那张模模糊糊的脸说了一句："说来你可能不信，你写了一首歌呐。"后来读钱锺书先生的《围城》，读到其中"恨不得身外化身……"的著名段落，才知道自恋一事，大抵是人同此心，心同此理的。

最难忘的一首歌

难忘就难忘在那是我第一次用小调写下的歌曲。在此之前，我全用的是大调。某次有个乐理知识跟我一样白茫茫一片大地真干净的吉他朋友神秘兮兮地告诉我，说人家说了，情歌一般都用的是小调，因为大调明朗，小调幽暗。我听了连忙问他，大调什么意思，小调又什么意思？他搔了搔头，说他也说不清楚，不过据说大调就是 do、mi、sol 用得多，小调就是 la、do、mi 用得多。哦，那不难呀。他一走，我就操起吉他，开始用那种古怪的方式写小调歌了。还记得第一个把位用的是 Am 和弦。为了突出那个朋友说的"小调幽暗"，我把歌词写得非常阴森，几近狞厉，内容是一个男人对坟墓里的爱人所作的大段独白。写完之后，弹给妹妹听，她说，哟，好怕人哦。

这首歌的名字叫《招魂的声音》，至于曲子和歌词，我只能再次道歉，因为我照例是记不住的。

还记得的歌名

我如今还能记住的歌名有五个：《招魂的声音》《爱的祭奠》《灿烂的名字》《盛开的白帆》《如烟雨的言》。其中《灿烂的名字》是我写给一个女朋友的，我对她说，只要她一叫我的名字，它就会闪闪发光。我至今还记得听了这话后她惊慌失措的表情。"太夸张了吧？"她说。《盛开的白帆》实际上是我之前两三年写的一首诗。关于《如烟雨的言》，记得某次和表哥参加一个朋友聚会，晚饭之后，我们照例弹吉他唱歌，我报了这首歌名，当即就有人喃喃自语："如烟雨的……言？读起来怎么那么别扭，像和尚念经。"

父亲的夸奖

　　父亲坚毅沉默，不怒自威，为人处事秉承的是只雪中送炭不锦上添花的原则，对我和妹妹的态度也有这个特点，素来只是泼冷水的时候多，夸奖表扬的时候少。但某次他竟然夸了我，令我又高兴又惶然。那是有个周末，一大家子人在花灯剧团的六姑妈家聚会，我和表哥两把吉他配合，唱了一首我刚写的歌，父亲听完之后难得地面露微笑，用调侃的口吻对我说，如果你早点学音乐，怕都可以靠这个吃饭了。其实我每写一首歌，差不多都是要唱给他听听的，但每次他都只是木着脸，听完之后，顶多眉心那儿"嗯"一声就算了事。这次居然明明白白地像是在夸我，我一时不适应，竟然有点不自在起来，转头去看四周，遇到表哥笑嘻嘻的目光，我这才嘿嘿地也笑起来。那首歌我如今还记得其中几句歌词："是谁在耳边，轻轻地诉说。是我的脚步，随心跳加速……"

记了谱的两首歌

写完上面一节，我突然想起来，有两首歌实际上是记了谱的。一首是某个在歌厅唱歌的朋友听了之后，记下谱子，拿到歌厅去唱了几天，至于反应如何，他没有说，我也不好问。还有一首，是父亲的一个学生，当时好像在编什么杂志，听说我写歌，就让我选了一首唱给她听，她记下来，说是要拿到杂志上去发表。后来她打电话告诉我，说发在杂志封三了，样刊已经寄出。但二十多年过去，我至今没有收到。

两首歌的谱子原本都在，但几次搬家，先是弄丢了其中一首，然后又弄丢了另一首的原件，只剩下复印件。调到文联工作后，我请音协的一个同事在电脑上用音乐软件重新记下来，留在了硬盘上。如果不出意外，这一首应该可以一直保存下去吧。

附件：记忆中一些歌词的残章断片

《爱的祭奠》

    从未曾见过，也不曾忘怀。从没有睡去，也不曾醒来。第一次看见你，已是我长久的期待。你的回答让我明白，我却不愿就这样走开。你的容颜，填补我梦的片断，那是逃亡者遗忘的阳光。你用冷漠告诉我，得不到的你等也等不回来，等不回来。从未曾灿烂，也不曾黯然。从没有依偎，也不曾走散。带一种□□的心情，还没有绽放就来到夜晚。

《爱的祭奠》复印件

《盛开的白帆》

在哪里我们终于捕捉住一颗昏暗的星星，在哪里我们终于停留下疲倦的脚步。温柔的白杉林幽蓝的林荫道，总会有人选择无边无际跋涉的凄凉。既然飞鸟能够证实天空的存在，使我们沮丧的一切必定隐藏在看不见的深处。你想越过阳光阴影便无声无息总在你的前头，路标扫出模糊的扇面使许许多多的岁月黯然。我将拥抱你的航行，而我已有同沙漠一样璀璨的颜色。在无数呼啸的梦里，我看见回归的白帆愉快地烁烁闪闪。（说明：最早并不是歌词，而是一首小诗。）

《灿烂的名字》

给我一点笑意，别让我迎着呜咽的风。呜咽的风扑向不朽的大地，也让我感到凄清寒凝。给我一个灿烂的名字，而让我□□感到你呼唤的温馨。你有那眷恋的长发飘逸……在你左右只为祈求那一刻的安宁，寻寻觅觅只为那颗悠扬的心……

《□□□》

刻你的名字在树上，看它和桑树长高。有一种心情悄然滋长，那是什么我想你也知道。未来会是怎样？明天是否包含了你我？重逢的时候，可有你和我，同行同路，不再分手……

《□□□》

脸上那颗冰冷的泪珠，是梦中曾牵过你冰凉的手。黑发上凝结的雨滴，是我曾为你孤独在雨中。只要背后有一双眼睛悄悄地凝视着我，我就不会认输不会低头。只要背后有一双眼睛替我默默承受，任何艰辛无法平静的岁月，我们会慢慢走过。只要背后有一双眼睛深深地理解了我，我就不会带着绝望的眼神慢慢走过。只要背后有一双眼睛舔我最深的伤口，任何艰辛无法平静的岁月，我们会慢慢走过。告诉所有认识的人你永远记得我，我只最后要求你这小小的承诺……

《□□□》

　　我不在乎一个人，孤零零回家。我不在乎一个人，寂寞地寻找。我喜爱，夜歌在，漆黑的夜里，看你离开我，回到灯火辉煌的街上……你是我寒冷时的衣裳，是我跋涉时梦中不灭的灯花……

MCA RECORDS

MCA-5390

SIDE 2

1. HURRICANE MADE
2. YOU MADE IT BEAUTIFUL

PRODUCED BY RON CHANCEY
STRING ARRANGEMENTS BY JERGEN WHITE
MCA RECORDS, INC.

诗与歌词

在迷上用吉他写歌之前，我一直在写诗，而且把当一个诗人看成最高理想，因为我听人说，文学是文明中的文明，而诗歌是文学中的文学。但写歌断送了我的诗人梦，一两年之后，当我厌烦了写歌，回过头来打算重新写诗的时候，我发现自己已经写不出哪怕是一句像诗的诗来了：我写下的每一行句子，除了像诗一样转行，怎么看都像是歌词，而且是那种肤浅的、空洞无物的歌词。我也曾反省过其中的原因，最后我归咎于在我学习写歌的时期，流行的不是罗大佑、崔健、张楚，而是杨庆煌、齐秦、童安格，是后者华丽的乐风损害了我的诗歌语感，断送了我的诗歌前程——这当然是胡说八道，但我如今一句诗也写不出来，总得有人为此负点责任是不是？

附件：诗歌习作中几首有关音乐的小诗

（《花溪》文学月刊1985年至1987年）

《现代音乐》

笛子一长串响亮的小眼睛

黑管的沙漠里狼烟升起

大提琴回荡父亲的思想

小提琴的技巧树叶繁茂的枝条

钢琴的脚步涉过月光的小河

闷气的小号晕头转向

指挥先生被打得遍体鳞伤

我放一盘磁带

　一挺机枪搅紧的弹盘

《致德沃夏克》

你证明那是一块

温厚的黑大陆

这块大陆也证明了你

声音的密纹

德沃夏克 世界的

辩护者

深情的孩子

时光依旧散开 仿佛涟漪

越远越淡 泪水渗透的

灵魂 就在这潮湿的天气

发芽 一直伸到

最初的维斯瓦河

直到暗夜无边地追上来

覆盖了满河的心灵

渴望的眼睛

干涸的新大陆

就在你的抚慰下

像古月光下的兵器

一样安睡

再没有谁 德沃夏克

能和你一样

让最小的粉末

饱含雨水

膨胀成一块

温厚的黑大陆

德沃夏克——

在孤寂的走廊上

我听见你宽恕的笑

很轻……

《贝多芬》

直到今天

你仍旧等待吗

蓝色莱茵河的涛声

总在多雨的三月

轻轻涌来

漫过脚面 像一阵钢琴

低声颤歙

涉过月光的小河

你终于没有等到吗

在长久的寂静中

电线上静静聆听的蝴蝶

那是永不会来的召唤了

贝多芬

你还要去安慰别人吗

就像永远的莱茵河永远

安慰你一样

可是我们听见了

那一片涛声

那是你永远等待的

涛声 贝多芬

谁也没有放弃

生命

连那些最没有色彩的

灵魂 都呼出了

微弱的气息

贝多芬 你知不知道

莱茵河的涛声

最终引响了四周的

海洋 世界就在这喧响中

呼吸着 并且高声

唱歌

迪斯科与《夜色阑珊》

在我读初三或者高一的时期，贵阳的每所中学差不多都有一个甚至多个学生打架团伙，每个团伙都有一个或响亮或气派或粗野或凶狠的名字，比如勇敢的米哈伊部队，砖头部队，青年禁卫军，军衣队，等等。这些团伙的性质很难界定，他们距黑社会尚远，还没到欺行霸市收受保护费的程度，但在学校里横行无忌，欺负弱小，团伙与团伙之间为一时意气打架斗殴动刀动枪甚至闹出人命的事情却不鲜见。与此同时，这些团伙的成员又大抵是同龄人中最活泼最时髦的，无论行为还是衣着打扮，常常引领一时风尚。表哥当时就读于贵阳十八中，也与几个同学歃血为盟，结成了这样一个团伙，因为共有八人，所以取名"八大弟子"。表哥排行老三，得名号"师爷"，在团伙中地位颇高。"八大弟子"在我了解的类似团伙中打架斗殴不算最狠的，却算得最时髦的

声音的密纹

之一，于一切流行时鲜的物事都不甘人后。我曾目睹"八大弟子"中的老大和另一个时髦人物比谁的喇叭裤更"喇叭"：他们并肩而立，同时踮脚曲腿，让喇叭形的裤口完全展开。结果两人的裤口宽度都超过了各自的皮鞋长度，但老大身形高大，臂长腿长，裤口的宽度因而有了更大的伸展余地，最终在绝对宽度上盖过了对方。表哥告诉我，老大有一条喇叭裤，其裤口的宽度超过了一尺二寸。

　　跳迪斯科在当时自然是件非常时髦的事情，"八大弟子"中有好几位个中高手，表哥算得其中之一。我在跳迪斯科这件事情上没有一点天赋，完全找不到感觉，所以始终没有学会。表哥对此很不满意，时常说总有一天要让我学会，否则简直是丢他的脸。某次，表哥约了好几个同学，其中包括"八大弟子"中的老大和老二，还有二表姐的几个女同学，决意要好好地大跳一场迪斯科。当时我和父母、祖母都还住在中华南路祖父留下的大房子里，房前有一块百多平米的院子，铺着白麻石，是理想的跳迪斯科的场所。晚饭之后，表哥表姐的同学们陆续到来，有人提着录音机，有人带了磁带，再从祖母的卧房里牵一块插线板到院子里，接上录音机，舞会于是开始了。但在这之前发生了一点小小的意外——可能是事前没有协调好的缘故——有人挑遍了所有的磁带，发现只有一首歌合适跳迪斯科。大家都有些沮丧。有人建议回家去拿，但遭到其余人的反对，说太耽误时间了，将就吧。于是那天的整个晚上都在翻来覆去放那首歌，听到几乎厌恶的程度。歌的名字叫《夜色阑珊》，周峰演唱的。整首歌曲旋律舒展，节奏强劲。可能因为一晚上听了几十遍，歌词我竟还记得："晚风吹过来，多么的清爽，深圳的夜色，绚丽明亮。快快地飞跑，我的车儿，穿过大街小巷，灯光海洋。闪耀的灯光，伴我心儿在歌唱。问声美丽的姑娘，你的心是否和我一样。我的青春，我的世界，在这时刻，如此辉煌。我的希望，我的向往，幸福时光，永远难忘。……快快地飞跑，我的车儿，向着那明天，向着那太阳……"

当年用来跳迪斯科的歌曲里，有一首很出名，叫《梦中的妈妈》。歌曲开始，是同一个女声的混声："妈妈，梦中的妈妈……"休止一拍，然后猛然响起炸耳的鼓点，其声隆隆，隐隐有金属味。几年之后才知道，那是德国波尼姆乐队一首雷吉风格的名曲，翻唱者换成了电子鼓，所以才有那样刺激的效果。当时我们把类似的歌一律称作"劲歌"，意即"有劲的歌""带劲的歌"，实则是通俗摇滚的一种。

我始终没学会跳迪斯科，所以在这件事情上，表哥一直觉得我很拿不出手。

这是"八大弟子"唯一的合影，数了数，只有七个，问表哥，说是有一个得病死了

表哥在弹吉他。叼着烟，显然是摆拍

表哥在"五四"青年节的联欢会上弹唱。看这张图片，我总联想到台湾校园民谣时代的演出现场：装饰简陋，衣着过时，唱着很文艺的歌，完全没有当下的现实主义、深刻，以及冷漠

迈克尔·杰克逊:《真棒》

真正接触西方流行乐,是从迈克尔·杰克逊的《真棒》开始的。其实从情理推测,事前我应该听过他的歌,只是已经完全没有印象了。对杰克逊的最初记忆是从花灯剧团六姑妈家的某个夜晚开始的。当时我正和表弟待在他和他弟弟阿培的房间里(一张钢管焊制的高低床,一台缝纫机摆在门边,平时铺着刺绣的白桌布当茶几,地上是淡黄色的木纹地板胶),表弟的邻居,一个叫阿水的少年突然进来,说带了一盘非常精彩的磁带要放给我们听。表弟家有一台立体声录音机,不听的时候总用一块蜡染布盖着。还记得阿水看到表弟揭开蜡染布就笑起来,用嘲笑的口吻谈到他们的另一个邻居,家里也有一台录音机,价钱比表弟家的便宜多了,却十倍的爱护:不是用布盖着,而是专门做了一个套子,套子上有拉链,每次按键,必要戴上雪白的手套……

那盘带子就是杰克逊的《真棒》。因为有阿水的郑重推荐，加上杰克逊的嗓音的确奇特（当时听来，只觉得不男不女、亦男亦女），我认认真真听完了整盘带子。二十多年过去，我仍能清晰记得杰克逊尖锐狂野又极其克制的演唱带给我的震撼。但我比阿水大了好几岁，不愿在他面前丧失矜持（何况磁带还是他带来的），没把心里的真实感觉表现出来，只是看着表弟勉强笑了一下，说好像真的有点好听呢。

《真棒》中有一首《文雅的罪犯》，前奏是越来越响亮的鼓点最后变成了杰克逊深沉的心跳，当时听来十分新鲜，没想到还有如此的配器。好几年之后，无意间读到关颖所著《摇滚王族》（三联书店1995年版），在介绍杰克逊时，也提到那段变成心跳的节奏，令我大感亲切。

《真棒》实际上是杰克逊的第三张专辑，却是我听到的第一张。那之后，我跟当时大多数年轻人一样迷上了杰克逊，开始收集有关他的一切信息：我收到了他的第二张专辑《毛骨悚然》，看到了由故事片导演约翰·兰迪斯拍摄的《毛骨悚然》的MTV录像带（录像里，杰克逊以一种不可思议而又毫不躲闪的方式变成了一头狼人）；一本杂志刊登有介绍杰克逊的文章并配有多张图片，其中一帧是他和女演员泰勒共同观赏《毛骨悚然》MTV时的场景，杰克逊穿着自己设计的滑稽制服，面带微笑，身旁是一个满头卷发的黑种女人，双眼圆睁，一副瞠目结舌的模样。照片下面还有杰克逊自己的解说："泰勒被吓坏了！"而在另一盘录像带里，杰克逊的演出现场看上去就像一次狂热的宗教集会，不断有因为激动过度而休克的年轻人被保安用担架从人群深处艰难地抬出来。据说他动手术削薄了自己的声带，于是有了那样一种锋芒般尖锐的嗓音；他从鼻梁里取出一块骨头，把硅胶注射进去，又用一种神秘的药膏涂抹皮肤，一共涂了三十九次，终于脱胎换骨，从一个黑人变成了白人，等等。记得某次促狭的表弟心生疑惑，问我："他只是涂白了脸呢，还是全身都涂白了？"我其实也不知道，喃喃说，"可能是全身吧"。表弟若有所思地默一会儿，说："是嘛，要不他上公共厕所……"许多年后，和朋友一起看某部美国电影，突然出现了这样的镜头：一个化妆成白人的黑人上卫生间，旁边的一个正宗白人无意间低头窥见，立刻露出和表弟一样疑惑甚至大惊失色的神情。看到此处，遥想表弟当年的忧患，我禁不住当场失笑。

补记：写完此节后不到一个月，突然传来杰克逊因心脏病猝死的消息，当晚便写了《再见，杰克逊》一文以为纪念。写作过程中，对此节末尾处的轻薄不恭之言深感不安，觉得是对死者的亵渎，本想立即删去，但转念又想，本文既以实录为目的，保留当时心态，亦算不改初衷。遂罢。

50

附件:《再见,杰克逊》

(《文汇报》2009年7月22日)

去年下旬,贵州省电视台"胡庶工作室"策划了一个以"关键词"方式回顾三十年改革历程的活动,我写了其中的《摇滚与崔健》,开篇有这样的话:"最早接触摇滚,是从大洋彼岸那个猎豹一样矫健、黑蛇一样柔韧的迈克尔·杰克逊开始的,他忽而狞厉如夜枭,忽而纤弱如怨女的嗓音,在那时的我听来,实在梦一般地魅惑……几年之后,在已经听了大量不同流派的摇滚之后,我曾煞有介事地总结道,摇滚是继酗酒、吸毒还有梦乡之外,第四种暂别人世的方式。这样说的时候我其实已经不再听杰克逊了,嫌弃他不过是通俗摇滚。但事后看来,这句话实则还是根植于对杰克逊的那种最初印象……杰克逊于我,有点像一记响亮的开场锣,咣的一声,我的青春期这才真的开始了。"

实际上,在写这篇小文之前,我已经有差不多十年没有再听过摇滚了,我觉得听摇滚和唱摇滚相仿,都是需要一点体力的。但写完之后,我却莫名其妙地又突然想听了,于是兴致勃勃清理了一遍碟柜,发现原本有数百张之多的摇滚碟片现在竟然只有不足十张,这不禁令我感到惊骇,我没想到时间的物证消失得如此快捷和彻底。好在我喜欢的几个歌手和乐队的专辑还在：吉米·亨德里克斯、埃里克·克莱普顿、科特·柯本、斯汀、"U2"、"枪炮玫瑰"……还有就是杰克逊的《真棒》。我拭掉碟片上的霉斑，把它们单独码在了电视机柜的一角，并在随后的几个月里不时地抽出一张反复聆听。除此之外，我还重新阅读了仅存的几本谈论摇滚的小书：《伤花怒放》《摇滚王族》……我也有十几年没有碰过它们了。曾经有几天，我很想再读一遍迪克斯坦《伊甸园之门》中有关摇滚的章节，但翻遍书架，却怎么也找不到了。听着读着，我突然意识到，也许要不了再一个十年，我曾经着迷于摇滚的那段生活就会在我的脑子里渐渐模糊，甚至最终像那些碟片一样消失殆尽。为了不使自己的一段生命在记忆里缺失，我开始写一篇记录80年代中期到90年代中期我玩吉他听摇滚的随笔。预设的规模原本只有数千字，但沉寂的记忆一旦被惊扰，它就像滚沸的汤锅那样闹腾起来，结果字数很快就超过了六万。其中有两章我专写了杰克逊，我再次回忆了初闻他的歌声时的震撼，以及他不可思议的据说有违人体生理结构的舞姿（那真是一种肢体的奇观）。在写作这两个章节的过程中，我再次反复阅读了手边书籍中有关他的部分，在网上搜索他的现场视频，还听了大量除《真棒》之外的他的其他歌曲……6月24号的晚上，我突然特别想看他与莱昂内尔·里奇1985年为非洲饥荒义演谱写的公益歌曲《四海一家》的 MTV，立刻上网查找。可能方法不对，找到的好几个视频不是图像不好，就是只有片断，等终于找到一个完整且还清晰的版本时，已经差不多是凌晨一点，但我还是一连看了好几遍，再次确信那是一首划时代的杰作，二十四年的光阴流逝并没有使它稍显逊色，相反，它比我当年第一次看到它听到它时更令人觉得精妙宏大，感人至深。画屏上的杰克逊还没有垫高鼻子漂白皮肤，有一种与后来相比令人难以置信的真实和纯朴。也许为了喻示其兼有的且异常突出的舞蹈才能，我注意到他是所有演唱者中，唯一一个第一次出镜时先露其腿再露其头的歌手。我把这首 MTV 下载到硬盘上，又一连看了三遍。25 号，我在办公室的电脑上再一次搜索《四海一家》的 MTV……我算了算，从 24 号到25 号，我差不多看了十几遍。

26 号早上 9 点 20 分，我来到办公室，一进门，正在电脑上看新闻的同事王剑平就扭头对我咕哝了一句，那意思是说谁死了，但我没听清，于是他又说了一遍："杰克逊死了。"几乎完全同时，我收到一条朋友张锡祥的手机短信："杰克逊今晨 5∶26 去世，难过。纪念。"事实上，我正是因为查看这条短信，才没能听清王剑平的话。

我给发短信的朋友回了一句："天才陨落！"

我来到自己的办公桌前坐下，心里突然有种不真实的荒唐的想法：我已经十年不听摇滚了，不听杰克逊的时间更是超过了十五年，但就在我重新开始聆听摇滚，聆听他的《真棒》，并且准备记录下自己与摇滚相伴的那段生活时，他却猝然离世，那感觉就像是为了使我对青春时光的回忆有个确切的结局，他于是提前死去，年仅五十岁，而我从去年写下多年来的第一篇有关摇滚的文章，并且以他开篇，直到我着魔似的看《四海一家》的MTV，其间种种，又都像是为了在这最后一刻得闻他的死讯，以对他的死作提前的吊唁与怀想……

26号早上，我和王剑平加上另外一个同事，一面观看《四海一家》的MTV，一面谈论杰克逊，持续了差不多半小时。中午时我离开单位准备回家，却被倏忽而至的大雨堵在半途，于是我踅进一家音像店，问有没有杰克逊现场演出的碟子。我对老板说，杰克逊死了，你应该为他设一个专柜。老板笑了，说他也知道这个消息。正说着，旁边一个女店员咋咋呼呼地叫起来："真的死了吗？我还以为是个假消息呢……"

在整个西方摇滚史上，真正超越音乐范畴而具文化意义的人物不多，在我看来，也许只有四个，他们是"猫王"埃尔维斯·普雷斯利、约翰·列侬、鲍勃·迪伦和迈克尔·杰克逊。其中"猫王"是浮夸的叛逆者，列侬是黑暗的默想者，迪伦是哲思的批评者，而杰克逊不同，他是流行文化心甘情愿的合谋者，其无与伦比的才华为流行文化披上的是最眩目的流苏——正因如此，在四人之中，在光怪陆离的流行文化的神殿里，他的形象最为光辉，同时也最为怯懦。

《再见，杰克逊》在报纸上发表时是另外一个标题

音像公司、阿帆、杰克逊和《短夏》

1989年初，我在一家私营音像公司打工，主要工作是给盗版录像写内容简介，同时兼职推销那些录像。记得上班的第一天，公司经理让我写《人猿泰山》的简介，特别提醒我，说写这种东西的诀窍就是不能事先泄露了结局。我心领神会，觉得掌握了这一行某个小小的秘诀。

那个时候，贵阳大大小小总共有数十家这样的公司，他们购进成批的原版录像，却并不倒卖盈利，而是充作下蛋的鸡，专用作制作盗版的母带。现在的盗版，封面、说明均是精美印刷，可以做得逼肖。相比之下，那时的盗版可谓粗制：买空白录像带转录，然后在塑封里贴上原版的封面照片即可。但如此粗制了，却还很有些自欺欺人的小讲究，比如当时区别原版盗版，标志之一是看缝合塑壳的螺丝表层是否有一层薄膜，有即可能是原版，无则可能是盗版。于是有人就想出了馊主意：在每颗螺丝的顶端轻轻抹一层透明胶水，干透之后就会形成一层几可乱真的半透明薄膜。

具体分管我的是公司经理助理，比我大十几岁，是个在江湖上摸爬滚打过的人。某次他来了兴致，给我大谈推销心得。"要生动，"他说，"比如从前有个麻子卖花椒，恰好卖给一个麻子，想买花椒的麻子指着脸上的麻子问：'我不我？'意思是问花椒麻不麻。卖花椒的麻子于是指着脸上的麻子得意地说：'比我还要我。'"

就是在那段时间，我无意间在一家卖磁带的小店发现了一个女孩子，长着高而突出的脑门，看上去非常聪明，我很有些喜欢她，却又不知道怎样才能接近她。经理助理于是替我想了许多点子，我依计施行，竟然真的和她成了朋友。那女孩子的家境不怎么好，而她本人跟我一样，也是没考上大学，于是出来四处打工。我们交往一段时间后，她最终拒绝了我。沮丧之余，我突然萌生了写一篇小说的冲动，想用文字记录下事情的整个过程。产生了这个想法之后我不禁自问：在此之前我也和不少女孩子交往过，为什么就从来没打算写点什么呢？为什么这次就想写呢？是因为我更喜欢这个女孩了吗？我觉得不是。但是什么呢，我又说不清楚。时间过去几个月，我渐渐明白我为什么想写点什么了，我觉得我和她之间，有一种共同的对于自身处境的焦灼，不仅是对当下处境的焦灼，还有对未来的焦灼。而且这种焦灼也不仅只发生在我和她两个人身上，还发生在我的表哥、表弟以及周围许多同龄人的身上。

但仅仅如此，还并不能促使这篇小说的产生，因为我找不到恰当的氛围。

1989年6月还是7月，我背着吉他到好友姜东霞所在的羊艾农场去玩，那里僻远荒芜，平时除了几个人坐着聊天，我只能靠弹吉他消磨时光。偶一日，我和姜东霞聊天，无意间谈到杰克逊演唱会的狂热场面，心中忽有所动。当天下午，我坐在姜东霞的那张破书桌前，写下了《短夏》的最初几个段落，完全是对杰克逊演唱会狂热场景的描述，只是主角不是杰克逊，而是在想象中把他换成了我。自此，我觉得终于找到了小说得以生发的基础，一个音乐的背景使我可以不受制于故事和情节本身。回到贵阳后，我用两个通宵写出了其余的部分。这是我的第一篇小说，发表在当年的《山花》月刊第十二期上。那年我刚满二十岁。

2008年，我把《短夏》贴到了博客上，并补写了一段"前言"，其中有一段内容是这样的：

在我现在看来，《短夏》是一份只与我个人有关的"青春期记录"：音乐、爱情、失恋、两代人之间的抵触、个体与社会的抵触等等，还有似是而非的理想主义色彩、我现在非常厌恶的文艺腔，以及稚嫩得不可思议的感伤情调。重读这篇东西让我百感交集。我把这个感受说给朋友王剑平听，他问我，是不是感慨青春已逝。当然不是，我只是奇怪当时的那种理想主义色彩如今都跑哪儿去了？什么时候不见的？怎么我自己一点也没有觉察？

在写这部中篇小说之前，我写诗，还做了好几年的歌星梦，小说中的那些歌都是当时写下的，而且我为每首歌词都谱了曲，如今绝大部分早已忘记，偶尔想起自己曾写过某首歌，但又怎么也想不起来，这时我就会去重新翻翻《短夏》，看看里面是否记录有。所以我才说《短夏》是我个人的一份"青春期记录"。

《短夏》里的所有人物我都用的是真名，比如其中的代羽就是和我一起玩吉他的二表哥，海松则是花灯剧团那个和我一起听成都人弹《阿尔罕布拉宫的回忆》的朋友。

附件：《短夏》(节选)

（《山花》文学月刊1989年）

凌晨三点，一个最莫测高深的时刻，雨终于下来。我重新审视自己，似乎什么理想啦都不想了。我认为只要发生在我身上的事情都带有特殊的含义，而都预兆了什么。我惧怕的事都以不寻常的方式表现在我身上。有时我认为这表现了我的非凡，而同时我眼泪汪汪地认为这一切只证明了我比别人更糟。其实对于自己作为一个人活着我是不太在意的。因为有时我自认听到了上帝的声音，我赞美上帝的同时也把责任推给他，主啊：愿荣耀归于独一全能全智的上帝，直到永远，阿门。

而雨更密集了，像架子鼓被贝司染上色彩。我怔怔出了一会儿神，对于我，睡意是一件奢侈品，在半梦半醒之间我置身于一个阔大而低矮的舞台，无数狂热而骚动的头颅被音乐从沼泽里呼唤出来。唯有舞台干燥而温暖。我们不愿站得太高，阿帆、代羽、海松、涛涛，我的兄弟姐妹们，我们感觉上帝那圣洁的光，我们要为另外的兄弟姐妹而唱，我们要融化那些钢铁般冰冷的躯体，让他们也流出纯红如血的泪珠，化去冷漠。来，来，来，开始，电吉他前奏，一个大滑音，停在最后一个品格上，中指轻捻，让声音越传越远，贝司一声叹息，架子鼓像回过神来的斗士。我一个转身，让聚光灯在天幕上打下一个最最傲岸的身影。我强迫自己用最最简单的方式理解一切最最深奥的真理，对着麦克风，我喊出震撼人心的第一句。在铺天盖地的喧哗声中，我让所有的弟兄们低沉着喉音长时间为我锋芒般尖锐的声音衬底。我要让他们沸腾，要让他们用眼泪、鼻涕、口水和惊天动地的顿脚声轰炸人群，用飞吻砸得舞台摇摇欲坠。世界上所有的人都没有听过这么狂热这么亲切这么自然这么随意这么旁若无人这么震撼人心这么宁死不屈的声音，世界上所有的人都想成为最最单纯最最高尚的兽类，世界上所有的人都认为这是他们永远梦想回归的家乡……

身旁的代羽猛摇我，他说我凌晨三点在梦中猛烈喘气。我告诉他我们都需要大量空气维持一声喊叫……

董　重

　　我真正对摇滚乐着迷起来，是在认识了蒲菱和董重之后。蒲菱和董重是表兄弟，相差一岁，蒲菱是表哥，董重是表弟，两人的父亲都是著名的画家，两人从小学画，现在也都成了优秀的画家。我比他们要年长一些（比蒲菱长一个月，比董重长一岁），两人之中，我最先认识董重，因为他和我一样也是市文联的子弟。我至今还记得第一次见到董重时的情景，那时我大约有十四五岁吧，某次和父母上街，穿过一条狭巷，拐角处突然出现一个和我年纪相仿的少年。父亲和他打招呼，说小董重，你上街啊。他也叫了声"戴伯伯"。那少年长发披肩，小脸只有二指宽，却架着一副宽大的黑边眼镜，一身脏兮兮的牛仔服牛仔裤，背上是一块军绿色的，同样脏兮兮的画夹；脸上的表情在当时的我看来很有些古怪，好像桀骜不驯又好像贼忒兮兮。一两年后，我们两家都搬进了市文联的新宿舍，而且在同一个单元，他家一楼，我家五楼，见面的机会就多了，差不多每天上学放学的都能遇到。但除了碰上时彼此点点头打个招呼，我们在很长时间内都并无真正的交往。这其中的原因很多，比较主要的是我始终觉得他是古怪的，他的表情、他的穿着，包括他说话时的语气甚至遣词造句……我和他真正频繁往来，是我也开始学油画以后的事了。那时欧文·斯通的《渴望生活：梵高传》刚译成中文出版，引起巨大反响，我周围的人几乎没有不读这本书、不谈论梵高的。受这种风气的影响，我也一连读了好几遍，受到的感动与震撼之强烈，之前固然从未曾有，之后也再没体验过。我小时候学过几年国画，初中时又在社会上办的所谓美术培训班学过几天素描，有点基础，于是就想学油画，想画出梵高那样肆虐的笔触来。这事被父亲的同事，时任《花溪》月刊诗歌编辑的廖国松先生知道了，就让我跟他学，还说我们一个邻居的女儿跟着他已经画了好几个月了，进步明显。国松先生既是诗人又是油画家，其画作饱满浓烈，正是后期印象主义的风格。他愿意收我为徒，我自然求之不得。正值暑期，大把的时间闲着，于是忙不迭买了夸张的带脚架的画箱，开始跟着他每天到文联后山各处写生。跟我们一起的，自然还有国松先生的女弟子，那个邻居的女儿，年纪和我差不多。这样画了几天后，董重也突然加入进来，而且似乎兴致勃勃，比我和那个邻居的女儿更积极。但我还是注意到了，他名义上虽也是跟国松先生学，实际上却是自个儿画自个儿的，比如我就觉得他画的色彩非常干燥，与国松先生教的不一样。许久之后才知道，当时他正学塞尚呢。终于有一天我醒悟过来，他学画是假，追那个邻居的女儿才是真。

那之后我就和董重慢慢熟悉起来。虽然慢慢熟悉起来，觉得他没从前想象的那样古怪，但某些突如其来的举止言谈仍旧让我摸不着头脑。比如有一次我和他走在街上，因为路人拥挤，我们谁也没说话，快走到人民剧场时，他突然冒出一句："我晓得我长得不漂亮。"我吃了一惊，四处看看，不知这话从何说起。另一次，他预备带我去见几个朋友，半途时突然告诉我，他戒烟了，"如果有人散烟给我，我又忘记我戒了，你就提醒我，给我使个眼色"。我答应了。但没过几分钟，他又说："不过如果散的是好烟，你就接着，回来再拿给我。"我说我不知道什么烟好什么烟不好呀。他说那没关系，如果是好烟，"我就提醒你，给你使个眼色"。再有一次，他从口袋里掏出一张照片，上面是一个穿蓝色衣服的女孩，蹲在一堵红色的围墙前面。"这是我女朋友。"他说。我仔细看看，说不错呀，挺漂亮的。他夺过去往口袋里一揣，咂咂嘴说："可惜已经吹啰。"

在后来我们一起玩吉他的时期，蒲菱是当然的主音兼主唱，我和董重都是他的伴奏，也许是伴奏的缘故吧，我对董重的吉他技术几乎没留下什么印象，说不清好还是不好。但有一点可以肯定，那就是他很少犯错（常常犯错的是我），我甚至记不得他有过犯错的时候，所以现在有点怀疑，他当时也许只是做个样子，压根就没弹也说不定。

大约1995年，我和蒲菱还有董重在《贵州日报》的"音乐小屋"栏目做过一次有关摇滚的对话，文章末尾有对我们三人的介绍，董重的内容是这样的："青年画家，贵阳市青少年宫美术教师。偏爱布鲁斯音乐和朋克摇滚，能耐心地长时间弹奏枯燥的伴奏吉他。"

最后一句话是我加上去的。

我和董重（左）在野炊。从这张照片看，说他小脸上一半是眼镜，不过分吧

附件:《董重小像》

(《贵州日报》1995年)

　　有时候我想,如果贵阳市文联大院里少了董重,怕大家都会觉得少了许多的乐趣吧?当然,我不排除有人会持相反的意见。

　　我还记得小时候的董重长发披肩,小长脸上一多半是眼镜。他细竹似的立在文联的后山上,振臂高呼:"打倒爸爸。"有一次他看我穿了件西装,竟痛恨到刻骨切齿的地步:"天呐,你穿西装,你居然穿西装,你真是太烦了!"而今董重天天套着一尘不染的西装,时常告诫我要把皮鞋擦亮。无论到谁家,进门出门之前,必从口袋里摸一把红木小梳出来,一面仔细打整头发,一面连连感慨——又像在辩解,又像在自嘲:"梳头舒服,舒服,太舒服了。"

　　除了换上西装,董重还开始正儿八经地考虑艺术的"终极问题",他觉得这是困扰他的最本质的问题,就像那些不弄清楚活着的意义就不打算活下去的人一样,董重认为他不弄清楚这个问题就无法继续他的艺术创作。他阅读各种古老和时兴的书籍,倾听古典音乐及先锋摇滚,嘴里渐渐冒出莫测高深的文化术语,比如"以后现代的方式重建理想主义的价值体系"等等,并把一张心爱的童声演唱的教堂音乐碟送

声音的密纹

66

给了别人，理由是"听这样的音乐，觉得自己真是肮脏啊"。

董重的画在国外展出在国内获奖，并被政府和个人收藏，但他作品的价值和意义等等问题我却不太清楚，也觉得并不重要，他在阅读、观察、思考和创作，并且快乐地生活，我以为就够了。至于他的模样，记得几个小女生的共识是："噫，看久了，其实董重的样子还是挺乖的。"我是男的，就不说了。

最后我还要提一下，在我们都还是少年的时候，我们都曾写过一阵子诗，其中董重写的两句至今令我感动：我永远一手提画箱／一手提风景。

蒲 菱

　　和董重相比，蒲菱又是另一种风格了。董重体瘦如细
竹，说起话来指东打西，语焉不详，时常让人拿不准他是
太过幼稚呢还是太过精明。蒲菱则不同，头大如斗，骨格粗
壮，一张塞得进拳头的大嘴如果发表起观点来，就像无厘
头电影里形容的那样，"有如滔滔江水连绵不绝"，而且条
理分明，语气凿凿，不由你不相信他的观点确有很高的学术
含量。除此之外，为力求生动形象，他说起话来总伴有急促
和变化多端的手势。记得某次在某处聚会（那时我们应该有
十六岁了吧），他突然问我，知道怎么接吻吗？我想了想说，
不就是两个嘴接在一起吗？他不屑地摇摇头。"那叫亲嘴，"
他说，"不叫接吻。接吻是两个嘴粘在一起，一面吸，舌头
一面搅……"这样说的时候，他的十根手指相互揪紧，然后
摔跤一样狠狠绞动几下。

但在我们交往的初期，音乐并不是主题，我甚至没有他也很着迷于音乐的印象，只隐约记得我弄丢了女歌手张蔷的一盘磁带，某次遇到他，给他说起这事，他说他有，可以借给我，我大喜，说那就立即去拿。他略感惊讶，说，天，这么想听啊？那段时间，我们更多是围绕画画在交往，经常结伴外出画速写，到黔灵山动物园画动物，到火车站候车室画人。接下来记忆里有很长的空白，差不多是两到三年的时间，我没有关于他的印象。再有他的消息，差不多就都跟音乐有关了。比如他在就读的艺专大门贴了一张告示，公开征召合伙人准备组建乐队；再比如他晚上在"花园舞厅"当起了歌手。某次，董重拿来一盘磁带，说是蒲菱在"花园舞厅"录的歌，我立即拿到客厅的录音机里播放。父亲在另一间屋子听到了，过来说，哟，很好的中音啊。还记得他唱的是美国电影《教父》的插曲，第一句歌词是"温柔地把我搂在你的怀里……"想象蒲菱的大嘴唱这样的歌，有游刃有余之感。

听蒲菱弹吉他，最早的记忆有两次。一次是我到艺专办事，完了之后突然想到蒲菱，于是就去敲他家的门，要他弹吉他给我听，当时他正做着什么别的事，还没从那件事里回过神来，有点勉强，但还是抱起吉他，开始唱约翰·丹佛《乡村路，带我回家》，唱到高潮部分时，他停下来，说："这里是和声，你来给我配。"这时他妈妈进来，看到这个情景就笑起来，问我，"你也喜欢这个啊？"另一次是稍后一段时间，某天我正在家里，董重打电话来，要我把吉他拿下去，说蒲菱来了，要弹吉他。于是我叫上妹妹，拿着吉他下去，一起听他唱歌。那之后只要蒲菱来董重家，董重就会给我打电话，然后我就会拿着吉他下去。渐渐地，我们又开始时常地聚会了。

蒲菱从一开始唱歌弹吉他，就表现出非常的天赋，他的嗓音沉厚宽阔，爆发力极强，很有点黑人歌手的味道，事实上他唱得最好，我们也最喜欢听的就是那些带灵歌或者布鲁斯风格的歌曲。而他的吉他，在我看来，比他的歌声更胜一筹，虽说技术未必多么专业（他毕竟是自修，不可避免有着某种局限），但无论什么风格，乡村音乐、布鲁斯、雷吉……他都能把握得十分准确地道，有很强的表现力和感染力。某次他突然来了兴致，用拨片弹奏一段乡村音乐风格的节奏，速度极快，不歇息一连弹了约有半分多钟，整个过程行云流水，毫无滞碍。戛然而止后，一个年长的朋友惊佩不已，说这只能是天赋了，没办法，学是学不来的。还有一次，贵阳西西弗书店举办周年店庆酒会，邀我们一起联欢，酒会上蒲菱唱了一曲他改编过的儿歌，完全是戏谑的方式：他的整个头部像鹅一样一伸一缩，每吐一字，都伴有一个逆嗝似的怪声；吉他以此匹配，也是忽响忽停，忽强忽弱，引来全场大笑。唱完，西西弗书店董事长薛野不无艳羡地说，下辈子咱也要玩音乐……

那段时间，董重也开始迷弹吉他，于是我们没事就跑到艺专去找蒲菱，一起弹吉他唱歌，或者跟他学上一招两式。记得当时蒲菱正迷节奏布鲁斯和克莱普顿，天天依着磁带"爬"克莱普顿《天堂的眼泪》，已经弹得似模似样。那也是我特别喜欢的，我回家也试着"爬"了"爬"，却完全找不着北，根本不知从何下手。我们通常是下午两三点就去，一直弹到晚饭时间，接下来就是整个晚上喝啤酒玩游戏，每次差不多都要闹到凌晨才醺醺而归。参加这样聚会的人，除了我们几个，还有艺专毕业出去的几个学生，学设计的吴勇、夏金辉、张人等等，都喜欢弹吉他。后来又新增了两个朋友，一个是省广播电台主持音乐节目的肖峰，还有一个是她的男朋友周进。肖峰的嗓音异常悦耳，被蒲菱形容为"午夜蓝调"。

蒲菱对自己学吉他的天赋是相当自信的，某次他说到在中央美院进修时跟一个黑人学生学吉他时的情形。"我的悟性之高，"他说，"他弹到哪里，我立即就能跟到哪里。"

有段时间，我们决定要组建一个乐队。主意是蒲菱出的，名字也是他取的。当时我们一致地十分瞧不起一切主流音乐，尤论中国的还是外国的，只要听说是地下乐队，还没听，先就在感情上觉得亲切，因为我们坚定地认为真正的摇滚是不妥协不媚俗的，选择摇滚就是选择一种批判的文化立场，所以按蒲菱的想法，我们的乐队必须恪守两条基本原则，一是绝不与媒体合作，二是绝不做公开或者商业性质的演出。为强调乐队的地下性质，故取名曰"影子"。筹划组建乐队的细节时，大家都很亢奋，有种终于玩出点眉目来了的感觉。但说完之后似乎就忘了，而且接下来的一次集体活动，简直就是讽刺了："幻彩服装"要搞一个展示会，邀我们去做促销演出，不记得是谁联系的了，只记得刚听说这个消息时大家都很兴奋，早把乐队的什么原则忘得一干二净。演出地点是现今遵义路口万国大厦前的广场，搭了个木台子，音响设备一应俱全。从我还保留着的照片上看，时间应该是冬天，参加演出的人里有蒲菱、蒲菱的女朋友陆叶、董重、夏金辉和我。蒲菱背后还露出一双脚来，人却被遮住了，怎么也想不起是谁。那天我们唱了好几首歌，但除了崔健的《花房姑娘》，别的我都忘了。那是我第一次上台演出，很别扭，所以从照片上看很有些呆头呆脑的。

除了自己玩，我们还不时参加一些有关摇滚的活动，比如在报纸上谈论摇滚，在广播电台做节目，等等。某次，应肖峰和周进之邀，我们在省经济电台的直播间做了一次谈论摇滚的节目，程序是先与主持人对话，然后回答听众的电话提问，最后是我们现场演唱一首歌曲。那首歌我们事先排练过好几次，是一首美国流行歌曲，名字大约是《我能看见》，蒲菱主唱兼主音吉他，我和董重伴奏兼伴唱。因为紧张，结尾和声时我唱黄了，结束之后，蒲菱笑出一串哈哈表示歉意。当天播出的效果我们自然一无所知，所以过了几天，等电台给我们送来节目的录音时，我们就约齐了一起听。末尾时那串哈哈声突然出现，蒲菱吃了一惊，喜不自禁地说，"没想到我的声音听起来这么厚实"。那之后接着好几个星期，蒲菱一没事就专门练习那种哈哈哈。

认识蒲菱之前，我一直用手指弹吉他，但和蒲菱、董重一起玩吉他之后，为了制造某些效果，我们也像蒲菱一样开始用拨片。拨片有硬性、中性、软性三种，我喜欢用软性，最多用到中性，因为比较好掌握，硬性的就几乎没法弹了，觉得有种和吉他弦硬碰硬的感觉。但蒲菱基本上总用硬性和中性，这在我看来，正是他功夫比我们都高明的证据。我弹吉他，几乎没弹断过弦，而蒲菱时常弹断，有时候一晚上会弹断两次三次，这在我看来，同样是他功夫高明的一种表现。他每次弹断的，差不多都是一弦，所以每次聚会，他事先都会多准备一根一弦。

拨片体积小，容易丢失，于是我们就把拨片藏在钱夹子里，坐下后，各自从口袋里掏出钱夹，打开，找钱一样拨拉几下，然后轻轻抠出来。整个过程相当造作，就像在模仿某种很专业的姿势，所以每次这样拿拨片，旁边总有人会忍不住讽刺几句。弹奏的过程中，有些部分需要拨片，有些部分则不需要，无须拨片的时候，我们就把拨片衔在嘴里，或是夹在右手的小指和无名指之间。这在我们内心，同样是一种很专业的方式，因为也是我们从某些大师的录像中学来的。

我渐渐对吉他失去兴趣后，和蒲菱的交往就少了，甚至有好几年时间都没见到过他，只听朋友说他业余时间专为那些大型的夜总会做设计，凡他设计的夜总会，生意都相当火爆。他同时还为那些夜总会组织乐队，不时也以票友身份唱上几首。可能是觉得老为他人作嫁衣不过瘾，加上又已经积累了经验和资本，几年前，蒲菱干脆自己开了家酒吧，就在我工作的美术馆对面一条步行街上，叫"菩吧"。开始只听读音时，我想当然地以为是"蒲吧"，直到有次无意间路过见到，才知道自己错了。一个灯红酒绿纸醉金迷的场所，却是"菩萨"的"菩"，又恰和自己姓氏谐音，想想也不奇怪，正是蒲菱的风格：机巧，同时很后现代。

"菩吧"开了几年，声名远播，几乎被视为贵阳酒吧文化的一个标志性场所，但我越来越怕热闹，几次朋友邀约，都借故推了，所以算起来，统共也就去过那么两次。一次是听说"菩吧"的设计很独特，专门带了相机去拍照。正是中午时分，离开张还早，蒲菱又不在，服务小姐不愿开灯，整个酒吧了无生气，空洞、寂寞、倦怠，散发着一个封闭空间特有的浓重气息，像一个筋疲力尽的人裹着黑色大氅在睡觉，与屋外正当头的阳光互不关涉，甚至彼此憎恶。

第二次去，情形就大不一样。这次是以张建建的女儿张新雨的名义邀约的，她从留学的英国回来过年，正要回去，算临行前的一次饯行聚会。那天我们到达的时候大约晚上9点，正是"菩吧"营业的高峰时段，灯火流转，乐音震天。展眼望去，几乎每个角落都挤满了人，每张脸都因狂乱的光影飞掠变得迷离沉醉又阴晴不定。我在那一时刻看到的"菩吧"，就像那个筋疲力尽的人掀掉身上的大氅，露出下面绣金的衣饰和满腔的欲望，终于醒来。

除了周湄，去的人都是当年一起玩吉他的朋友，所以蒲菱特意上台唱了几首当年爱唱的老歌，我记得一首是李宗盛的《寂寞难耐》，一首是崔健的《花房姑娘》。蒲菱的嗓音一如从前那样宽阔和沉厚，不同的是更轻松自如了。他一面唱，一面双臂挥舞，做出几乎妖娆的动作。

张建建给我说，他曾经有个主意，想在金阳新区搞一个"中国酒吧音乐节"，给蒲菱说了，蒲菱很高兴，说请乐队的事他负责，"请一百个都没问题"。

我也觉得没什么问题。

"幻彩服装"促销演出

我、董重和蒲菱

蒲菱自画像

附件：以蒲菱为原型的小说残稿
《阳光下的碎玻璃》(节选)

在我认识庞年之前，我还不知道什么是布鲁斯，只隐隐约约听说过一种叫蓝调音乐的东西，我还以为是一首歌的名字呢。我当时坚信重金属摇滚就是全世界所有青年人的国际歌。那时我还没开时装店，一个人住在中华南路的一所老房子里，那是我外婆留下来的，有一个不大的院坝，铺着一尺见方的麻石板。大花坛上栽着几株夹竹桃。我有一个带耳塞的便携式收音机，每天晚上都要坐在夹竹桃下面听省经济广播电台的"音乐时空"节目。这个节目平时以播放流行音乐为主，突然有天晚上，主持人却说今天我们请来了本市唯一的一个摇滚乐队。接下来主持人介绍了庞年和他的"手工者乐队"。我没想到这个灰扑扑的城市还有一支摇滚乐队。我激动万分地听着一个男人用带本地口音的普通话向听众们问好。那是我第一次听到庞年的声音。他的声音在广播里听起来异常厚实，位置特别靠后，吐字有点造作。我想象那一定是个身体粗壮，长着厚嘴唇和宽牙齿的人。主持人说庞年首先是优秀的前卫画家，其次才是个摇滚歌手。这时那个厚实的声音插了进来。他说我们不是摇滚歌手，我们是布鲁斯歌手。接着他不容主持再说话，开始介绍从黑人的田间号子到灵歌再到摇滚乐之间的漫长历史，开列了一长串让人眼花缭乱的人名和乐队名，其间夹杂着我闻所未闻的英文单词或音乐术语。不等主持搭话，他话锋一转，又谈起前卫艺术和摇滚乐之间的关系，毫不留情地批评"音乐时空"节目的媚俗姿态和流行乐爱好者们的无知和麻木。他最后分析了一批他推荐的曲目和音乐家，他这样分析一首歌："……雷吉风格的节奏，吉他是布鲁斯揉进一点民谣味道，嗓子却全是灵歌式的，但吐字有田纳西口音……左边有一面非洲手鼓……"我当时心里想，这是什么样的耳朵啊！一直默不作声的主持终于忍耐不住，语带讥讽地说，你说了那么多，能不能唱一首给大家听听，看你是不是唱的比说的好？那个厚实的声音毫不迟疑地接受了。他才开始调弦，那种饱满的颗粒感就让我如坐针毡，我心里说来了来了……那个声音说"我就唱一首布鲁斯吧"。他开始唱一首回旋往复吞吞吐吐的歌，一面唱，一面哑着嘴，发出响亮的挤压口水的声音。唱完之后，主持人啪啪啪地拍了几下手，很勉强地说"你唱得的确不错"。沉寂了一秒钟，那个声音爆发出一阵洞明世事的大笑，麦克风跟着发出了隆隆的啸音……

附件：《发烧摇滚》

（《贵州日报》1994年）

　　我和蒲菱、董重业余时间都沉迷于摇滚乐。在这里，"摇滚"一词是个宽泛的概念，代表一种品类繁多的音乐。我们的好恶不同，方式不同，表达也不尽一样。

　　我比较注意早期的摇滚乐，对约翰·列侬和鲍勃·迪伦的文化意义比对他们的音乐更感兴趣。当代真正令我入迷的乐队之一是"恐怖海峡"，对其华丽到极致却没有俗气的音乐，我认为恰到好处，因为里面有我需要的一切因素：技巧的繁花似锦、旋律的层层递进，以及结构的复杂完整，当然还有健康适当的情绪和气氛。

　　蒲菱最喜欢"U2"前卫的姿态和迷幻的氛围。他特别强调"U2"的鼓手，对那种敲击角铁似的、冰冷冷的鼓声最为激赏。

　　董重喜欢"涅槃"的悲愤与和弦的简洁有力，其主唱科特·柯本自杀的时候他正在北京进修，从午夜的电台获知这一噩耗，立刻就在黑暗里流下了热泪。

　　蒲菱注重分析式的欣赏，比如他这样形容一支乐队："雷吉风格的节奏，吉他是布鲁斯揉进去一点民谣味道，嗓子是灵歌式的，据说吐字带有奥尔良口音，乐队左侧有一面非洲

声音的密纹

80

手鼓……"

董重则完全是表现主义式的，他这样表达："吱吱吱吱吱，嘎嘎、嘎、嘎嘎嘎……这几声吉他好听，好听。"

我对风格流派不大讲究，认为每种风格与乐队都有一些作品是值得品味的。他们却听得挑剔而极端，对一切带有主流因素的音乐都深恶痛绝，而对一切非主流音乐，首先在感情上觉得亲切，因为他们认为摇滚的精神实质就是不媚俗不妥协，体现在不被大众和官方承认。对"U2"获得格莱美奖，他们感到羞耻和尴尬，但又为"U2"表示将继续非主流的立场大大松了口气。大多数乐队，是经不住蒲菱那样精细分析的，也挡不住董重那样单纯而固执的直觉。

蒲菱说："凡是一听就好听的音乐是经不住听的！"他继而推论道，"所以凡是美的东西，实际上都建立在丑的基础上"。董重立即赞同："就是，就是，你看'涅槃'，有时连我都受不了，怎么不死嘛，他不想当偶像，但当英雄是要有牺牲精神的啊！"但蒲菱的嗓音活脱脱就是阿兰·纳维尔，一个标准流行歌星的翻版——有人指出这一点，蒲菱的脸就红了。

"恐怖海峡""U2""涅槃"，处于一个金字塔式欣赏结构的尖端，实际上有许多是我们共同喜爱甚至推崇备至的，像吉米、克莱普顿、斯汀、弗罗伊德等等。

我们每个星期几乎都用一天聚在一起练习吉他。蒲菱是当然的主音，他不容商量地始终把风格固定在布鲁斯音乐的框架内。偶尔，他的媳妇唱一些诸如艾敬的歌时，他不得不委屈一次充当伴奏吉他。那时，我就报复似的拼命"梭"出民谣味道的旋律。对此，他嗤之以鼻，因为他认为流畅的旋律是肤浅的，而布鲁斯的回旋反复和吞吞吐吐其妙无穷。当然，有时候他也显得很随和：在所有的招数都用完之后，他也会为逗朋友一乐而表演一些流行歌曲。这个时候，他扮着可怕的鬼脸，手在吉他上花哨地翻滚，做出种种古怪的姿势，用流里流气的声音唱出"小妹妹……"那样的歌，无论是脸上的表情还是肢体的动作都完全是讥讽和漫画似的。他将这种方式概括为"马路吉他"，包含着水平业余和趣味低下两层意思，借此表达他坚守精英与非主流的立场。

我们为这个四人乐队（包括莆菱的媳妇陆叶）起名"影子"，原因是一厢情愿地坚决不上电视，认为电台的档次更高。一次偶然的机会，我们接受经济电台肖峰和周进的邀请，果真进了一次直播间，做一台有关摇滚的节目。有机会公开宣讲自己的观点和推荐喜爱的乐队，并且满足了表现欲，我们都十分惬意。

蒲菱咬着话筒说："我很奇怪现在的年轻人为什么不听反映现实的摇滚，而去听和生活完全无关的流行音乐！"

董重抢过另外一支话筒，认为摇滚作为大众文化需要听众，对摇滚在中国的生存表示担忧。

曾有朋友问我们，为何不去专门弄摇滚，每次我们都没有深想就随便扯上一个理由。现在，我有点想通了，除蒲菱感觉一流，技术尚属可观之外，我和董重的技术都相当拙劣，真去弄一个乐队就会变成笑话。原因还不止于此——蒲菱和董重是优秀的画家，而我则想把小说写得像样一些，如果我们不是在绘画与文学上倾注了更多的心力，我们就不会这样真诚地对待摇滚。摇滚在我们的精神的另一个极点起着平衡的作用，丧失任何一方我们都会失去平衡，如果仅仅是前者，我们会堕入虚幻，如果仅仅是后者，我们将不负重荷。但二者的顺序是有前提和先后的。绘画和文学，使我们对摇滚保持了恰如其分的理解和距离，反之亦然。我不知道这样说是否也能同时代表他们两个。

如果这篇文字由他们两个中的任何一个来写，那么所有的人名、乐队名和风格术语都将变成英文——这同样是我们之间一个小小的差别。

在张建建家的客厅里

　　张建建是文艺评论家，早年也弄音乐，在市杂技团吹黑管。他夫人高晴跟他差不多算同行，从小学扬琴，并以此进入十四军宣传队，据说十多岁就曾在电台录音。两口子后来虽然都不再从事音乐专业，但对音乐的喜好却从未中断。记得那时张建建常中午来敲我家的门，说是下午上班之前无聊，又不想睡午觉，所以想在父亲这里找几盘交响乐磁带听听。而高晴有好几年的时间，差不多天天7点不到就起床练声，咪咪咪吗吗吗，闹钟一样准时。我常常梦中听到歌声突起，就知道该起床上学了。两口子当时都不过三十多岁，正是好客贪玩的年纪，常常主动邀请大家去他们家聚会，一个月差不多总有那么一两次，大都在周末。参加聚会的人时有更替，但核心成员基本不变：张建建高晴两口子，蒲菱、蒲菱后来的夫人陆叶、董重、我，以及画家曹琼德和贵大哲

声音
的
密纹

学系的王良范。老伯廖国松也不时会参加进来。聚会的主要内容就是弹吉他唱歌。通常情况下，8点到10点是欣赏阶段，这个阶段主要是听蒲菱自弹自唱，或者蒲菱、陆叶对唱。我和董重的吉他水平和蒲菱相差太远，几乎没有表现的机会，只有偶尔蒲菱想来一段梭罗（solo），我和董重这才操起吉他，一个弹低音，一个弹节奏，给他伴奏。10点以后，蒲菱和陆叶会唱的歌差不多都唱完了，于是其余的人开始蠢蠢欲动，聚会进入无序阶段，你点一首，我点一首，每点一首，都是蒲菱伴奏，大家齐声合唱。但因为与会人员年纪参差，喜好各各有异，所以点唱的歌曲风格悬殊，常让负责伴奏的蒲菱无所适从。比如刚唱完我和董重点的《一块红布》，可能接下一首就会是高晴和曹琼德点的《星星索》，再接下来又可能变成了廖老伯点的《老黑奴》或者某某某点的《花心》……

　　这样的聚会持续了差不多十年。刚开始的时候，张建建的女儿张新雨不过两三岁，坐在沙发上，双脚还碰不到地面，但无论我们闹到几点，她从头至尾始终在场，且面无表情，一声不吭。如今她已是贵大外语系二年级的学生了，前段时间刚考过英语雅思测试，成绩远过她母亲高晴的预期，所以从电话中得知女儿的成绩时，高晴用她刻苦训练过的美声嗓子哈哈大笑，音波透过两壁厚墙，让隔壁办公室的人都吓了一跳。

左起依次为：张建建、我、蒲菱、曹琼德、董重

　　补记：本书初稿脱稿后，我发给几个朋友看，其中之一是当年我们去贵大办摇滚讲座时第一次遇上的周湄（她和张含丹当时都还是贵大学生，结伴从我们面前走过，引起了董重的注意，他碰碰我，示意我看张含丹，低声说："长得可以噢！"），她又发给张新雨，于是就有了下面这篇文章。在写这则补记的时候，张新雨已经从英国留学回来，进了贵州日报社一个部门工作。小女孩如今长大成人，文章的语气调皮调侃，早没了当年对我们的那点崇敬之意。

附件：《客厅里的那些脸庞》

张新雨

　　小说家戴冰的散文作品《声音的密纹》中有一个章节取名为《在张建建家的客厅里》。我有必要先介绍一下故事的来由。张建建便是张爸爸，他家的客厅自然便是我家的客厅。故事的背景是十几年前，那时候的张小姐还只是一个两三岁什么都不懂却什么都想去弄懂的姑娘。用戴冰同志的话来说，那时候的张小姐"坐在沙发上，双脚还碰不到地面，但无论我们闹到几点，她从头至尾始终在场，且面无表情，一声不吭"。戴冰说的"我们"，就是一帮玩音乐、搞艺术并且以"后现代"为基本精神追求的年轻人。是的，在十几年前，他们都相当年轻，比现在的张小姐大不了多少。张爸爸比他们年长将近二十岁，是这帮年轻朋友的"精神领袖"。当年，张小姐家住在相宝山贵阳市文联的老宿舍，房子不大，书多、碟多。最值得一提的是，相比大院里其他文人雅士家清净悠然的环境和氛围，张小姐家可是热闹太多。隔二差五的总会沸腾一次，原因便是这帮年轻人总喜欢来张小姐家弹吉他唱歌，海阔天空地闲聊。当时我虽然很小，但是居然也有了"融入成人语境"的冲动和意识。他们唱歌，我就坐在旁边听；他们弹吉他，我就坐在旁边看；他们天马行空地聊，我就算一个字也听不懂，却也永远不会吵着要睡觉。他们唱的，都是我后来才知道名字的歌。从《花房姑娘》到《一无所有》，从《南泥湾》到《童年》，从《光阴的故事》到《我的1997》；从民谣到摇滚，从经典到原创。张建建家的客厅从此便闻名整个大院。这个客厅很文化很艺术，却绝对不是腐朽而学究的；它比一般的文化更生动，更前卫。这帮大朋友直到现在都这么评价张小姐："这个张新雨哦，从小就少年老成，一声不吭的，就爱和大人混。"爸爸也经常会说："我家这个姑娘嘛，从小就是听后现代长大的，从小就受后现代的洗礼，贵州这个艺术圈里什么稀奇古怪的人物她都见识过哦。"现在，十多年过去了，张建建家的客厅换了地方，张小姐也长大了，而那帮后现代的年轻人也都不再年轻，各自都有了家庭和事业。搬家以后，这帮大朋友要么是一个个地来，要么是三三两两地来，要么就是根本没有来过。张爸爸业务太繁忙，加上年纪在不断增长，也没了精力，所以精神领袖的凝聚作用也受到了削弱。但是，前不久，张爸爸却突然生出一个想法，说："等你去英国之前，把那帮人再叫来家里聚聚，唱唱歌，就像从前那样吧。"我听了之后，脑海里立马浮现出了过去的场景，觉得倍加幸福。于是，又回想起了那几张客厅里的脸庞。几天前，看了戴冰同志的文章，我这才也动了写写他们的念头。

我必须先说说戴冰。我一直称呼他为"戴冰叔叔"。他们这帮人，年龄倒来不去，说是我的长辈呢却又不至于，说是和我同辈吧也不合适，所以从小对他们几个我都是直呼其名，唯独对戴冰，我却加上了"叔叔"，大概是因为他的父亲是我父母德高望重的老领导吧，更何况我称呼他的父亲为"戴爷爷"，到了他这里，叫"叔叔"也是自然的。但其实，私底下和父母说起他的时候都仍然是直呼其名的。戴冰并不是我所要写的这几个人中最年长的，但是他恐怕是我最早谋面最先认识的。因为当年，戴冰同志就住在我家楼下。那是他父亲家，那时候他还未婚，和父母、妹妹住在一起。相比其他几个人，戴冰属于比较沉默也比较沉稳的一个人，感觉他的话语大部分都放进了他的小说里。写得多了，也就说得少了，戴冰大概就是这样吧。戴冰同志爱抽烟，和张爸爸一样。就好像在作品里说了太多的话之后，回到现实，只有吸烟带来的沉淀感才可以平衡情绪，让自己回到戴冰本人的自然状态。当年，戴冰以一首《花心》从此成为张小姐家客厅里的常客和贵客。那首《花心》唱得呀，那柔情似水的份儿啊，活脱脱抵得上两个周华健。外表有点冷峻，给人感觉每分钟都是在思考小说情节的戴同志，冷不丁儿来那么柔的一下，真还惊艳了四座。从那以后，这帮人就经常拿戴冰同志说事儿，就从《花心》说起，而戴冰也逐渐地显露了他深藏不露的冷幽默潜质。十几年来，我还一直对戴冰同志心存感激，因为他救过我。话说十几年前的某一天，半夜里我被蚊子咬醒，叫妈妈不应，叫爸爸不理。看着屋里黑漆漆的一片，再加上小孩子本能的恐惧，打小眼泪就忒不值钱的张小姐便瞬间爆发，放声痛哭。那哭声，长大以后才听戴冰描述过，硬是穿透了整层楼，把楼下正在熟睡的他惊醒。他知道楼上这小孩儿肯定是找不到爹妈了才会哭出这么凄惨的声音，于是冲上楼叫开了门把我带去了他家，安抚我入睡。我一直记得很清楚，躺在戴冰叔叔的床上，我立刻就安静了。我想一定是一种温暖让我安静下来的。当然，那个时候的我根本意识不到那种感觉叫作"温暖"，我只是知道在我用痛哭求救之后，终于有人帮助我离开了那个黑漆漆的房子。小孩子最需要的就是安全感，而戴冰恰恰是救我于"不安全"之中，所以这么多年来，我一直心存感激。而这次事件也在我长大之后大家回忆往事时经常被玩笑地提起，一来说我的哭声够厉害，也同时赞扬戴冰同志的英雄举动。前不久去文联听爸爸的讲座，在楼道里遇到许久未见的戴冰同志。几年不见，戴冰的眼神里又多了几分深沉、笃定和自由自在。话仍然不多，但是一旦开口，激情却还在。不知怎么的，我竟然又不自觉地将十几年前的那张脸庞挂在了戴冰现在的脸上。

接下来该说说蒲菱了。蒲菱是这帮人中最有意思的一个。他是一个画家，作品都特别粗犷、夸张，感觉就像他这个人，格局很大，智慧很深，情感很实，声音很亮。蒲菱本身长得就很有艺术家的范儿，一点都不英俊，但是酷劲十足，前卫时尚。他身上总有一种气场，有点张扬，有点喧嚣，但同时又有点可爱，有点童真。可以这么说，他是我第一个认识的有着典型前卫艺术家外表的大朋友。蒲菱的这种形象，曾经垄断了我思维中对艺术家形象的定义和判断，认为所有艺术家都是他这个模样的。后来长大了，接触了更多的这个圈子里的人，我才意识到蒲菱只是"其中一个"而已，还有更多形形色色的稀奇古怪的人士也叫作"艺术家"。蒲菱有点像这帮大朋友中领头的，他吉他弹得最地道，会唱的歌最多，音域最广，原创也广为我们喜爱。蒲菱是个很生动的人物。他有一张看上去有点卡通的脸，圆圆胖胖的，经常都是笑眯眯的。他有点嬉哈，有点嬉皮，抱起吉他唱摇滚的时候简直就像一个有点"不正经"的"二流子"，但事实上，蒲菱大概是这帮人中最单纯的。蒲菱始终有一种"去生活"的情怀，正是这样的情怀让他成了一个很有生活激情的艺术家。一个真正的艺术家倘若只关心艺术，那十有八九会把自己的艺术天分浪费在艺术里，因为孤立于"形而下"语境的艺术总是离生活太远，容易让艺术家们找不到回到生活的门，也很难在生活中找到出路。我眼中的蒲菱，就是将生活艺术化，又将艺术生活化的艺术家。他有一种艺术家的使命感和脱俗的气质，而这种"脱俗"并不是道貌岸然不问世事的，而是在俗世的生活中保留一份不俗的情怀。张爸爸一提起蒲菱，总是说他"就是一个大娃娃样子"。蒲菱好像真的不会老，永远一副"不知天高地厚""玩世不恭"的调皮大孩子模样。前段时间，张爸爸遇到他，回家来给我描述，说蒲菱开了一辆很招摇的红色跑车，剃了一个诡异的发型，就留了中间一撮头发，还染成黄色，比以前瘦了，穿了一件紧身皮夹克，走在路上，引来好高的回头率；说话分贝还是那么高，还是那么咋呼，就像当年唱崔健的《一无所有》时的那种高亢。最后张爸爸总结了一句：蒲菱，还是那个样子，太可爱了。蒲菱天生适合嚣跋扈，天生适合张扬高调，我想，那辆红色的跑车是与他般配的吧。就是这样一个很调皮很反叛的大娃娃，却已经做了父亲好多年。

再接下来要说说董重。董重也是一个画家，和蒲菱是表兄弟。这层关系我并不是一开始就知道的，而是先知道蒲菱的妈妈是董重爸爸的妹妹，然后才知道了这俩的关系。虽说有血缘关系，但是董重和蒲菱的个性却少有相似的地方。至少在我的认识中，他们有更多的不一样。董重细细小小的一颗，机敏灵巧。留了一板寸头，斯斯文文，像个学生，怎么看怎么不像个艺术家。比起戴冰，董重不那么"正儿八经"，他小小一颗脑袋，总有不少稀奇古怪的想法在捣腾；但比起蒲菱，他又显得稍微"规矩"些，没有那么嬉皮笑脸，好像作为表弟的他，性格里的张扬劲儿天生地逊色于表哥蒲菱。

我印象中，大家来家里聚会唱歌的时候，总是蒲菱开头。蒲菱的节目最多，独唱、对唱、合唱、领唱。而董重呢，总是一声不吭地上来就抱着那把吉他坐在蒲菱的旁边，或者旁边的旁边，埋着头拨弄琴弦，却很少开口唱出调子，就算唱出来也总是很小声，处于伴音的声部。大概是蒲菱唱歌时习惯性高昂的脸庞不小心遮挡了董重那张面积颇小的脸，也可能是董重故意躲藏那张不很艺术的脸庞和那不很高亢圆润的声线，让我从小就认为董重在音乐领域，是这群人中最业余最玩儿票最不热情的一个。我这么说大概是会伤了小董同学的心的，搞不好人家也是抱着一腔热情，只是没地儿发挥而已吧。今后再有这样的聚会，是轮到把蒲菱同志暂时封杀，逼他退居二线，继而推出小董新人的时候了吧？也该让小面积脸庞有放大光芒的机会，这样才显得我们的客厅也是一派"排名不分先后"的和谐气象哩！搬家以后，董重仍然和我们住在一个院子里，只不过很少能遇见他。一年一年，一天一天，随着小董同学在艺术领域的造诣不断深化与发展，董重的画家身份让他越来越受到国内外各种画展的青睐，我也会时不时从父母口中得知董重正忙碌地穿梭于双年展或个展之间，甚至还能在一些学术或艺术类画报和杂志上一睹小董受访的风采。看来"小人物"终究还是放了大光彩，真要恭喜小董同学，总算唱出了高调子。董重留了一把吉他在我家里。这把吉他的主人到底是戴冰、是蒲菱还是董重，我至今没弄清楚。只不过吉他上用黑色的水彩笔画了一个像 ET 的东西，张牙舞爪，像人又不像人，整个就是从董重的油画里跳出来的一个怪物。于是我认定，这把吉他就是董重十几年前一直抱着弹的那把。吉他一直摆放在我家客厅里的一个角落处，最亮的灯光都照不到，却是唯一留下来让我一看见就会想起那几张脸庞的物件。

把良范大叔放在最后来说是有我的考虑的。一来大叔年纪最长，威望最高，分量最重，自然是适合压轴的；二来大叔并不算是当年客厅里的常客，而只是客串频率有点高而已，所以按照出席聚会的频率来说，大叔也只能排在最后。大叔和爸爸一般年纪，真是看着我长大的。想当年，大叔留了一头有点长的头发，戴了一副眼镜，穿了黑色的皮夹克，手里抱了把吉他，还真和克莱普顿有几分神似。其实"大叔"这个称呼是这几年才在朋友圈子里兴起的，我觉得很好玩。年轻至我，年长至和大叔一般年纪的各类姨妈姨爹都喜爱称呼良范同志为"大叔"。话说当年在我家客厅里，大叔最常唱崔健的《一无所有》和摇滚版的《南泥湾》。唱《一无所有》的时候，每次唱到最后一句"一二三四五六七"，大叔总是用弹片往吉他弦上潇洒地一划而过，后半拍起音用喉咙深部发出一串低沉的爆破音，感觉就像一架喷气式飞机从头上盘旋飞过，"呜"地一下，声音没了，只见一串白烟还留在天上，旁边就是金黄色的太阳，普照大地。大叔是个很性情的老鬼级人物，一身的浪漫细胞。他的浪漫情怀想来该是与生俱来的吧，而这恰恰是许多人毕生所追求还多追求不来的。披头士、四兄弟和克莱普顿的作品永远是大叔的保留节目，无论什么时候，大叔一开唱，总是"Hey，Jude……"，或者是"If you miss the train I'm on……"，要不就是"Would you know my name，if I saw you in heaven……"这些经典的老调调。大叔也有不少原创作品，多是感伤的民谣风格，要不就是把好听的民歌改编得带点流行味道，让本来好淳朴好乡土的歌谣变得有点摩登有点都市。记得两年前的一天，正临近春节，天寒地冻。晚饭过后，大叔往家里打来电话要我们去他家里唱歌，说是前一天晚上睡不着觉灵感大发创作了一首作品，等不及想邀请听众来评估评估，最后还加了一句"我家这点有暖气，热和"。于是乎我和张爸爸张妈妈不知道是冲着热和的暖气还是冲着性情的大叔，硬是不畏凝冻天气去当了回听众。路上，张妈妈驾驶的小汽车蜗牛般一步一步艰难爬行，好不容易到了大叔家。一进门，大叔早已把热茶准备好了，屋里暖气热烘烘的。歇了一会儿，大叔拿来吉他和歌谱，开唱了。确实是很大叔风格的作品，多情感伤，恋恋风尘，遥远的呼唤，心灵的相伴。比起十多年前，大叔声音里少了点潇洒和不羁，多了点忧愁和慨叹。喷气式飞机变成了会飞的水鸟，有点孤独，有点脆弱，还有点神圣，宁静致远。真说不好大叔到底是老了还是更年轻了，歌里的心声，唱出了大叔的神秘。大叔还是一个生活得很精致的人。他在贵大有一套房子，装修简单，干干净净。我偶尔会在校园里碰到他，遇到我和同学在一起的时候，大叔总是在我还没来得及开口介绍他之前就操起一口有点别扭的普通话，对我的同学说："我是张新雨的叔叔，哪天来我家，我煮咖啡给你们喝。"好几次弄得我心生愧疚之感，觉得没有正式地介绍他，没有给足大叔面子。我曾受邀和一些大朋友去过大叔的屋子好几次。一进屋，大叔就开始忙活：烧水，煮咖啡，准备点心，拿来吉他，然后又是一连串的浪漫歌曲，中间偶尔插入些闲聊和相互的调侃。大叔是大学教授，也是做了点学问的，但是并不像一个严肃、正统、中规中矩的学问人，反而有点离经叛道的意思。一次，他开玩笑地说，准备在贵大中国文化书院的孔子像面前举办一次个人流行音乐会，先给孔老夫子鞠个躬，然后就拿起吉他唱摇滚。再请一帮学生装成粉丝围成圈，手拿荧光棒，左右摇摆。这个很后现代的想法立即得到了在场各位听众和朋友的支持，都嚷嚷着要去捧场。在传统文化面前，大叔确有"大不敬"的嫌疑，不过，都是玩笑话而已，况且，在贵大校园里，孔子也只是一座很神圣的雕像而已，很少有人能意识到他是一种神圣的象征。若是大伙心里都真正装着孔老夫子，大叔就算是用很后现代的方式去打扰，也终究摧毁不倒那座代表传统意识形态的雕像。眼看着大叔满腔的音乐情结和一身的浪漫，我们建议大叔出盘专辑，并建议取名为《老浪漫主义的情歌》。大叔乐呵呵的，觉得这是一个不错的名字。看来，大叔终究还是喜欢"浪漫"以及一切和浪漫相关的字眼。

写写这些个"老人家"们还真是不容易，他们都是看着我长大的，也都是被我看着变老的。要不是戴冰同志写的关于这些老人儿的片段笑坏了我，让我突然兴奋起来，也想试着写一次，然后给这些老人儿们人手一份拿着读读，我还真是不敢大着胆子冒险一试。都是些三言两语描述不清楚的大人物，小女子笔头的分量还是难以胜任。老朋友们就当消遣看着玩玩，就当是再想念一次这些老熟人；新朋友们就当是读故事探索世界，能有始有终地看完我就感激不尽了。

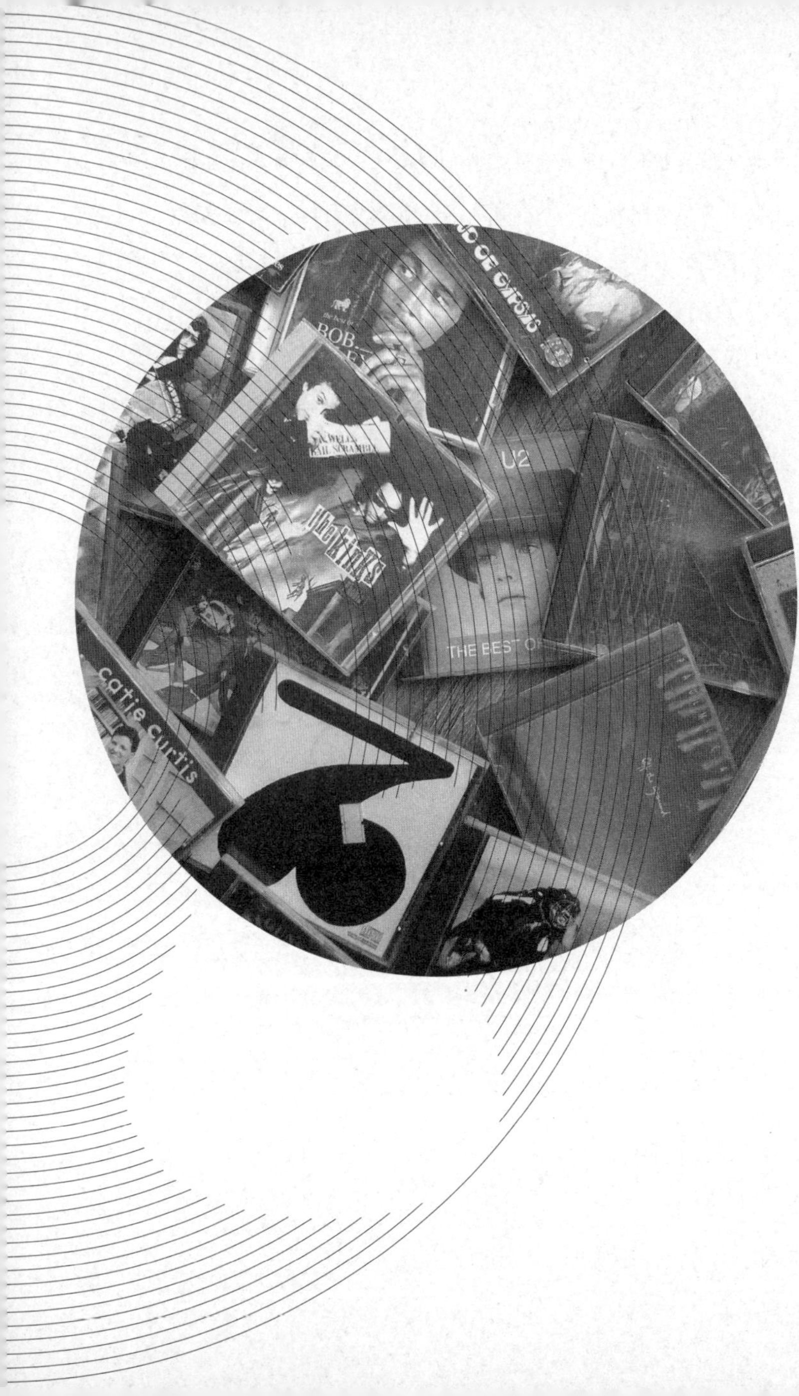

the KINKS
U2
THE BEST
catie curtis

在高艳津子家听吴彤唱无字歌

1996年左右，贵州籍现代舞艺术家高艳津子从北京回贵阳探亲，把"轮回"乐队的主唱吴彤也带了来，就在贵州民族学院她父母家里聚会。在场的人就我的记忆，除了高艳津子和她的父母、吴彤和"轮回"的另一个成员，再就是张建建、蒲菱、董重和我了。"轮回"在当时后起的摇滚乐队中名声不小，代表作是《烽火扬州路》，用重金属摇滚的方式唱辛弃疾《永遇乐·京口北固亭怀古》："千古江山，英雄无觅，孙仲谋处……"算得当年"民族摇滚"的一首名曲。印象中吴彤个子不高，块头却大，小平头，着白T恤，坐在客厅的一张单人沙发里，不苟言笑，很是矜持严肃。据说他刚去过内蒙古，目的似乎是采集当地民歌。接这个话头，高艳津子要他唱一首内蒙古民歌给大家听。他摇头，说要唱一首即兴的无字歌。众人于是一起鼓掌。所谓无字歌，其实就是只发一个"啊"音，一"啊"到底。他的嗓音低沉宽阔，和磁带里的高亢尖利完全不同，曲调里有浓重的蒙古长调的意味。刚开始时我听得很专心，渐渐却开始走神——即兴的音乐大抵有这个问题，久了，总嫌有些单调重复。

接下来的一个多小时，差不多就是听蒲菱和吴彤聊摇滚。我注意到高艳津子家的房子似乎新装修不久，过厅的墙上有一个壁炉，里面饰有珊瑚状的一丛灯管，看样子是用来模拟火焰的，因为有灯光从底部开始，一截一截亮到顶端——这是那天晚上给我留下印象最清晰的画面，每次忆及，都如昨夜般历历在目。

那之后的许多年，没怎么注意"轮回"的消息，以为早散了，前两天偶然上网，才发现这个乐队其实从来都在，只是主唱已经不是吴彤，换成了女歌手吴遥。

关于"轮回"，网上有这样一则报道：

2004年，成立近十三年之久的"轮回"乐队，宣布经过沟通后乐队与主唱吴彤终止合作关系，理由是双方"音乐理念产生分歧"，并从即日起全国范围征选新主唱。事件发生时，吴彤人在美国。记者见到刚刚回到国内的吴彤，他首次公开回应此事，并称乐队事先并未与其就此事沟通，他比任何人都震惊，对于这一结果"感到无法理解和接受"。

吴彤说，终止合作的起因是乐队认为自己只身赴美，无法参与"轮回"乐队在国内的演出。但他称自己的美国行程已事先和公司商议好，而且对乐队五一期间在国内的演出计划自己"毫不知情"。吴彤提出，就在他赴美期间，还曾专门抽出半个月时间回国参与乐队日常排练和新专辑筹备，"就在一切有条不紊进行时，乐队其他成员单方面举行这样的发布会让我感到非常突然和意外"。他告诉记者，自己赴美的主要行程是作为驻西门子公司作曲家进行研究，同时学习一个正风靡欧美的音乐软件并准备将其引入"轮回"日后的演出中。

谈到未来，吴彤表示他正在考虑自己新的演出形式。"虽然在感情上'轮回'已成为回忆，但我很珍惜十几年兄弟的感情，并希望'轮回'乐队能在今后的音乐道路上一帆风顺。"

报道的发布时间应该是五年前的2004年，算来却是我知道的有关"轮回"的最新消息。

从视频上看，新主唱吴遥的着装打扮很商业，甚至艳丽，与印象中"轮回"的风格大异其趣。点了她演唱的《大江东去》和《晚风》来听，感觉嗓音唱功都不错，隐隐有点类似田震。

贵州大学小礼堂的摇滚讲座

  1995年初冬，我和蒲菱、董重曾在贵州大学的一座小礼堂里举办过一次摇滚讲座。事情是由张建建提议，王良范联系，"红烛"书店主办的。有关摇滚的话题，我们私下聊得不少，但当众发表意见的机会却不多，所以接到邀请后很有些诚惶诚恐。记得一进小礼堂，我抬眼就发现几百人的座位上，一半是贵州大学的学生，另一半竟齐齐整整坐满了武警战士。我吃了一惊，一下有点懵，觉得在这样的场合谈摇滚似乎不伦不类。谈到中途时，我说了一句："中国是最应该产生摇滚的地方……"台下立刻响起热烈的掌声，一下把这句随口而出的话变得意味深长起来。

  讲座结束之后，我们弹唱了几首歌，不知谁拍下了那个场面，我至今还留着那张照片。照片上有至少四个武警战士（其中一个好像是女性）夹杂在围观的学生中间；蒲菱的夫人陆叶拿着一面铃鼓；张建建的女儿张新雨也在照片上，可能是那天在场的唯一的孩子，当时大约只有七八岁，紧挨陆叶，正低头看着什么；照片中还有张建建和王良范，前者在台下，和一个武警战士差不多并排站着，后者却高高地立在台上，抱着双臂，微有胡须，看上去有点像一个山寨版的克莱普顿……

还有两件事情也值得一提。一是董重在讲座那天第一次认识了他将来的夫人张含丹（她当时正在贵大读中文系）。二是在去贵大之前，我们在艺校蒲菱家集中，蒲菱感冒了，临走时吃了两片甲硝唑，我的喉咙那天也有点发炎，于是随手要一片也吞了下去。两分钟之后，我开始觉得口腔里不舒服，上下左右密密匝匝像有无数针尖轻刺。贵大回来的当天，就口腔溃疡了，从此我知道自己对磺胺类药物过敏。

2009年9月的一个周末，贵州人民出版社文艺室的编辑阎循平想请我的一个朋友绘插图，约大家见个面，地点就定在出版社旁边的"悦读时光"酒吧里。这个酒吧我之前去过两次，一次是听妹妹说这个酒吧好，陪她去过一次，一次是家里表兄妹们聚会。两次印象都不错，觉得环境清雅，氛围幽静，尤其是那几排靠墙而立的书架，让我想起我最喜欢的北京"雕刻时光"酒吧。坐定之后不久，与阎循平熟识的酒吧主人吴岸和他的女朋友高莎莎也加入进来，六个人围住了一张木桌。他们小两口都是摇滚发烧友，闲谈中说起曾在易趣网上见有人卖旧《滚石》杂志，有六十本之多，惊喜不已，急忙联络，不想卖主是美籍华人，须有美元账号才能交易，于是又托友人帮忙，辗转多日，待一切办妥，杂志却已告罄，只得失之交臂。那应该是几年前的事情了，但吴岸这时说来，脸上的怅恨之色似乎仍然难平。他说："要是买来在酒吧里做一面'滚石墙'，多好！"这样一说，我都替他遗憾起来。聚会将散，吴岸无意间谈到他之所以喜爱摇滚，与多年前在贵州大学一间小礼堂听过的一次摇滚讲座有关，还记得礼堂的一半坐满了武警……我大感意外，差不多惊呼起来："你当时也在场？""在呀，"他说，"我就是那次讲座之后才开始认真听摇滚的。"吴岸生于1977年，1995年冬他差不多十八岁。

高莎莎是贵州民族报社的周刊编辑，活泼开朗。那次聚会之后几天，我突然接到她的电话，说正在做一期纪念"伍德斯托克四十年"的专刊，要我谈点什么。我努力回忆，怎么也想不起这个"伍德斯托克"是个什么玩意。高莎莎显然大为惊诧，几近愤慨，在电话的另一端喊叫起来："伍德斯托克演唱会……1969年……吉米·亨德里克斯就是在那次演唱会成名的……"我感到惭愧，因为我还是没能想起来。第二天，高莎莎发来她做好的版子，总标题叫作《1969—2009：伍德斯托克40年——这个该死的世界有没有变得好一点》。在头版一篇题为《音乐能当饭吃会更伟大》的文章末尾，生于1982年6月的高莎莎这样写道："又或许伍德斯托克与中国是无关的。几乎中国所有的摇滚青年和文艺青年都对这场从未参与过的1969伍德斯托克音乐节津津乐道，但在关于1969年那场史上最盛大的摇滚盛会的影像资料里，从来没有人发现过亚洲人的面孔。那时的中国年轻人，大都正陷入另一种躁狂中，拥有着另外的想象力……"

文章援引莫里斯·迪克斯坦《伊甸园之门》中的一段话作为题记："只有一次，音乐拯救了世界，那就是伍德斯托克。"《伊甸园之门》中谈论摇滚乐的章节《重访摇滚乐时代》我曾读得烂熟，如今却对这句话毫无一点印象。

顺便提一句，阎循平也非常喜爱吉他，能弹一手相当有水准的古典吉他。他常向我抱憾，说当年学吉他时只顾学新曲子，没练好基本功，如今许多曲子弹不到位。

小礼堂的摇滚讲座现场

附件:《1969—2009:伍德斯托克40年——这个该死的世界有没有变得好一点》(节选)

高莎莎

音乐能当饭吃会更伟大

如何开始对1969伍德斯托克音乐节的描述,都是不够的。在那个夏天,三天时间里,45万乃至更多的青年人从四面八方奔涌至美国纽约州郊外的一个农场里,在摇滚乐、诗歌……中狂欢,他们这么做,是为了宣扬和平与爱。除了亲身经历那个场面的人们,永远不会有人真正得知那是怎样的三天,除此之外的其他人仅仅从报章杂志的报道和后来发行的纪录片中,才能领略这场神奇的盛会。

60年代,这个世界都发生了些什么?美国宇航员尼尔·阿姆斯特朗走出阿波罗11号的登月舱,成为第一个踏上月球的人类;美国深陷越战的泥沼,反战示威游行遍布全国,约翰·列侬为反越战写了歌曲《给和平一个机会》,与妻子大野洋子发起"为了和平·待在床上"活动;大洋彼岸的中国,知识青年们正响应伟大领袖的号召,热火朝天地开展着"上山下乡"运动……而更令人难忘的是,45万人涌向位于美国纽约州的苏利文县的马克思·雅思格牧场,参加为期三天，以"和平与音乐的三天"（THREE DAYS OF PEACE AND MUSIC）为宣传主题的伍德斯托克音乐节……

在之后的40年，1969伍德斯托克被当做一个神话，在世界各地的青年人中传扬。今天，我们可以听到来自全球的各种音乐，看到最新上映的大片，拥有互联网、手机和随时随地的新鲜资讯。我们在影像、文字中知道1969伍德斯托克，从DVD和电脑上看其中那些早已经不在人世的音乐家，仍栩栩如生地在台上声嘶力竭地表演，再一次以爱之名被感动。那混乱无比、感人至深的三天，对我们今天的生活，究竟有什么影响？这个该死的世界，真的变得充满爱与和平了吗？

答案是显而易见的。40年间人类仍在无休止地争斗，更多恐怖的武器被发明出来用在同类身上，飞机满怀仇恨撞毁了代表人类文明最高结晶的大厦，人们互相猜忌和自相残杀，许多人挨饿，冰川融化，森林正在变成沙漠，动物们流离失所……爱与和平只在不多的时候被人们提起，只当它是一个遥不可及的梦想时，甚至带着一抹嘲弄的浅笑。

凯鲁亚克曾说："我们永远年轻，我们永远纯洁，我们永远热泪盈眶！"在1969年的伍德斯托克，嬉皮士们身着旧衣，长发披散，与陌生人拥抱亲吻，以及送出一朵朵鲜花，令人感动和热血沸腾。而在今天，冷漠和坚硬的外壳已经成为人们的常态，谁要是吐露出半点那些幼稚的想法，谁就会被唾沫星子淹死，被感动至流泪是懦弱的表现。

　　与1969伍德斯托克的参与者们同年纪的中国人，几乎对它一无所知；生于60年代的中流砥柱，却已经开始受到影响；70、80后的新生力量，是受西方流行文化侵蚀最严重的一代，他们中许多人，正深受1969伍德斯托克余温教化。从1986年崔健站着唱出《一无所有》开始，中国大地上的摇滚乐也正渐渐生长。到今天，中国也出现过成千上万支摇滚乐队和数以百万计的热血青年，深深为1969伍德斯托克打动着。

　　又或许伍德斯托克与中国是无关的。几乎中国所有的摇滚青年和文艺青年都对这场从未参与过的1969伍德斯托克音乐节津津乐道，但在关于1969年那场史上最盛大的摇滚盛会的影像资料里，从来没有人发现过亚洲人的面孔。那时的中国年轻人，正陷入另一种躁狂中，拥有着另外的想象力……

《都市人格》与《北京故事》

　　1997年，蒲菱、董重、李革三人联合举办了一个叫《都市人格》的油画展，地点就设在贵阳市文联展厅。当时我正业余给省有线电视台《西部开发》栏目打工，于是决定为这个画展拍一部专题片。三个参展画家都是先锋派，风格或怪异或荒诞，令观者颇有争议。记得当时女书法家刘素娟的女儿张蕊还是初中生，对着镜头毫不迟疑地摇摇头："我不喜欢！"张蕊后来跟着董重学版画，高中毕业后考取了四川美院版画系。

　　素材拍好之后，《西部开发》的制片刘苗鑫安排我们到公安厅宣传处的机房剪片，负责操作剪辑机的是宣传处的同事。我们这边则是我、张建建和董重。剪片的过程中，我们屡屡与那个同事发生争执，因为他很讲究片子的叙事逻辑，而我们觉得这部片子恰好应该剪得没有逻辑。终于，他忍无可忍，睨视我们："你们到底是学什么专业的？"我说了，他于是恍然，露出"难怪如此"的神情。片子剪到九分钟，我们也忍无可忍，换到省电视台机房重剪，终于按我们的想法剪了出来。但剪是剪出来了，却不够味，老觉得还差点什么，就像是有了翅膀，还没有风。最后我们发现，造成这种感觉的原因是配乐不对。于是我们反复试验，最终选择了崔健《北京故事》的前奏：每隔一个段落，我们就让它出现一次，效果绝佳，立刻扭转了局势。那是一段懒洋洋的吉他独奏，有一种隐约的日常的欢乐之情。它与整部片子的题旨其实毫无关系，但正因为毫无关系，所以它每次出现，都让原本平淡的画面生出一种顾左右而言他、欲盖而弥彰的意味。

片子的名字与画展的名字一样，都叫《都市人格》。据说在省有线台播放之后，又被送到中央电视台《美术星空》栏目，但最后播没播，就不知道了。

《都市人格》拍摄现场

音乐能当饭吃会更伟大

戴冰:摇滚乐从诞生之日起,就是多种民族文化的融合体,而今,随着时间的推移,已逐渐发展成为一种极富活力的音乐门类。不断涌现的摇滚天才们,丰富和推动着摇滚乐的发展。在今天的西方,摇滚乐已被认为是一种社会力量,一种"工业",一种集团宗教,一种刺激市场的法宝,一种体现着当代社会方方面面的文化现象……可以这样说,对一部分西方青年而言,摇滚成为他们的精神家园,不光反映了他们身处的世界的实质,同时还向他们提供着无数种对待这个世界的观念和方式。

董重:对我来说,摇滚和绘画一样,是一种生活方式,是生活中与朋友交流的一条重要渠道。我们在一起聆听、讨论的时候,除了欣赏摇滚的音乐层面,最后我们还是被它的历史和文化背景所吸引。摇滚艺术家们对现实的关注和敏锐,是别的艺术家们无法比拟的。

戴冰:的确如此。我们通过摇滚乐,能够把握现实的某种脉搏。在现实和我们的表达之间，摇滚乐起着中介的作用。

蒲菱：1985年开始接触摇滚时，兴奋点完全是官能的反应。摇滚乐对我来说，是一个含混、宽泛的概念。随着聆听的大量增加，现在我更多关注的是风格的演变及其同当代社会文化的关系。从某种角度讲，它体现了当代社会和文化的精神实质。

董重：如果对摇滚乐没有比较全面和深入的了解，作为一个当代人，就无法对当代社会和文化有一个全面的把握。

戴冰：摇滚乐在中国是一个新生事物，但在中国这个特定的环境里，摇滚的出现也具有它独特的价值和含义。

蒲菱：摇滚在1980年后期出现在中国，第一次使一种大众文化比较直接地切入寻常人所面临的现实。它所带来的文化上的震撼，极似60年代摇滚在西方出现时的状况，但这种文化精神上的尖锐性，随着纳入商业动机而逐渐消失殆尽了。

戴冰：崔健是个例外，摇滚的某种实质精神，始终贯穿着他的作品。他一直以一个冷静的、具有独立人格的个体，保持着非主流的姿态。他逼问的精神和悲愤的表现，始终是中国摇滚乐坛里最有价值的。但是，他极其严肃的思考，被他的歌迷们接受得如此快捷和轻率，让人觉得可疑。

董重：这是崔健的尴尬之一。另外，还有更多的人根本就不听崔健，这是崔健的摇滚作为大众文化的另一种尴尬。有时候，我的确不明白，为什么有那么多的青年人去听和他们的生活境况毫不相干、形同呻吟的流行音乐，却不接受关注现实的摇滚呢？

戴冰：也许，他们对漂亮的旋律感兴趣……

董重：有些摇滚的旋律也是悦耳动听的，比如以后我们会谈到的英国顶极乐队 Dire Straits（"恐怖海峡"）。

蒲菱：广义上的摇滚，包含着各种各样的风格。

戴冰：甚至也有流行乐的因素。

蒲菱：对摇滚乐各个时期风格及概念的把握，将使我们更深入细致地把握摇滚。

董重：我喜欢那种更能体现摇滚实质的音乐，像 Punk（朋克）、Grunge（垃圾摇滚）等。

戴冰：这方面，我喜欢早期的摇滚乐，像鲍勃·迪伦的音乐。同时作为大众文化的一支，摇滚还具有愉悦欣赏的功能，比如 Folk Rock（民摇）或 Latin Rock（拉丁摇滚）……

蒲菱：此外，还有一些中介性质的实验摇滚。这类音乐，涉及各种音乐形式。融古典乐、电子乐、边缘音乐以及自然声响的因素于一体，比如艺术摇滚（Art Rock）、概念音乐（Concept Music）、世界音乐（World Music）等音乐风格。

戴冰：关于摇滚文化，我们无法更全面更深入地讨论。在这里，我们只是作为三个单纯的音乐迷谈一下我们共同喜爱的乐队和唱片。其目的，是希望和更多的摇滚迷一起分享摇滚艺术家们的天才创造。

《漫话摇滚》的报纸剪贴

《摇滚梦寻》

　　在拍摄《都市人格》之前，我还拍摄过一部有关地下乐队的片子，那也是我拍摄的第一部电视专题片。记得某次刘苗鑫对我说，"我那里人手不够，你来给我拍片子吧"。我想也没想就答应了。"拍什么呢？"我问他。"随你自己想。"他说。我当即就想到要拍一部有关摇滚乐队的片子。其时贵阳已经陆续出现了一些自发的、松散的乐队组织，大都由在校大学生或业余爱好者组成，器材简陋，水平低劣，虽不乏雄心壮志，却尚处在自娱自乐的阶段。没有经费，缺少排练场地，大多数时候甚至根本没有演出机会，特别是其中走另类音乐路线的那些乐队，很难被普通音乐爱好者接受，更谈不上引起媒体的关注，只能甘于边缘而处于几乎完全的地下状态。迫于生计，这些乐队中的一两个偶尔能在酒吧或者夜总会得到一次演出的机会，但代价却是改变他们的初衷，接受唱通俗歌曲的要求，这对他们来说，实际上是一种极不情愿的妥协。作为一个社会主流形态之外的群落，他们既高傲又卑微，除了那个圈子里的人，外人很难了解他们的生存状态。我因为偶然的机会接触过几个这样的乐队，他们混乱而艰辛的生活，以及他们对音乐的痴迷执着，都给我极深刻的印象。某次我和其中一个乐手聊天，他谈到在外地时的生活。

乐手叙述的场景里有一些我完全不能理解的东西，一方面它似乎关乎某种肆无忌惮的欲望，而另一方面它又似乎让我感到一种极度的冷漠、厌倦和麻木，甚至悲怆感——特别是当它和音乐，和被压抑的地下音乐联系在一起时，我的心情变得越发复杂和茫然，觉得很难对此下一个什么样的结论。那之后我就一直希望能用一种什么形式，尽可能真实地表现一下他们的生活。电视台那个朋友的建议给了我一点灵光，我想着一部纯客观的纪录片也许能达到这个目的。

我把这个想法告诉了刘苗鑫，他刚听说时表现得和我一样兴奋，但冷静下来后却犹豫起来，他说有些部分肯定不能碰，否则要闯祸，我们要做就只能正面表现他们执着追求理想的精神，别的不能涉及。我知道他的顾虑是有道理的，心里却不免失望，甚至有点想放弃的意思。但最后我还是决定做，其中的原因除了很想尝试一种新的表现手段，更主要的是我事先已经想好了那部片子的第一个镜头，舍不得放弃，我觉得它很能概括那些地下乐队给我的印象，一开始就能为整部片子定下准确的基调。

我在认识的乐队中挑了一个，和他们长谈几次之后，我写出了本子。拍摄过程中，为把第一个镜头拍出想要的效果，我反复要求重拍，以至于编导和摄像师都不耐烦起来。那个镜头是这样的：一只打火机摇晃的火焰占据了镜头的大部分空间，偶尔能看见那只捏打火机的手，背景则是一片漆黑，听得见虫鸣和狗叫，画外传来乐队主唱的声音，他在把到访的客人引向他偏远的住处。从这边走，他用本地话说，注意，注意，这里有个水坑……

片子播出之后，我并不满意，觉得没有达到事前的预想，但一头一尾两个镜头却不错。结尾处，在篝火焰光的映射下，主唱猛扫吉他，发出一声嗥叫，镜头由下到上醉醺醺地摇起来，最后定格在主唱那张巨大的，因为广角效果而极度变形的嘴上，观众能清晰地看到口腔里两排被烟熏黑的牙齿。

片子的名字叫《摇滚梦寻》。那个乐队的名字我忘了，但还记得主唱兼主音吉他手的名字，我听乐队的其他成员都叫他阿杜，我也跟着这么叫。就是这个阿杜，介绍我认识了爵士钢琴手小鹏。

ENTY YEAR RETROSPECTIVE
ELVIS' GOLDEN RECORDS
THE OAK RIDGE BOYS
American-Made
Wham

乐手、歌手、舞手

吉他手小米

1992年还是1993年的一个周末，几个朋友约我去合群路上一家新开的歌厅听歌（歌厅的名字我已经忘了），说那里有个贵州大学外语系的女学生唱英文歌唱得很好。那时贵阳能唱英文歌的歌手寥寥无几，偶有一两个，也并不真懂英文，完全是依葫芦画瓢硬模仿出来的，吐字发音听上去都很可疑。所以我一听就来了兴趣，当即答应下来。那天晚上我们到达歌厅时演出刚开始不久，找座位点饮料花去不少时间，等我们完全坐定，那个女学生就出场了。那是个面容稚嫩的女孩了，白衬衣、牛仔裤，扎着马尾，看起来是像个在读学生的模样。但她一张口，我却有些失望，她把每个音都咬得很实，棱角分明，听上去不怎么自然。那天她唱的第一首歌是卡伦·卡朋特的《昔日重现》，第二首是"紫蓝色少女"乐队的《湖水》。唱到《湖水》时，一直坐在她身后的那个个头瘦小、相貌清秀的吉他手突然从位子上站了起来，慢慢踱到台前，最后停在唱歌的女学生身边。一面侧身盯着她，一面继续弹，脖子随着节奏一伸一缩，嘴里还念念有词，也不知在唠叨什么。他的举动在乐队成员和观众之间引起一阵轻微的骚动，包括那个唱歌的女学生，我注意到吉他手来到她身边时，她无意间瞥见，吓了一跳，立即朝身后猛地一闪……一曲唱完，在稀稀落落听掌声里，吉他手开始了一段长长的梭罗，他埋着头，谁也不看，非常专注的样子。听着听着，我突然意识到，那段梭罗不会是预先设计好的，而是即兴的，因为乐句与乐句之间的关系非常松散，甚至出现没有意义的反复，那显然是一面弹奏一面构思的缘故。一两分钟之后，乐队成员们开始面面相觑，而那个女学生也露出不知所措的神情，频频向身后的乐队看去，同时慢慢朝旁边挪动，一步一步，离那个吉他手越来越远……鼓手好几次抓住机会打出一串串鼓花，提醒他结束弹奏，但他置若罔闻，仍旧自顾自地埋头继续。说实话，他的大段梭罗一点也不好听，笨拙艰难，毫无才思。观众中有人弄出不耐烦的声响，还有人吹了一声尖利的嗯哨……我替他有点焦虑和尴尬起来。幸好又过了几分钟，在奏完一个平淡的乐句之后，他终于结束弹奏，回到了自己的座位上。主持人急急地出来，宣布了下一个演唱者，于是演出继续进行，一切又恢复了正常⋯⋯

过了十来天，我和一起听歌的那几个朋友又见面了，吃晚饭时我提到了那个吉他手，我说那天他的举动真是莫名其妙。朋友中有一个是一家公司的物管经理，管着公司下属一家舞厅的器材，平时跟乐队的人很熟。他说那个吉他手姓杜，叫杜什么米，父母好像是支援三线建设时从上海过来的，大家都叫他小米，见到人时总是笑眯眯的，却从不跟圈子里的人来往，没有几个人真正了解他的生活。关于他的传闻很多。比如他很多年前就离开了父母，长期一个人住在贵阳，除了晚上在舞厅弹吉他，白天就轮流住在几个女人家里，因为长得漂亮，那些女人对他都很好，甚至在他找不到工作的时候心甘情愿地白白供他吃供他住⋯⋯有人曾在一家私人医院见到他用手帕捂着嘴，神色张皇，要求医生给他打大剂量的青霉素，据说是得了口腔梅毒。说到这儿时，另一个朋友插话，说他有一个朋友曾经跟小米同在一个乐队待了很长时间，有一次小米来了兴致，给他说了许多他和那些女子一起生活时的情形，比如他们总是睡到中午才起床，在晚上出去工作之前，得捱过长长的下午，所以吃完中饭后常常一起玩游戏打发时间，其中一项是猜拳。

后来我们又谈到了他的吉他水平。我说我觉得他的水平很一般，没什么才气。但那个物管经理却不同意，他说实际上圈子里有不少人都很推崇他，说他有个性，只是不稳定，感觉来的时候能弹出特别奇特的效果，否则就显得很平庸。我问他听到过小米感觉好时的演奏没有。他说那倒没有。

我后来还见过小米一次。那是几个月后的一天晚上，也是周末，差不多是凌晨一点，我从表姐家出来，路过大十字一家书刊亭时突然看到了小米，他穿着绿色的衬衣，衬衣扎在一条白色的布裤子里，头发梳得整整齐齐，正在翻看一本什么杂志。我走过去，假装也翻书，一面悄悄观察他。他头发留得稍长，微微卷曲，脸很小，皮肤白得几乎透明，深目高鼻，睫毛又长又浓，在他的眼睑上投下一道阴影，的确长得非常漂亮。有差不多十分钟的时间，他一直专注地读着杂志上一篇文章，神态安详，始终没有抬过一次头。接着他放下杂志，转身离开了书刊亭。我目送他绕过十字路口中央的岗亭，朝喷水池方向走去，白裤子在路灯下非常抢眼，很远很远都还能看到。

那之后我再没见过他。一年后听说他得了一种什么病，右边头发掉了一片，露出半个巴掌大的一块头皮。再后来又听说一个澳大利亚女画家来贵阳旅游，不知怎么看中了他，把他带到澳大利亚去了。据说那个女画家脸色红润，长得又高又胖，年纪比他要大上十多岁。他们离开贵阳的时候有几个朋友去送行，回来说小米什么也没带，就带了一把吉他……

后来我用有关小米的那些传闻塑造了两个小说人物，一个是《桃花》中的黑社会头目黄辣丁，一个是《天籁》中的吉他怪人林琛。

附件:《桃花》(节选)

(《钟山》文学双月刊2007年第3期)

据说李碧芳跟着她瞎眼的老祖母搬进中药铺旁边的小巷时，年纪不过二十出头，身材窈窕，眉目修长，除了身上一件已经褪色的花棉袄显得有些土气，看上去似乎比渣渣坡上所有的女孩子都要水灵和漂亮。至今还有许多人对那天的情形记忆犹新，他们说当时谁也没看出来李碧芳是个疯子，只是觉得这个姑娘的眼神怎么有些轻佻呢，因为她随着祖母从坡底缓缓走来，一路走一路睁大眼睛四处张望，看见年轻男人就吸吮着自己的下唇，满面红晕地微微颔首，像是在娇媚地招呼对方。据说祖孙俩搬来的第二天，小巷前的空地上就出现了大批滞留不去的年轻人，他们无一例外都换上了花哨的衣服，还在脖子和手腕上挂着稀奇古怪的饰物，彼此见到的时候都有些不好意思。曾经在北郊小学当过副校长的王德富看到这个情形后有点担忧，就凑到陈聋子的耳边大声说，渣渣坡原本就是个乌烟瘴气的地方，如今又来了这么个鬼妖精，我看不出事才怪。陈聋子对王德富的见解向来很佩服，听了他的话之后立即表示赞同。"是啊是啊，"他说，"骚公鸡们在行动。"

事实证明王德富的不安并非杞人忧天，小果新的幺叔后来告诉我，李碧芳不光惹得渣渣坡一带的年轻人们躁动不安，甚至还惊动了头桥附近一个打架团伙的头目黄辣丁，差点酿出一场大祸。黄辣丁细皮嫩肉，长得比姑娘还清秀，曾经因为用钢锯锯断了一个仇人的拇指坐了一年零五个月的牢，出狱之后他轮流在东郊村几个妓女家里白吃白喝，缺钱的时候就冒充那些妓女的丈夫敲诈客人，弄得那几个妓女对他又爱又恨。他不知从什么地方听说了李碧芳，知道渣渣坡上来了个长腿细腰，爱用眼睛瞟人的大姑娘，于是就扛了一把深蓝色的吉他，带着三个同伙来到了渣渣坡。小果新的幺叔说那个周末的午后天寒地冻的，黄辣丁一伙四个人穿得整整齐齐，顺着两百米长，沿途都是住家和门面的道路来来回回走了差不多一个下午。但他们既不知道谁是李碧芳，也没有看到漂亮的大姑娘，最后不得不坐在公厕旁边的花坛上，弹着吉他开始唱歌。他们嘴里呵出白雾一样的热气，先是唱流行歌曲，后来又唱监狱中学来的牢歌，天黑尽之后还舍不得走，开始胡编乱造一些下流小调。歌声吸引了附近那些刚吃过晚饭的居民，他们围在花坛四周，默不作声，听得津津有味，直到黄辣丁的歌声里突然出现了李碧芳的名字，大家这才醒悟到他们一伙此行的目的。在场的几个年轻人当场就按捺不住骂了起来，还威胁说，如果他们不马上滚蛋，那么附近的年轻人们很快就会联合起来对付他们。但黄辣丁根本没把这些人放在眼里，他继续呵着白气唱歌，内容越来越下流，而且毫无道理地升降和拐弯，最后回不到调子上来，变成了怪里怪气的嚎叫。

那个时候打架是常有的事情，加上听了一晚上的歌也有些腻味，所以等到渣渣坡上一多半的年轻人都赶到公厕附近之后，那些居民们就打着哈欠各自回家睡觉去了。

但那场架最终没能打起来，原因是那些拿着面杖或者牛角刀的年轻人们刚一围上去，黄辣丁的三个同伙立即掏出了三把自制的手枪，分朝三个方向对准了他们。黑黝黝的手枪在幽暗的路灯下一开始不大看得清楚，但一旦认出对方手中捏着的是三把手枪，年轻人们马上心平气和地散开了。小果新的幺叔说整个过程中黄辣丁继续埋头唱歌，一秒钟也没有耽搁，而且声音越来越大，直到吉他的一根高音弦突然绷断这才罢手。据说黄辣丁离开渣渣坡时仍然恋恋不舍，一路长声吆吆地高喊，李碧芳啊李碧芳……

霹雳舞手

　　1987年还是1988年，贵阳掀起一阵跳"霹雳舞"的热潮。其根源是美国电影《霹雳舞》的上映和杰克逊日本演唱会录像带的流传。电影我看了，演唱会却只看到杂志介绍，没看到录像。记得介绍文字里有一句话："杰克逊仿佛脱离了地球引力的舞蹈……"其中还有一张图片，是演出前杰克逊在独自排练，穿着白衬衣和紧身黑裤，地点像是一幢高楼的楼顶……那之后就开始看到有年轻人在不同的场合跳起了"霹雳舞"。那是一种融杂技、舞蹈和哑剧于一身的街头形体艺术，配合着迪斯科的强劲节奏，没有任何规范需要恪守，任何动作都是被允许的，完全随机和即兴，表演者的个性可以在其中得到最大限度的张扬——话虽如此说，某些高难度的动作还是被固定下来，成为个中高手的标志，比如"抹玻璃"，比如"太空步"和"机器步"。"抹玻璃"是模仿一个半蹲或是躺倒在地的人扶着想象中的一扇玻璃门，一下一下站起身来（我曾试着模仿，发现根本不可能，因为那需要非常强健的腿肌和腹肌）。"太空步"则如电影慢镜头里的奔跑，动作幅度很大（踮脚、曲腿、跨步、扬臂），速度却极慢极缓（我也试过，仍旧失败）。而"机器步"需要模仿木偶或机器人的某个笨拙动作（比如平躺在地然后僵硬地起身），把这个动作逐环拆解，强调整个过程中每个关节

声音的密纹

（指、腕、臂等）的运动。凡能将以上三个动作完成得惟妙惟肖者，我们都视为"霹雳舞"高手。但有个朋友却对此不屑一顾，他告诉我们说，这种舞有一个总的名字，叫"布雷克舞"，对跳这种舞的人来说，"霹雳舞"是其中特有的一种，只有那些用肩、头、背等为重心，贴地翻滚旋转的才能名"霹雳"，否则只能是"布雷克舞"中另外的种类。

说这话的朋友是某个专州京剧团的武生演员，个头不高，模样就一个男性来说，长得过于俊俏精致。我认识他是因为他跟我表弟一个邻居的姐姐谈恋爱，经常跑到贵阳来和花灯剧团的子弟们混在一起。那时花灯剧团有个舞厅，中场休息时会放一刻钟的迪斯科舞曲（那差不多也是贵阳所有舞厅的规矩）。某次我和表哥表弟也在舞厅里，中场开始了，刺耳的迪斯科舞曲响起来，转灯同时旋转，满场全是红、蓝、黄、绿无数圆形光斑的滚动。突然，舞台方向一阵哄闹，大半个舞厅的人都围了过去。我们挤进人群，才知道是那个武生朋友正在地上大跳"霹雳舞"。在此之前，我只听说他跳得很好，却从未看到过，那次才算目睹了他的功夫。记得当时在场的人差不多都疯了，一起和着节奏跺脚拍手，嘴里不时还"嗬嗬"乱叫，他也越跳越亢奋，得意处，蓦然平地几个空翻，一个高过一个，吓得周围的人尖叫四散，同时轰然喝彩。

几个月后，听表弟说花灯剧团的那个女孩跟他分了手。

我觉得不解：如此魅力四射的人儿也会失恋？心里为他大大不值。那女孩我也见过，极普通的模样，略胖，她弟弟和我们很熟，后来成了一名舞厅乐队的萨克斯手。

那之后就没怎么见过那个武生朋友，只有一次，我和表哥去他所在的那个专州，和当地朋友聚会时又遇上了他。不知我和表哥当中的谁提到了花灯剧团的那个女孩，他立即露出沮丧的神情，说了许多委屈的话。再后来就听说他离开那个专州，到沿海一座城市的电视台当了一名主持人。又过了十多年，某个春节长假，我和表哥去那个专州玩，正和一个当地朋友坐在街头吃小吃，突然看到他远远过来。表哥眼尖，说："那不是某某某吗？"当地朋友说："是呀，他这次是专程陪老婆回来生孩子的。"我展眼一看，果然发现一个头发鲜黄，穿着艳丽的大肚子女人跟在他身后。朋友抬手打了个招呼，他于是停下来和我们寒暄了几句。他并不给我们介绍他的妻子，那女人也自始至终没有过来，而是脸朝一边，十分不耐烦地微微摇摆身子。

他的五官几乎没什么变化，仍旧精致俊俏，只是眼神疲惫，吐字发音相比从前，突然变得平稳清晰了许多。

女囚歌手

　　1993年的春天，我跟一个当狱警的朋友去她工作的劳改农场玩，那里关押着几队女犯。朋友知道我曾经在舞厅唱过歌，就对我说，她管辖的队里新来了一个女犯，入狱前曾是一家很著名的歌厅的歌手，歌唱得很好，问我想不想见见。我说方便的话当然想见。于是朋友带我进到一处很大的院落，四面都是平房，不像是牢狱，也不像是普通的住家户，我估计应该是女犯们工作的地方。朋友带我来到其中的一间平房前，指着屋檐下的几张小木椅，让我先坐在那儿等着。"我去把她叫出来。"她说。过了几分钟，她带着一个女孩子出来了，一面坐在我的身边，一面命令那个女孩子坐在我的对面，同时给她介绍我："他也在歌厅唱歌呢，你们可以聊聊唱歌什么的。"那女孩子看上去不会超过二十五岁，眉眼十分清秀，没有穿囚服，而是套着一件颜色和款式都很朴素的薄毛衣，如果不是神情有点冷冰冰的，我觉得她肯定是那种老少都会喜欢的女孩子。我这是平生第一次面对一个女囚，很有些局促。朋友看出来了，就对我说（一半也是说给那个女孩子听的），"她唱歌唱得特别好，全场的人都知道"。这话原本有缓和气氛的意思，但那个女孩听了，脸上仍旧没有一点表情，我更不安了。这时朋友让她唱一首歌给我听。"唱一首你最拿手的，"朋友说，"看他觉得你唱得怎么样。"那女孩子用力舔了舔嘴唇，扭过头去，朝着肩膀的左上方厌恶或者烦躁地瞟了一眼。但她显然不敢违抗狱警的命令，所以过了一会，她还是半侧着脸唱了起来。唱的是苏芮的《奉献》："长路奉献给远方，玫瑰奉献给爱情……"她的声音很小，嘴唇嗫嚅着，差不多是半哼半唱，听不出真嗓的音色。我突然觉得有点别扭，那感觉像是我们在有意折磨她似的，于是等她唱完第一段，我即时拍手叫好，她也就顺势停了下来。跟她闲聊了几句之后，我就和那个朋友离开了。快要走到院门口时，我忍不住回头看了一眼，没有看到她，她当然已经重新回到了屋子里。

我一直拿不准我中途示意她停下来是不是有点弄巧成拙，也许她认为我并不想听她唱歌，或者觉得她唱得并不好，再或者她觉得整个事情都是一场羞辱：她正在房间里跟平时一样工作，突然被叫出来，让她给一个陌生男人唱歌……

走出院门，我问朋友，那个女孩子是因为什么原因进来的。朋友说得很平淡，也很粗略（可能是见得太多的缘故），大意是她谈了个男朋友，后来背叛了她，于是她捅了男朋友几刀，没捅死……

少年宫舞厅

　　1990年，我进入贵阳云岩区少年宫工作，先是教美术，后来又编报纸。那时的贵阳人正热爱着跳舞，大大小小的舞厅遍及全城，怕不止百家之数。其中规模最大的要算遵义路省体育馆舞厅和六广门市体育馆舞厅，都是在现成的室内综合运动练习场所直接安装灯光设备改造而成，所以若论场地之阔大，别的舞厅自然无法相比。当时舞厅的一般规矩，同一首歌，先是歌手连唱两遍，然后乐队奏一遍，最后歌手再连唱两遍，耗时不短，至少要比磁带上的同一首歌长一倍以上。但即便如此，对两家体育馆舞厅来说，大约也只够一对舞伴跳慢八步，顺着舞厅边沿绕场一周半。场地大，容纳的人就多，因此两个体育馆舞厅都有一个"饺子馆"的绰号。云岩区少年宫也有一个舞厅，由顶楼排练大厅改建而成，相比两个体育馆舞厅要小得多，可也能容纳两百人以上。那时我正做着狂热的歌星梦，知道少年宫有一个舞厅后，第一时间就找到了少年宫管理舞厅的雷老师（他同时兼任乐队的号手），告诉他，如果舞厅以后缺歌手，就让我试试。雷老师答应了。几个月后，原来的男歌手突然辞职，我如愿以偿，顺利地接替了他的位置。这一唱，差不多就是整整三年。

还记得第一次登台时我唱的是罗大佑的《恋曲1900》。少年宫舞厅设备简陋，没有反馈音响，我唱出去的每一个音，似乎都要先在数百平方米的大厅里绕场一周，才慢慢吞吞传进我的耳中。这情形大大出乎我的意料，自然影响了我和乐队的配合，我顿时慌张起来，一面唱，一面下意识地从台上走到了台下。一对打扮得花枝招展的年轻女人两次跳过我的面前，两次都不无善意地轮流提醒我："黄了，黄了，你听不出来你唱黄了吗？"为了盖过高分贝的音乐声让我听见，她们都喊叫得声嘶力竭，那脸上的表情就像我们之间隔着千山万水。

和我搭档的女歌手是云岩区某小学的音乐老师，比我年长七八岁，气质打扮都很朴素，毫无某些舞厅女歌手的妖艳浮浪，人也极善良。当她得知我之前从未在舞厅唱过歌时，特地给我传授了许多小窍门，比如唱慢歌时如何平稳地归韵，如何利用麦克风的远近以控制音量或制造效果，等等。当时我唱歌有个坏习惯，那就是一面唱，一面用脚打拍子，这个习惯唱慢歌时倒还无碍观瞻，唱快歌时就很难看，甚至砰砰有声，震动乐台，影响到别的乐手。于是她告诉我一个法子，用脚指躲在鞋子里悄悄打，"这样别人就看不到了"。我照着做，也就解决了这个问题。我还记得她当时说过的一句话，"节奏应该是装在心里面的"。

在少年宫舞厅唱歌的几年，见到过不少有趣的人，其中有两个至今难忘。一个是中年男人，瘦高身材，留小胡子。某次我下楼上卫生间，正碰上他和一个女人靠在柱子上喝话，女人说："……那以后你可要对我好些。"小胡子男人说："那是肯定，何消你说。"说到这里，突然立起身子："……哦，对了，我口袋里还有块泡泡糖，等我摸来你吃。"

第二个是七十余岁的矮小老头，银发满头，风度极佳，从不跳流行舞步，只跳严谨的"国标"。某次舞厅散场，有少年宫的老师看到他和舞伴躲在大门前的熊猫塑像后面相拥亲吻，啧啧有声。几天后，一个与他年纪相仿的老年女人突然出现，一路咒骂，不顾保安劝阻，径直闯入舞厅，找到白发老头就是一顿乱抓乱挠，引来全场大哗。为了不影响秩序，保安把两人带到舞厅后面的大露台上，任他们自行处理。几个当值的少年宫老师原本还有点担心，怕出什么事，不想半小时不到，两人竟笑嘻嘻相携而出，路过门前，老头还向 个老师挥手道别。听着他们的脚步声沿楼梯渐行渐远，一个中年男老师若有所思地说："这老者是个有办法的。"我还记得那个女人的样子，非常清秀，身材高挑，头上扎着一根红绸带，两端长长地飘在脑后。对一个七十多岁的女人来说，那根红绸带看起来相当扎眼，所以那个男老师接着又补了一句："那女的肯定也是个疯的……"

说起来，我在舞厅唱歌的时间虽不长，也不能算短，但每次忆及，总觉得印象模糊，而且首先出现在脑子里的从来不是眼前起舞的人群或者头顶上五颜七彩的转灯，倒是每晚开场前几个少年宫工人在舞厅地板上撒滑石粉的场景：他们像插秧一样倒着身子撒，横十几道，竖十几道，将整个大厅分割成无数的大方格子。那个画面在我的脑子里几乎总是阒无声息的，甚至凝结不动，像黑白的老胶片，有点诡异，又莫名其妙地有点凄凉，不像开场之前，倒像散场之后。

乐　评

　　曾经有那么几年时间，我很着迷于写乐评。还记得我写下的第一篇乐评题目叫《独白与合唱》，是1991年左右，应时任省艺专校刊《艺文论丛》主编的管郁达之邀而作。管郁达是弄艺术评论的，说起话来很有煽动力，他对我说，"贵州写流行乐评的不多，你其实应该试试"。那口气语重心长，听得我脑子一时发热，当真拉拉杂杂写了七千余言给他。内容如今已不复记忆，唯一的印象是我在其中比较了罗大佑和齐秦，把前者称为乐坛的"哲学家"，把后者称为乐坛的"诗人"。后来管郁达离开了贵州，据说现在已经是很出名的艺术策展人了。刚认识他时我和几个朋友经常去艺专找他聊天，某次他说自己是回族。

　　文章在《艺文论丛》发表出来，被文化厅《文化广角》的编辑曹海玲看到了，要求我继续，还诱惑说："我们杂志的稿费可是很高的，千字四十元呢。"当时我的工资不过一百多元一月，所以这个数字还是相当有吸引力的。于是接下来的差不多两年时间，我逼着自己，写了十数篇谈论音乐的文字，大都就发表在《文化广角》上了。

那时还没有网络，可供参考的纸质资料也不多，谈论西方流行乐的就更少，所以我写此类所谓乐评，多靠的是道听途说和报刊上偶然碰到的零星报道。虽然后来有一些介绍西方流行乐的书籍陆续上市，但粗制滥造者居多，比如把"恐怖海峡"乐队音译作"戴尔·死崔"，"涅槃"乐队译作"勒哇纳"……如此种种，极不规范。幸而80年代初期，联合国教科文组织定期给父亲寄一本叫《信使》的杂志，全彩印，图文并茂，十分精美，内容涉及西方文化的方方面面（我手中如今仅存一期介绍毕加索的专号），其中就有许多是介绍西方流行音乐的文章，为我写乐评提供了不少便利，比如我曾写过一篇《美国乡村音乐四十年》，部分背景材料即源自其中一册。

那个时期写下的乐评如今大都已经散失，剩下的只有《艾敬的1997》《第一尊摇滚偶像——埃尔维斯·普雷斯利》《行吟诗人——鲍勃·迪伦》《永远的披头士——甲壳虫乐队》《歌迷呓语：丧失神圣的摇滚》五篇。事隔多年后重读它们，多见乖悖之处，想当然之言。《歌迷呓语：丧失神圣的摇滚》是那个时期的最后一篇乐评，末尾处谈到崔健时有这样一段话："崔健所有深思熟虑的结果被他的歌迷们毫无困难地接受了，这种认同如此容易，近乎一种轻率，也同时从一个侧面表明了他的歌迷们只关注他的形式而非他的思想。"现在看来，多么狂妄！

那之后的十七年时间，我只写过三篇与音乐有关的随笔，三篇都事出有因：《摇滚与崔健》是2008年为省电视台"胡庶工作室"策划的"关键词"活动而写。《再见，杰克逊》是2009年6月因杰克逊之死而写。《断想罗大佑》则写于1998年。当时张含丹正参与一份省广播电台报纸的编辑工作，要我为其中一个有关音乐的版面设计栏目，有个栏目叫"经典人物"，《断想罗大佑》就是为这个栏目而写。那份报纸后来没有出版，我设计的所有栏目都是白费，只留下这篇小文，算是一点收获。

我保留下来的《信使》杂志

《文化广角》杂志

附件:《歌迷呓语:丧失神圣的摇滚》

(《文化广角》1992年第2期)

1

理查德·戈尔茨坦对摇滚乐进行过最简单的描述:"它使你想动。"

莫里斯·迪克斯坦这样对摇滚乐下定义:"从真实到真诚的转变。"

迪克斯坦还说:"摇滚乐是六十年代的集团宗教。"

而从瓦里美的《爵士乐》一书里,我们可以读到这样一句话:"流行乐史也就是一部非洲黑人如何在白人社会中建立起一种生活方式的历史。"

这就是说,时尚之外,流行乐存在着一个令人心酸和沉重的遥远背景。甚至"摇滚乐"这一名词也是种族歧视下的产物。从黑人的田间号子、布鲁斯到爵士乐再到摇滚乐这一流行乐的历史,无一例外全都烙上了反叛者的印记。流行乐在持续的发展中,又逐渐分离成通俗歌曲与摇滚乐,在通俗歌曲所形成的规范里,不再具有"反叛"的文化特征,而摇滚乐却肩负着文化的沉重的十字架。不同时期的摇滚乐被赋予不同的社会意义甚至历史意义，摇滚乐的伟大之处就在于它的反文化价值，一旦失去这个功能，摇滚乐也就不复存在。除去摇滚乐在革新音乐形式等方面的意义外，摇滚乐的文化意义最突出地表现在对"当下"的关注上——就这个意义说，摇滚乐永远只能被包裹在流行乐的范畴之内，永远不可能成为经典的或是古典的，因为古典乐的精神在于对终极的关怀，摇滚乐只着迷于对现时的表达，只能是"时效的艺术"。一旦摇滚乐在文化上不再具有反叛性，也就堕落到通俗音乐的境地。

早在1956年，摇滚乐奠基人之一的查克·贝里就唱道：超越贝多芬，告诉柴可夫斯基这一消息。他指的是古典音乐与流行音乐之间存在着的巨大差别。流行音乐自从50年代摇滚乐爆炸之后，在青年一代中便风行起来，逐渐变成青年一代唯一的音乐，它甚至使音乐以某种特殊方式空前地普及起来，直到现在——无论你是否喜欢，几乎没有一个人不生活在流行乐的笼罩之下。流行音乐所代表的思想、审美情趣，以及它所创造的那个美丽神话，不可思议地组成了人们的一部分生活，指挥着一部分人的全部生活态度，甚至有很多理由可以证明，流行音乐塑造了整整一代年轻人的关于爱情的概念和恋爱的方式。而对于歌星的崇拜逐渐使某一个歌星的个人人格、风格，以及他的歌曲所表现的思想、生活方式甚至生活态度成为一个整体，一种系统化的象征，在他周围拥挤着的欢呼的大量歌迷则成为虔诚的信徒。事实上，一个出名的歌星的号召力是无与伦比的，麦卡特尼说，歌星是可以打动一切人的。不论是否出于歌星本人的意愿，他有时不得不作为大众视线的焦点而参与到政治生活中去，对某些重大事件做出反应、发表个人意见，或是依靠他巨大的声誉以某种方式从事政治或社会活动，在这方面，没有别的艺术家能比歌星取得更为巨大的成功了。

　　而在音乐厅、歌剧院或是教堂里演出的古典音乐，越来越成为"古典"的音乐形式，贝多芬、莫扎特、柴可夫斯基……甚至"现代派音乐"的代表人物瓦格纳，他们所代表的古典音乐越来越成为远不可及的东西，发生在远不可及的古代，而这些伟大的人物们则成为半神半人的存在，像宇宙、地球、岩层、雨点、太阳和上帝一样，仿佛亘古就是存在的，不再是伸手就可触摸的实在。他们和他们所创造所代表的古典音乐变成了空气，成为组成这个世界的一种元素，就是世界本身，就像氢和氧组成了水，而水却表现成了流动的无色液体一样。

　　一百年以前，人们穿着黑色礼服，头发梳得溜光，默默地听着乐队演奏已被几代人听过无数遍的古典乐曲，直到乐曲结束时方能鼓掌喝彩，否则就会被视为无知和缺乏教养。乐队指挥则站在高高的指挥台上，背对着观众，和他的乐队成员一样穿着整洁的礼服，态度严肃而且傲慢。观众们往往会被一场成功的音乐会激起一种崇高和博大的情绪，这种美好之情是温厚和广阔的，但同时也是远不可及的。然后人们秩序井然地离开富丽堂皇的演奏大厅，换上便服，凶狠着面孔，重新在现实、琐碎和功利的社会生活里争夺着财富和名誉——在这个意义上，古典乐是一个梦境，就像穷光蛋喜欢睡觉一样，可以在梦里实现幻想的可能性成为醒着时的一种安慰，同样组成了生活的一个方面。

而流行乐则在俱乐部、酒吧间、体育馆、足球场甚至街头演出，人们既不安静也无须坐着，他们跳舞、喧闹。乐手们互相之间一面演奏一面交谈，或是在间隙时端起身边的啤酒喝上几口。歌手们挑逗着观众，或是坦白自己的隐私，自嘲，说几句大家都想说的大实话，要不就描述一次露水姻缘的过程，或是一次床笫之欢的感受，观众们听到得意处时就大声吼叫，一切都让听众觉得似乎就像和自己的朋友，在自己的家里围着火炉、喝着咖啡，用一种只有朋友之间才会有的信任态度，直率地说着一些无伤大雅的下流话，乐手就像观众的一个兄弟或是一个亲戚。

流行乐是最不保守的音乐，它从不害怕任何新的思想和借助任何新的技术和设备，如果流行音乐失去了这个特性，它就变成了古典音乐。这一切都使得流行音乐毫无困难地进入人们的生活，成为一切艺术中最具生命力和号召力的艺术。

2

我们可以一块来设想这样一个场面：

数百、数千乃至数万、数十万个年轻的生命从四面八方聚集在一起，这里面有包括黑、白、黄、棕在内的各色人种。他们吸着香烟，喝着酒精饮料，怀抱着同一种如饥似渴的心情，企盼通过一种雷击般的声浪让自己丧失理智和一切为人所有的知痛知苦的感觉，最终成功地借一种外力从躯壳里解雇掉这个世界和自己——剩下一具躯壳里揣着最原始单纯的人性之力，像薄薄的口袋里揣着一把上膛的大号左轮枪……

我们设想的这个场面就是一场现场摇滚音乐会，我们可以设想另一个场面来与上述场面作一种比较。

在1619年之前，也就是第一批黑奴被贩卖到美洲和别的什么地方之前，在非洲西北的原始丛林里，部落的黑人们怀着对太阳、月亮以及繁星的神秘之感和对大自然的敬畏心，聚集在一起，当黑夜降临，人们围着一大堆篝火，随着一面手鼓摇摆起舞。手鼓奏出无比复杂的节奏，借以表达各种复杂的感情。人们毫不停歇地跳上好几个小时，最后，人们期冀的那种感觉到来了，先是头重脚轻，继而没了方位感和时间感，最后人们处于一种晕眩麻痹之中，然后出现了幻象，大地开始被太阳神、月神以及各种图腾的光辉所笼罩，海水涌上海岸，森林却像波浪一样起伏，灵魂在极乐的永生中飞翔，肉体却在自己的感知之外一百米的地方……

在原始非洲的宗教仪式里，我们完全能够找到和摇滚乐听众一致的参与心态。非洲黑人迁徙到美国后，将传统的非洲音乐与白人的欧洲音乐融合在一起，创造出一种完全新型的音乐。这种音乐已经失去纯非洲音乐的风格，因而就有了新的名称，叫作美国黑人音乐。而摇滚乐也就源于这种美国黑人音乐——这一事实似乎也给原始非洲的宗教仪式和摇滚乐之间搭上了一条隐而不见的线索；从保留了鼓这种乐器，继而不断加强和发挥鼓在乐曲中的作用地位，最终形成以鼓乐和钵乐为中心的摇滚乐风格——整个过程都显示出不同背景不同意义和方式的宗教热情。

如果说原始非洲的那种宗教热情是出于一种自然的感应而非有意识的结果，那么，在摇滚乐的表演现场，这种热情则表现为一种自觉的、有意识的追求。在这里无须任何智力和理解力，也无须思考、总结、评论和选择，在这里只需要一种渴望完蛋的动机，现实生活中的自律的习惯在这里转换成迫切需要享受自虐的快感，在这里没有固执，只有一种想要和那无法置信的音量造成的晕眩，随着鼓点摇摆起舞的人群融成一体的欲望，这种热望常常像火焰那样焚烧着一切清晰的意识和一切固有的人文的规范和逻辑——每一个人都又快乐又绝望……

摇滚乐是继梦乡、醉酒、吸毒之外第四种暂别人世的方式。

如果你没有听过摇滚乐，就很难想象世界上有这样一种艺术，它直接源于对生命的渴求而作用于肉体，它所表现的无与伦比的真诚令人感动，它令人无法置信的真实却近乎一种残酷。

前面说过，摇滚乐的本质在于它的反叛性和破坏性，它往往具有一种宗教般的诱惑力甚至是迷魂剂般的效果，在某种特定环境下，它对青少年这个年龄层的歌迷有着不可估量的作用。有很多例子可以证明摇滚乐的这一破坏性特征。在日益让人神经紧张的竞争世界里，年轻一代的歌迷已不能从牧歌似的抒情乐里找到发泄口了，他们越来越需要更加强烈更尖锐的音响效果，于是60年代末期的"重摇滚"风格被发展到了极致，成为"重金属摇滚"乐。

"重金属摇滚"最基本的音乐原理是讲究"和弦的震撼力量"，着迷于和弦的"力度"表现，很少使用传统的三和弦，而是大量使用和弦外音和非三度叠置和弦，有时甚至还使用"音块"，这一切所要达到的最终效果就是音响的不协和性和神经的高度紧张，以造成强大冲击和刺激的作用，莫里斯·迪克斯坦曾描述过听一场乐晚会的感受，他说："音乐声仿佛来自自己的五脏六腑而不是外界，音乐声继续增高，耳膜渐渐麻木，这时音乐声变得微弱，一切进入了冥想状态。"

这段描述真实表现了"重金属"摇滚强大的刺激力和对于人体感官的损害作用。

而在歌词表达的思想上，"重金属"则不负责任地让歌迷们陷入悲观绝望中最后选择疯狂和死亡的方式以示反抗。80年代中期，英国的"金属"乐队以一首《在黑暗中消失》让无数青少年陷入悲观厌世中，有一部分甚至选择了死亡。《在黑暗中消失》的歌词直截了当到了冷酷无情的程度："生活正在改变/而我却无所适从/我已失去生存的勇气/除了死亡我别无选择……"在那些被这首歌诱惑而死的青少年的尸体上写着这样的遗书："请在我的葬礼上播放《在黑暗中消失》吧！"

"金属"乐队先用巨大的音量和疯狂的节奏麻痹了年轻人的神经，然后用歌词的形式对这些杜丘们说，"跳下去吧，这样你将融化在蓝天里"，这些人可没杜丘的福气，他们真格儿地就跳了下去。

然而，一旦摇滚乐参与到重大社会事件中去时，就会表现出强大的生命力和难以置信的号召力，这一点是通俗音乐和古典乐永远无法企及的。从1984年由鲍勃·盖尔多夫所发起的第一次援助埃塞俄比亚饥荒而举行的义演，到1985年那次震撼世界的援非大义演，再到1988年以争取人权为宗旨的"人类的权利"的声势浩大的《墙》音乐会，等等。这一传统可以追溯到60年代，一百万青年聚集白官门前，怀抱着一种神圣的感情齐唱一首摇滚歌曲《给和平一个机会》，麦卡特尼几十年后回忆说："从越南撤军，这一首歌曲曾起过积极的作用。"一直到迈克尔·杰克逊和莱昂内尔·里奇合写了《四海一家》："我们同属一个世界／我们都是孩子／我们是创造光辉世界的一分子／让我们行动起来／那是唯一的选择／拯救我们自己／创造一个美好的日子／献出赤诚的心／伸出援助的手……"

从这些事实里，我们能够明显地感觉到，摇滚乐作为一种文化的象征，已经丧失了它的锐利和反叛性，无可避免地被纳入了世界的主流——一旦摇滚被赋予一个相调和的背景，摇滚乐便不复再有它的神圣。

3

60年代是摇滚的黄金时代。它因为幼稚所以是崭新的，它因为单薄所以是锋利的。

50年代的美国——摇滚的前夜和发芽苗长的土壤，开满了新古典式的、拘泥于形式的艺术之花，60年代则是表现主义、浪漫和自由式的，摇滚乐成了60年代的集团宗教——不光是音乐、语言和舞蹈，而是这一切所载负着的隐藏于背后的目的——一种找寻理想之路的激情。教主是那些深受歌迷爱戴的歌星，而那些乐器则是宗教仪式中的祭器。

在越南战争和经济萧条的历史大背景下，摇滚乐成了切面包之前找到的那把刀子，烧烤食物的熊熊火焰，只不过人们吃完这些食物之后却越加饥渴难忍。

而在质朴、纯洁和诚挚的民歌传统中，摇滚则更像一个发现自己温文尔雅的风度不能讨好观众因而暴怒起来的人，动手动脚大打出手，而那些皮子发痒的观众们却因为挨揍发出了快乐的欢呼。

每一代年轻人都是天生的叛逆者，但他们对世界的不满足是出于本能而非理性思考后的结果，而摇滚乐却永远激荡着年轻的心中那一阵又一阵无法排遣的破坏欲望和力量。其实摇滚乐的出现以至它被广泛接受，恰好说明了青年一代头上所笼罩的寂寞和空虚，缺乏信念与虔诚的年轻人着迷于摇滚是毫不奇怪的，当理想主义被否定之后，孤独亦被否定，那又剩下了什么呢？如果说中世纪所代表的古典精神本质在于虔诚的话，那么现代社会的本质在于坐在各种电器、享乐设备之中却发现自己"一无所有"。如果说肉体是精神之所附，那么信念才是感官感觉之所附。

摇滚乐作为一种文化，只有一次，那就是在它的兴盛时代，才被赋予一种积极的意义，在那个时代，摇滚的破坏是以建设为目的的，而另外的时代却相反。

4

60年代的美国乐坛突然闯进来几个利物浦的穷小子，他们组成了"甲壳虫"乐队，这几个小青年当初也许做梦都想不到，几十年后他们会被历史学家在"甲壳虫"这个词前面冠以"伟大"两个字，更不会想到，历史学家会把他们的出现和爱因斯坦的相对论、第二次世界大战并称为改变欧洲文化进程的三件大事，而一个叫鲍勃·迪伦的破落家伙在1965年的新港民歌节上接通了一只电吉他，从而在历史学家的眼中成为一个搭起了通向摇滚时代的桥梁而结束了整整一个民歌时代的伟大人物。

摇滚乐首先使用了与电流交欢的乐器。电吉他、贝司、合成器，决定了摇滚时代的开始，摇滚乐手总是使用最尖端的科学技术，使得摇滚乐所代表的现代精神不可避免地和以民歌为代表的牧歌似的古典精神分道扬镳。从一般不使用其他乐器，只使用一种木制音响吉他，到使用架子鼓——几乎每首曲子自始至终听从它的指挥与驱赶，一切音符都落实在它的节奏上，它像鞭子一样抽打着乐曲，让乐曲从平缓到激烈，从小溪成为激流直到抵达断崖处陡然形成的大瀑布，以及这中间的无穷变化都来自两支细长的鼓棒——也完成了从旋律时代过渡到以节奏为主要表现形式、以鼓钵为中心的摇滚时代。

是什么时候音乐找到了摇滚可以无须深思熟虑就能煽动人心？是什么时代青年找到一种形式可以肆无忌惮地不用暴力也可以破坏？是什么时候摇滚从一个试图扫清障碍建立美好家园的好汉变成了一个赌掉所有资本的抢劫犯，从一个不妥协的独特的艺术家变成了一个媚俗的投机分子而最终抛弃或者说丧失了神圣的精神和独特的艺术力量？——再也没有严格意义上的摇滚了，有的只是大众文化的一个别名。

5

通俗音乐的唯美虽然是庸俗甚至媚俗的，但至少通俗乐编造了一个美丽的谎言，而在摇滚乐残酷的真实面前，人们只有绝望时的轻松，极乐后的毁灭，摇滚乐从一个真诚的傻瓜变成了一个满不在乎的真实的无赖，这就无可避免地要说到崔健。

摇滚时代的每一代歌手都烙印着摇滚乐演变的特征，但没有一个摇滚乐手一个人身上浓缩着整个摇滚的全部历史——除了崔健。

如果我们确立了60年代的摇滚才是真正意义上的摇滚，而后只能是大众文化这一前提的话，那么短短的几年里崔健就从头至尾重复了全过程。

从世界范围来说，崔健的出现甚至可以说他"复兴"或者"中兴"了摇滚，这是因为在中国这个特定的环境里，崔健的摇滚乐具有了严格意义上的摇滚的全部本质——即"反叛文化"的特征。

从《新长征路上的摇滚》开始，崔健走上了一条"从真诚到真实"转换的道路，但这首歌的语言依然是模糊的和躲躲闪闪的，在《花房姑娘》里，崔健开始应用摇滚的粗犷方式表达心中的柔美之情，而在《一块红布》里，崔健开始意识到，自己作为某种意义上的一代人的代言人，而有责任对历史、国家以及一代人的命运做出反思。但崔健所有深思熟虑的结果被他的歌迷们毫无困难地接受了，这种认同如此容易，近乎一种轻率，也同时从一个侧面表明了他的歌迷们只关注他的形式而非他的思想。

最后，崔健唱出了《宽容》，这首歌终于坦白地道出了摇滚乐的最终归宿，那就是："我要满足我自己也给你一个刺激。"——如此而已。

崔健的铁哥们赵健伟在《中国摇滚备忘录》中说，崔健担负着完成一个民族的文化革新的任务。

附件:《艾敬的1997》

（《文化广角》1993年第3期）

　　大街小巷的磁带店为招揽顾客，总是没日没夜地在各自巨大的音箱里播放刚刚购进的最新磁带。大致上说，你如果想要知道最近正在流行哪一首歌抑或哪一个歌手，你只要在大街上无论东西北南随意走上二十分钟即可明了。流行歌曲就像传染病，总是从这条街传到另一条街，从一个年轻人的嘴里传到另一年轻人的嘴里，从一座城市传到另一座城市，很快，数万个年轻人的床头柜上就会出现这盘最新磁带。再过不久，你就会发现自己处于一种无可遁逸的境地：无论你身在何处，在朋友家也罢，走在街上也罢，待在自己家里也罢，那首最新流行曲会变成水银、耗子、跳蚤，从无数个角落里传进你的耳中。这样一来，你无可奈何地，有意无意之间就学会了这首歌。也许第一段是从大街上学来的；第二段是你蹲在厕所中正用功时从风窗里传来的；而半夜三更，你可能被同一首歌的高潮部分所惊醒，到最后，即使你正独自穿越一条阴森的防空洞，寂静中你也会突然发现自己清晰的脚步声像极了这首歌的鼓点节奏……

　　这种效果，是多少成名的、不成名的，或者即将成名的

声音的密纹

歌手梦寐以求的啊!

1992年底到1993年初春,这样的好运落在一个名叫艾敬的23岁女孩头上。无数的年轻人见面时都互相询问:听过《我的1997》吗?没听过?哎呀,太好听了。怎样好听?这我可说不上来,反正挺特别的,和别的歌不一样。借你?不行,不会自己买去?

那么这个艾敬有什么背景?出身、经历?

《艾敬的1997》的报纸剪贴

其实艾敬的《我的1997》简直就是她的一张简历，听完之后就什么都知道了。

艾敬生在沈阳，喜欢玩民乐的父亲成了她的音乐启蒙老师，母亲曾经唱过评剧。艾敬从小在民乐与评剧的熏陶下，无意之间埋下了中国传统艺术的种子，这大约和她以后创作的所谓"城市民谣"有着顺理成章的关系吧（在她的《我的1997》里，你能明显地听出她借鉴和吸收了中国戏曲的一些音乐素材）。艾敬因为歌唱得不错，很小就进了沈阳电视台少年合唱团。初中毕业后，又考进沈阳艺术专科学校，还没毕业，就经常随沈阳歌舞团巡回演出。再之后她考上了东方歌舞团，出了一盘专辑《开心女孩》，没多大反响。再后来她去了广州灌唱片，从此一去不归，带一卷长发开始了浪迹天涯的生活。其间，她演过电视连续剧，出任广东电视台拍摄的电视连续剧《情魔》的女1号。风火一阵之后，又到了中央戏剧学院进修表演。1990年，她参加了由台湾导演叶鸿伟执导的电影《五个女子和一根绳子》的拍摄，在台湾名噪一时。这之前，青年导演田壮壮筹拍《摇滚青年》，请她出演女2号，条件是得剪去一头青丝，但艾敬戏可以不演，头发不能剪。田壮壮只怕还没见过这种要芝麻不要西瓜的女孩子吧，惊异之后火了：让她当她的小歌星去吧。艾敬也火了：让他当他的大导演去吧！

但"长得像山口百惠，笑起来像栗原小卷"的艾敬却没有忘记自己是一个歌手，是一个背着吉他在钢筋水泥的都市里流浪的歌手，她已经习惯了按自己的理解去表现生活、理解生活、表现自己、理解自己……

艾敬的男友去了香港，她才发现遥远的香港和自己突然之间有了关系，而那个让人欢喜让人忧的1997，对自己又意味着什么呢？于是她写出了《我的1997》。1997年对所有的人都具有不同的含义，对一些人来说是悲伤，对另一些人也许就是狂喜了。但艾敬的1997却是平淡的、真实的。在《我的1997》里，艾敬写出了自己过去、现在和向往的未来。但这份向往并非渴求，没有让人受不了的痛楚，也没有硬撑着的虚伪客套。她并不想触怒哪路大仙，也没有向任何人提出非份的奢望，她只在一个小小的机会里表达了自己小小的愿望，温温吞吞，徐徐道来，因为表达得很好，所以她的愿望才被更多的人所知道。

歌曲的开篇，艾敬用几句完全口语化的语言作了自传性的开场白：

"我的音乐老师是我的爸爸／二十年来他一直待在国家工厂／妈妈以前是唱评剧的／她总抱怨没赶上好的时光／少年时我曾因唱歌得过奖状／我那两个妹妹也想和我一样／我十七岁那年离开了家乡沈阳／因为感觉那里没有我的梦想／我一个人来到陌生的北京城／还进了著名的王昆领导下的‘东方’／其实我最怀念艺校的那段时光／可是我的

老师们并不这么想／凭着一副能唱歌的喉咙啊／生活过得不是那么紧张／我从北京唱到了上海滩／也从上海唱到曾经向往的南方／……"

接下来艾敬道出了自己小小的烦恼：

"我留在广州的日子比较长／因为我的那个他在香港／……他可以来沈阳／我不能去香港／……"

但这小小的烦恼并不妨碍她按自己的方式生活和流浪：

"转眼四年很快就过去了／……我没有太多的失望和希望／也没想过一定要当梅艳芳／我喜欢路上走着的那只猫／因为感觉像它一样在流浪／……"

她最后道出了自己小小的愿望：

"什么时候才可以／不用去求街道老大娘／让我去那花花世界吧／给我盖上大红章……"

她并不掩饰自己对那个"花花世界"的向往，但她去那儿的目的也是小小的，并没有什么伟大的想法：

"1997快些到吧／让我站在红磡体育馆／1997快些到吧／和他去看午夜场／1997快点儿到吧／八佰伴衣服究竟怎么样……"

多么微小的要求，这些愿望不算多也不算大吧，就这么一首平平常常的歌，却引起了好多人的兴趣，觉得它唱出了自己的心声，包括那个从没半点正经的王朔都正儿八经地说："艾敬说的是面临的一个问题，这个问题是不是痛苦得活不下去了？也不见得，她把这个问题还原得很真实，就是这么一点小事，可它确实存在，因为个人的理想生活和追求不能实现，感到精神上的痛苦，跟她这种具体的问题，具体的痛苦一比，你会觉得那种大的泛泛的痛苦很累，她这种小问题反而真实。"

这算是"文边人"的评价吧，"文边人"总爱从大文化的背景下看问题。那么《我的1997》何以又引起一般歌迷的兴趣呢？在讨论这个问题之前，我们可以先回顾一下《我的1997》出现之前中国流行乐坛的状况，由此我们可以大致猜想一下，《我的1997》到底给流行乐坛或者说歌迷们带来了些什么。

几年来，男性歌手似乎特别走运，能领导一时潮流，几乎人人皆会唱的差不多全是男性歌手的歌。在流行乐坛刚刚起步的时候，早已十分成熟的港台歌星们蜂拥而来，几乎占据了全部的市场。首先是留长发的齐秦以一首《大约在冬季》征服了无数燥热难当而渴望"寒冷"的歌迷，一时间几乎所有的年轻人都皱起光滑的脸唱：不是在此时／不知在何时／我想大约会是在冬季。接下来是痛苦难当的王杰用一种悲愤的哭腔唱出一首《一场游戏一场梦》而走红。继而是"最佳情人"赵传晃动他憨厚的丑脸以一曲《我很丑，可是我很温柔》风靡万千歌迷。如果说在旷野学狼叫唤的齐秦和喜欢玩摩托找刺激的王杰以及老是在磁带封面上隐匿面孔的赵传唱尽了忧郁、感伤的话，从台湾而来的白马王子童安格就令歌迷耳目一新了。童安格的《明天你是否依然爱我》《其实你不懂我的心》，一扫齐秦、王杰、赵传的阴郁悲怆，浓墨重彩地精心绘制爱情的工笔画，童安格的长卷工笔一直拖到现在，仍然拥有大量听众。整个过程中，左手歌颂爱情、右手批判现实的罗大佑也不时有好歌奉上，《光阴的故事》《童年》《是否》，仍然是百唱百听不厌的好歌。胖乎乎的李宗盛心分两半，一半不时多愁善感，感到自己"像一只小小鸟／想要飞却怎么样也飞不高"，另一半却"总是平白无故的／难过起来"。接着是挟着双拐的郑智化，不喜情歌，一面愤世嫉俗地批判人性，写出《堕落天使》的冷漠麻木，一面把自己比喻成稍现即逝的昙花：不要告诉我永恒是什么／我在最灿烂的瞬间毁灭……

这些是否就算是王朔说的：大而泛泛的痛苦？

中国本土的流行乐，最大的成就来自十数支摇滚乐队的努力，他们成功制造了中国的摇滚神话，令全世界为之吃惊。但崔健沉重的历史感过于沉重，明显的"朋克"风格和毫无幽默可言的严肃性使崔健的歌迷们呼吸困难，"黑豹"用蛙声吉他制造的疯狂气氛、"唐朝"银利如锋芒的歌声，"1989"快板书似的 RAP 音乐……即使作为女性歌手的"呼吸"主唱蔚华，也拼命让自己黄种人的嗓子吼出黑种人的粗犷来。不难理解，在这个被港台歌手当成情场、大陆摇滚乐

声音的密纹

手当成战场的土地上，还原了真实的艾敬受到欢迎是顺理成章的事情。艾敬成功的另一个原因，也和整个中国艺术走向市民化有着直接关系，王朔的成功最能说明中国当代文化的这一倾向。王朔的名言"别装，一装就俗了"，最能表现这类文化的特征。但当真实并非源于真诚时，这种真实就将走向另一个极端，蜕变为一种泼皮的真实，也就丧失了支撑一切艺术前进的营养：理想主义。

也许艾敬对狂热、执着过于反感了，才这么致力她的"平常心"。看看艾敬是怎样评价爱情与事业的："爱情就是一个人对另一个人，被人欣赏、被人爱，企图从别人身上印证或发现自己的价值。有很多人写爱情神话，这不好，会毁了很多没经历过爱情，又对它深深向往的年轻人，其实爱情并不可靠"，"事业更不可靠，什么掌声、名声，都是虚无的东西，一个歌手，他（她）作为一种商品在市场上流通，要通过别人'购买'而获得价值"。

如果爱情不可靠、事业是虚无，那么什么才是真实？《我的1997》又还原了一种源于什么的真实呢？

音乐与文字

在我初习写作的时期，动因往往并非日常生活的种种，而经常是一首歌、一段乐曲，给我这样那样或清晰或隐约的感受。那感受渐渐像雾一样浓重起来，这个时候，我就会有想用文字把它们再现出来的冲动——不是用文字直接描述，而是试图用文字营造出一种与那些感受平行的，相仿佛的一种意味来。这种情形在我学习写诗的时期最为常见。记得第一次听保罗·西蒙的《沉寂之声》，虽然完全不懂歌词，却感觉有如置身夜半的荒郊野地，一种清寒邈远之气扑面而来，透彻入骨，于是连着写了两首《给伙伴》的同题诗模拟那种意境。第二首《给伙伴》中有这样的句子：月光的启示已经织得很密很密／呜咽的风扑向不朽的大地／让榕树胆战心惊。"呜咽的风扑向不朽的大地"这个句子，我后来当成歌词用在了那首《灿烂的名字》的歌里。另外，在听了洛·史都华那首著名的《远航》之后，我写了《盛开的白帆》这首小诗。《远航》篇幅短小，气象却大。听这首歌，总觉得是在描绘有阿喀琉斯的希腊舰队远征特洛伊的场面，天高海阔、苍凉，同时憧憬无限。当然，我的小诗表现不出这样的气魄来。还有我迄今写得最长的一首诗《种族》(近二百行)，则是在听完一盘重金属摇滚乐队的专辑之后，以一种近乎癫狂的速度写出来的……类似的例子还有很多，我开始学习写作小说后也如此。在我1995年出版的第一部小说集《我们远离奇迹》中，一共收录了五个中篇、四个短篇，其中所有的中篇和一个短篇与音乐有关，或者直接地说，音乐才是这些小说真正的隐秘的主角，而故事、人物，以及由此敷衍生成的细节，都不过是附丽其上的赘物……

2000年，我写了一篇叫《天籁》的短篇小说，发表在第二年的《长江文艺》上，那是我目前为止写下的最后一篇与音乐有关的小说。2007年，在出版我的第三部小说集时，我在收录的每篇小说后面都加了一段"赘语"，《天籁》的"赘语"里有这样的话："我曾经大大地迷过一阵子摇滚乐，甚至还和几个朋友一起组建过乐队(虽然我在乐队里的地位很低，只是伴奏和伴唱)，事实上我之所以突然开始写小说，最初的动机就是想用文字过上一把摇滚的瘾，这就是我早期的文字那么狂乱的原因。有朋友把那段时期的文字形容成是一种'语词的晕眩'，我很认同这个说法。真是这样的，那个时候就是用笔在摇滚，没有章法，没有技术，只是激烈地、不可抑制地想要胡言乱语。我很怀念那个时期。那个时期的东西现在看起来，当然有些不成体统，但那种迷狂的境界是再也不会有了。所以《天籁》这篇东西从某种意义上来说是对那个时期的一次回眺，有一种扑朔迷离亦真亦幻的调子，正合乎那段生命在我心中残留的影像……"

我始终相信，是对音乐心向往之又求之不得的遗憾促使我开始尝试文字的方式。

声音
的
密纹

1989年7月还是8月的一个深夜，气候闷热，潮湿的空气贴在身上，像煮沸的炼乳。我和卖磁带的陈明默不作声地走在老城区一条铺着青石板的巷子里，打算去听一个叫林琛的人弹吉他。那个人我从没见过，但早几年就知道他。石板路老朽古旧，起伏不平，中间和两头都有臭气熏天的垃圾堆。小巷两旁摆着凉席和躺椅，睡了几个被暑气赶出家门的老人，他们浑身热气腾腾，奄奄一息，像搁浅的鱼在徒劳地盼望一场暴雨。疲惫和酷热还有刚喝下去的酒，让我难受得想吐。一个赤裸上身的男孩提着湿毛巾，守在一盏灯泡下面，死命地抽打一团似雾似烟的蚊子。

绕过第二个垃圾堆的时候，高处传来隐隐约约的吉他声。我看了一眼逼仄的天，发现月亮四周染着红晕，喻示着下半夜可能有雨。巷子长得像是没有尽头，我扶住一棵水泥电线杆开始呕吐，陈明厌恶地拍打我的背，他可能觉得扫兴，手下得很重。我浑身无力，心情恶劣。等我们循着吉他声找到林琛的住所时，我对那场等着我们的演唱会以及整个晚上都失去了兴趣。

我还记得黑暗里面我摸到一条木楼梯斑驳的扶手，楼梯嘎嘎作响，扬起刺鼻的灰尘。我们进门的时候演唱会已经开始，没有人理睬我们，只有烟头在几个默不作声的黑影中闪闪烁烁。一根烧掉半截的蜡烛远远地放在阳台上，比月亮的红晕看起来更暗。我和陈明摸到一张沙发坐下来，嗅到房间里有一股呛人的烟味。

　　对面有三把吉他正在参差不齐地弹奏，我分辨出最左边的那个是主音，另外两把负责低音和伴奏。主音奏出来的旋律里没有一点我熟悉的东西，干巴巴的，像一条漫无目的、不知流向的河，一阵紧一阵松，但总是在你以为快要结束之前又自然而然地回到开头，没完没了地循环往复，像一个不知不觉的圈，仿佛一个力图回忆的人一面沉思一面机械地干着别的事。低音和伴奏在整个演奏中显得微不足道，可有可无，甚至有点多余，它们因为跟不上主音突然的变化而不时停顿下来，焦虑地等待着，再跟进去时战战兢兢，茫然失措，像两支笨拙的笔试图描摹一只阳光下翻飞的蝴蝶……

　　时间悄悄过去了不知多久，我迷迷糊糊地睡过去又醒过来，听见有人轻轻笑了一声，另一个呼吸浓重的人在清喉咙。我睁开眼睛，发现房间里只剩下一把吉他还在弹奏，我知道那个人就是林琛，但分辨不出他的容貌。我又睡了过去……吉他却一下刹住声响。房外的黑夜灵动起来，好像有话要说，但吉他只停顿了一瞬间，接着就以一种眼花缭乱的速度从六弦第一品来到一弦的最后一品，然后又回到第一品的六弦上。每根弦都被手指轻微地弹拨，震荡出难以辨别的声响……整个过程仿佛空间被电光照亮然后归于黑暗，声音微弱，音色发闷，像思考时转瞬即逝的念头，但其间的峰回路转却蛛网一样繁复而又一丝不苟。我从沙发上立起身子，以为那是一段最末的华彩，演唱会和整个夜晚已经结束。吉他这时却又突兀地松弛下来，回到原先的速度。房间里重新响起一把枯燥的吉他无休无止的声音。有个角落传来轻微的鼾声，我知道别的人和我一样也睡了过去。吉他声在黑黢黢的房间里沉闷地浮动，像一个瞎子待在与他无关的人群里，正一点一点地沉入回忆，音符之间散发着痴滞浓涩的意味，隐隐地擦摸我的耳膜，让我很不舒服。

远处传来隐约的雷声和闪电的青白色，我闭上发涩的眼睛，在大雨降临之前睡了过去，但是睡不沉实，只觉得雨声和吉他声响了大半夜，仿佛整个世界的全部背景。

天快亮的时候雨停了，一阵混乱的脚步声把我从荒诞的梦里惊醒过来，演唱会不知什么时候已经结束，人们纷纷起身，我一时弄不清自己身在何处，只觉得心烦意乱，胃像吃了肮脏的东西一样难受。惨淡的晨曦从窗户的方向照进来，房间里有一种潮湿的烂白菜的臭味。我们穿过漆黑的走廊时，有个人默不作声地站在楼口那儿，举着一根刚点燃的蜡烛为我们照明。那人披着一件黑白格子的衬衣，留着蓬乱的头发，头大得几乎不真实。不知是整夜弹奏还是别的什么缘故，他的手颤抖得厉害，像是发着疟疾。伸缩的烛火在他脸上拉出许多移动的阴影，我走过他身边时，发现那是一个脸庞扁平，年纪在三十四五岁的人，前额凸凹不平，耷拉着一绺卷曲的头发，鼻子和嘴唇都长得像一种狗，眼圈发暗，憔悴得像一个女人……

下到青石板的小巷时我们已经疲惫不堪，谁也没有理睬谁，在早晨的风里站了一会儿就各自散了。走到巷口时我回身看了一眼林琛家的木楼，发现那是一幢很旧的房子，看起来比那条青石板路更老朽。

那之后我再没见过那个叫林琛的人。

1989年夏天时我刚满二十岁，没有考上大学，在大十字天桥下面租了间门面卖牛仔服，生意不错，收入也很稳定，但我以为自己更热爱摇滚乐，成天想的就是有一天能当上摇滚歌星。其实我并不真的喜欢摇滚乐，我喜欢的是流行音乐，但那时的许多时髦青年都在谈论摇滚乐，他们说那是全世界愤怒青年的国际歌。那时我的父母远在北方，我独自一人住在中华南路十七号，那是一幢老朽的房子，是我奶奶年轻时继承的遗产之一。房前有一个不大的院子，铺着考究的带花纹的鹅卵石，大花台上种着一大一小两株夹竹桃，春季开着颜色残败的花。我有一把绛红色的吉他和几块拨片，每天晚上我都要坐在院子里，操起吉他尖声长叫，闭着眼晴，像一辆刹闸失灵的卡车那样急促而笨拙地拐弯。几乎每天我都会梦到人头簇拥的大型体育馆，听到阵阵海潮般的喧嚣；还时常梦到自己和那些表情讥讽、心不在焉的摇滚歌星同台演唱，醒来之后，一声急刹车会让我以为那是某支重金属乐队开场前的一声噪叫。我以为自己一辈子都会做着同样的梦，但自从经过了那个夜晚之后，连着十几天，我整夜听到一把吉他冗长单调的弹奏，从刚一入睡直到第二天我筋疲力尽地醒来。吉他声还从此抹去了原先梦中那些令人兴奋的场面，把我一次接一次地置身于那个晚上，我似乎怎么也摆脱不了那种酷热的空气、胃里想要呕吐的感受、街道上死尸一样一动不动的躯体、石板路中间流淌的阴沟水、肮脏的垃圾堆、嘎嘎作响的木楼梯和刺鼻的尘埃，还有微弱的烛光里影影绰绰的人头……咒语般的吉他声把这一切搅在一起，不可思议地代替了那个夜晚，而我的身体仍然延续着和那个夜晚一样的厌倦和疲惫……

　　有天晚上，我像往常一样被吉他声缠绕，但从半夜开始，院子里的蟋蟀声比平日密集，让我从千篇一律的梦中挣脱出来。醒来之后我坐在床上抽烟，打算睁着眼睛熬过半夜。天花板上有只壁虎的黑影在游动。我突然意识到那个貌似平淡的夜晚其实是一个梦魇。这个念头让我联想到许多有关林琛的传闻。那些传闻已经在这座城市里流传了许多年，据说有许多版本，几乎让人以为传闻里的林琛是无数个同名同姓的人。

　　我听说的林琛在传闻里是个对音乐痴迷得可笑的形象，比方说他什么正事也不干，总是没日没夜地躲在房间里弹吉他。他已经在那幢破败的木楼里弹了十几年，周围的邻居都习以为常，觉得吉他声就跟风雨、雷电、垃圾堆的臭味一样，是开天辟地就有的一种自然现象。除了音乐，他几乎是个半文盲，他坚持了许多年的音乐日记里全是只有他才知道的象形符号。但没人听说过他跟别人谈论音乐，因为他认为在音乐面前，人人都应该像哑巴一样沉默。我还知道他爱用指关节在膝头上打拍子，几乎不说话，但一开口就像背台词；他父母双亡，靠出租父母留下的房子生活，有一个住在外省的姐姐……有人说他是全城最好的吉他手，但也有人说他的吉他水平其实很低。他从来不在公开场合演奏，有人说是因为他面目丑陋，不愿意当众露面，也有人说是因为谁也听不懂他的吉他……除了这些琐碎的细节，剩下的就是一些荒诞不经的传闻。据说他曾经精神失常，被送进精神病院，因为他有一天突然把整座城市看成是一个空旷的舞台，把楼房和街道看成是舞台微不足道的布景，鼎沸的市声在他听来就是台下观众的狂热喧嚣，他站在马路中间，自以为站在观众中间，他如痴如醉地聆听着臆想中的音乐，差点被汽车撞死。

　　其中有一个传闻被人们谈论得最多，也可能是所有传闻中最离奇、被加工得最精细的，很多人都相信它的真实性，因为林琛所有的怪癖、神秘和不可理喻都在这里得到了解释，至少在某种气氛里得到了解释。那个传闻说林琛二十几岁时得过一场严重的伤寒，差点死去。高烧持续了整整一个星期，他在浑浑噩噩中曾听到过长时间曼妙的吉他梭罗。刚开始时吉他声笨拙迟缓，像第一次摸吉他的人在弹奏，林琛没有在意，以为是高烧引起的幻觉。但吉他声越来越精妙，不像出自血肉之躯，而像出自天意或者神灵之手。高烧退去之前，吉他声达到无法形容的地步，林琛激动得如同死去一样，甚至产生了因祸得福的想法，希望永远不要退烧，可以一直听下去。星期二早上九点钟，烧退了，林琛清醒过来，觉得七天七夜只是一瞬……

我对类似的传闻从来不当真，甚至相信那些传播传闻的人也不会当真，听多了之后我只是想，把一个人说得不像他本人也许是人的天性。林琛在音乐上也许确实有与众不同的才能，也可能生活琐屑的人本能地需要神奇的梦呓，他们制造出梦呓，然后自己又被梦呓吸引……几种事实促成了传闻的产生、变形和蔓延。

但那天晚上我把所有的传闻和那个夜晚放在一起，觉得两者散发着相似的气味，隐匿着一种真实的、不易觉察的疯狂和谵妄。我想起那个大雨淋漓的晚上，在烛火微弱的光晕里，林琛模糊的身形和吉他构成了一个刻板的三角形，他像一个快死的人那样专注，一声不吭地弹着吉他，像弹了一辈子。我突然非常害怕那个有一把吉他的梦魇从此缠绕我、折磨我，像一个不会疼痛但也不会愈合的伤口。我发誓如果忘得掉那个夜晚，我就再也不去碰那把绛红色的吉他了……

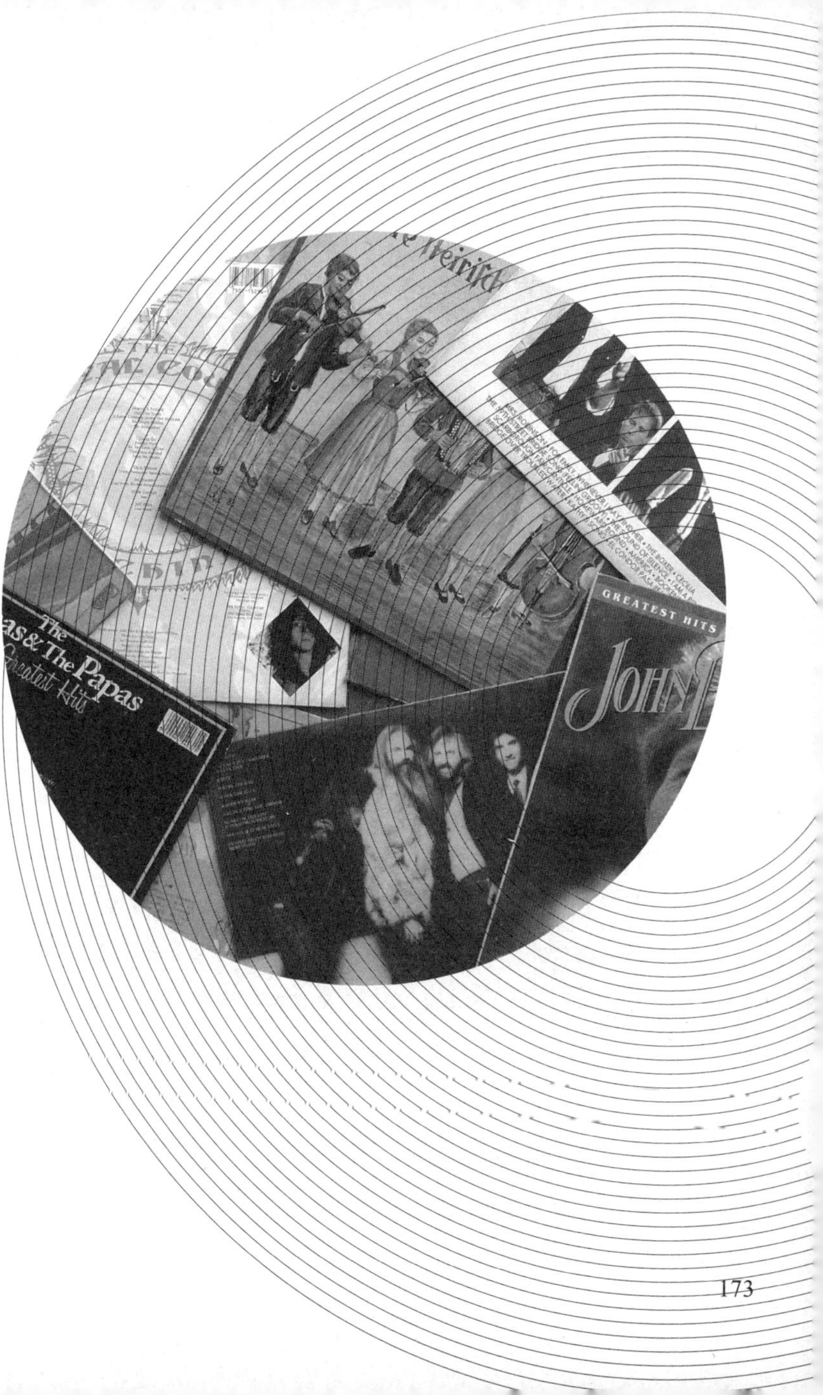
Greatest Hits
GREATEST HITS

和音乐有关的四个师友

廖老柏

廖老柏就是廖国松先生。诗人唐亚平生了孩子，跟着孩子叫他"老伯"，我们也这么叫，久了，渐渐成为绰号。他年轻时写诗，笔名"戈梅"，"文革"后复出，改为"梅翁"。后来写小说，仍署"梅翁"。我父亲当头棒喝："霉翁、霉翁，你还打算霉到啥时候？"他一生坎坷，故我父亲有此一说。他恍然大悟，决定改笔名，想来想去，干脆就用了"老伯"二字，只是将叔伯之"伯"，改为松柏之"柏"。"老柏"，按我的理解，大约就是说享不了福，就争取活长点吧的意思。

老柏的父亲是国民党黄埔系将领，曾任民国时期贵州某地区专员，有政声，能诗文，属"儒将"一类，后在"镇反"

时被处决。老柏一生命运波诡，都跟这事有关系。

老柏长相极为威武，一脸剑拔弩张的络腮胡，说话咬牙切齿，加上眼神锋利，不时恨来恨去，所以我小时候很怕他。记得他和我父亲刚认识不久，有一次他带着三岁的儿子小虎子来访，进门就要我们看他如何"操练小虎子"。立正！稍息！敬礼！他顺序猛喝。小虎子依次照做，一丝不苟。他扬声大笑，神情得意。那时小虎子漂亮得像个女孩子，整个过程满眼惶恐，身体僵直。我当时还是个少年，在一旁看得不忍起来，觉得这个大胡子实在可恨兼可怕。后来才知道，不独孩子怕他，许多年轻作者第一次见他，也没有不怕的。他是《花溪》月刊的副主编，有作者上门请教，他闷声不响坐着翻稿子，翻着翻着，冷不丁就抬头猛剜人家一眼，然后又低头继续翻；如此反复，那作者心头发虚，渐渐不自在起来，觉得廖老师像在拿他的稿子对他的脸，两者似乎都不满意。

但成年之后，和老柏交往日多，渐渐发现他实则是个"纸老虎"，远不似看上去的凶恶。他饭量小、气力小，与他的模样大相径庭，我曾和他掰手腕，抢得他风车也似的转。他还是个感情丰富细腻到几近脆弱的人，更是与他的模样背道而驰。某年开笔会，大家唱卡拉 OK，他开始兴致很高，待有人唱完一曲男女对唱的《萍聚》，他却突然沉默起来，情绪低落的样子。我问他怎么了，他勉强说一句："嘿，

175

这首歌搞得老子心头有点不好过呐。"我嘲笑他，说"这么俗气的歌，你倒还挺有感触"。他不吭声。我事后估摸，可能是这首歌触动了他的哪段情缘吧。回到贵阳，我还特地买了一张有《萍聚》的歌碟送他。另一次，我在办公室给母亲打电话，挂断后，他突然长声感慨："唉，你还有妈喊，我想喊都没得人喽……"

一旦识破老柏真面目，我就开始"欺负"起他来。他耳朵背，某次又是开笔会，坐船游湖，主办方在甲板上安排民族歌舞表演，尚未开始，我与他在人群外，看不见里面情形，于是我故意皱眉，说这歌唱得一点不好。他侧耳聆听，频频点头，说："嗯，是不好。"我笑起来，说："老柏，别装了，人家还没开始呢。"黄永玉曾写过一则笑话，说两个聋子周末邂逅，互打招呼，甲说："钓鱼啊？"乙说："不是，是钓鱼。"甲又说："哦，还以为是钓鱼呢。"读后记在心里，暗想哪天找老柏验证一下。之后几个月，去老柏家玩，没在，说是逛花鸟市场去了。十多分钟后，果见他提两扇旧花窗远远过来，待他走到不远不近，我放声问："老柏，买花窗啊？"他果然说："没啊，我买花窗。"我于是自语："哦，还以为买花窗呢。"说完，我大笑，他懵懂不觉，走近了，还怒目呵斥："你一个人笑什么笑？"

"欺负"老柏的远不止我一个。比如董重，就曾串通几个年轻画家去看他的油画作品，一致对他的新作表示不满，还说你看人家某某某（一个二十多岁的年轻人），才画了两年，进步就这么大，你咋反而越画越退步了呢？弄得他数周之内垂头丧气；我还亲耳听见同样小他一辈的画家谌宏微某次邀他参加一个什么会，他磨磨蹭蹭不答应，气得谌宏微用东北普通话骂："你个老东西……"但老柏对这些无礼之举从不以为忤，相反，他喜欢和年轻人在一起，希望他们用这种无老无少的方式对待他。他曾谆谆教诲我以人生心得：要想老来活得有点意思，就得多和年轻人一起混。抱着这种心态交游，人缘自然极好，加上他讲义气，重然诺，人无老少都喜欢他。出去开笔会，几个女作者争着买衣服送他，还争论谁买的最显老柏气质。与他终日厮混一起的画家颜冰，竟预感寂寞，对老婆说："老柏大我二十多岁，以后要先走了，我咋办哦……"

老柏还是我见过兴趣最广泛、最多才多艺的人之一，美术、文学、音乐、书法、摄影、盆景、青瓷、玉石、翡翠，甚至武术、木工、漆工等等，都有涉猎。他画了几十年油画，位于贵州最早接触和实践现代主义画风的画家之列，后从《花溪》编辑部调入市画院，干脆将油画当成了专业。我高中时学油画，就是拜他为师。他写诗写小说写散文，中学时代即发表作品，至今出书数种，曾是贵州诗坛备受关注的诗人，"三廖一张"之一。他写书法，竟有书坛才俊把名章扔给他，说以后有人索字，如自己没时间，即请他代笔。我几次目睹他当众挥毫，狂草擘窠大字，虬髯倒卷，运笔如风，其气势之恢宏，围观众人无不啧啧惊叹。而他拍摄的黑白照片可谓别具一格，有人认为比好些搞专业的还有味道。他玩瓷，玩玉，玩翡翠，腰间钥匙扣上常挂一微型放大镜，有人拿物件来切磋，他就取下来，气凝神寒，将物件凑到眼前仔细端详，那模样是很能唬唬人的。某次有人从外县提了茶叶来请他看一个重金购得的彩瓷花瓶，他一句啰唆话没有，取下放大镜扫描一翻，立即鉴定是假货，对方大失望，败兴而去。但等人走后，我们打开茶叶准备共享，才发现陈得厉害，绿茶几成了红茶，算是双方扯平。某次和他在张建建家聊天，他和张健健两人突然比起谁的本事多，轮换说，说一样。举个例，比如某年某月某日，我和某某打架，他出什么招，我还什么招，终于把对方吓退；某年某月，某某结婚，我又如何给他打了全套家具，亲自油漆……说到这儿，他突然停下来，咄咄逼问张建建，"你晓得咋个才能让油漆不起泡？"等等。眼见他们嘴仗打得渐趋白热，我不得不插话，说"干脆也别说你们会什么了，就说不会什么吧"。

除此之外，老柏还是个"尝新意识"特别强烈的人，从20世纪80年代彩色电视机上市，到新世纪数码相机流行，各种各样的新玩意，放相机、录像机、台式电脑、VCD机、DVD机、手提电脑、投影仪等，都是他率先购置。尽管受经济条件限制，买的往往是低档产品，有时甚至还买二手货、三手货，比如投影仪，前后我知道的就有三四台，没一台新的，但他照样玩得津津有味。

音乐在老柏的爱好里，不过诸大类中一个分科，科内却又是古今中外无不涵盖的。他能吹笛、箫。笛我没听过，箫听过，一支小指粗细的玉屏女箫，吹奏法也是传统式，装饰音很多，流利而花哨，风格我不喜欢，但听得出是认真练习过的。某年我们同车出差，谈到箫，他说他能自制箫曲，而且"随口就来"，见我不信，立即用口哨吹起旋律来。我平素也吹吹箫，虽吹得不好，却听得多，他的旋律果然箫韵浓厚，真用箫吹出来，应该是很地道的。他能用美声唱上百首外国民歌，我小时候就见他右手捂着右耳唱《老黑奴》。某年又是一起出差，同车一个老作家，不知老柏底细，吹嘘说少有人能比他会唱的外国民歌更多。老柏如何听得这等话？立即和他打赌斗起歌来，对方随意起头，他旋即接口续唱，一连十几首，首首文不加点，马不停蹄。对方服输，黯然调头，他则眼白上翻，顾盼自雄，嘴还不饶人，喃喃骂："嘻，敢和我比唱外国民歌。"那个"我"字咬得怨毒无比，鄙夷之极。他喜和年轻人扎堆，所以美国乡村歌曲、摇滚乐、爵士乐……也都在他喜好的范围。某次谈到古典乐，他自诩西方古典乐史上凡有点名气的曲目都大致记得。我觉得这牛吹得未免不着边际，哼了几段熟悉的考他，果然都说出来，于是我自编一段，他这才哑然，面露尴尬之色，嗫嚅自辩："古典音乐浩如渊海……""那你吹什么吹?"我得意。几小时后,我于心不忍,把真相说出来,他大感欣慰:"我就说嘛,咋会就没一点印象呢。"

有人说老柏样子像海明威,只就个子矮些。他每次听说,都会恼怒:"我要是再高几公分么……"某次我母亲听见了,就问他:"再高几公分又如何? 莫不要搬石头砸天?"

有人当面赞他多才多艺,他突然慨叹:"可惜我这辈子玩什么都只是三流才气。"

这是我从弄文艺的人口中所听到的最磊落的话之一。

我和老柏

声音的密纹

袁政谦老师

20世纪80年代中后期，正是文学和文学期刊的黄金时代，每年，政府都会给各级文学期刊下拨专款，举办各式笔会，短者十天半月，长者可数月之久（我听说过从夏天办到秋天的）。贵州的两本纯文学公开刊物，省文联的《山花》月刊和市文联的《花溪》月刊，每年也都会举办至少一次笔会（有时甚至两次），我就是跟着在《花溪》月刊工作的父亲开笔会，这才第一次见到袁政谦老师的。那时我还是个高中生，他已经是崭露头角的年轻作家了。不过那时崭露头角的年轻作家很多，大都兴高采烈、意气风发，他却恰是个沉默寡言的人，所以对他印象不深。唯一的记忆是某个黄昏，大家晚饭后三三两两踱到附近的湖边，我无意间回头，正看到他离开人群，侧身坐到一块石头上，然后抬头向远远的湖面看过去……

回来后，我偶尔会在文联大院或者通向文联大院的斜坡上碰上他，那时我和父母住在文联大院，他则刚调入文联不久。但除了碰上时我恭恭敬敬叫一声袁老师，他温和地笑笑，我们仍然没有一点交道，就这样过了十多年。这期间我在各种文学期刊的目录上看到他的名字，看到他的中短篇小说集和长篇小说摆在书店的柜台上，也听到不少有关他的小说的谈论。但奇怪的是，那样长的时间里，我竟然从没有认

181

真读过它们中的任何一篇，甚至到我和他成了同事，经常一起谈论有关小说的话题，也还是如此。为什么会是这样？这问题曾让我百思不得其解，也和袁老师本人探讨过。他想想说，"可能我不是那种引人注目的人吧"。这话当然有自谦的成分，但并非毫无道理，他确是那种处世过于低调，甚至接近自我贬抑的人，我没见过他高谈阔论，没见他使用激烈的手势、表情或者高级别的形容词。

这种状况自我调进文联，又延续了整整十年，直到前段时间他要出版他的新小说集了，嘱我写一篇序言之类的东西，我这才终于有机会把他最成熟时期的作品读了一遍。说实话，同样作为一个写作者，我与他在气质上是大相径庭的，但这并不妨碍我被他的某些作品所感动，甚至深深感动。他的作品往往是平淡的，或者貌似平淡的，但在这种平淡之下，却能读到如他为人一样含而不露的才华，读到一个作家历经世路后对人性所抱有的不忍之心和不闻浩叹的对人生的怅然之情。读完之后，我对他说："你的名声低于你的实际水平。"他想想，清清喉咙，小声说："也有别人这样说过。"

而我了解他对音乐的喜爱，却要比了解他的小说早得多。

最初的印象是他和廖老伯为父亲用中密板做音箱，做好后，嵌在父亲专为此设计的博古架的两侧。从此我知道他喜爱音乐。但真正了解他对音乐喜爱的程度，以及由此积累的

声音
的
密纹

182

大量相关知识，却是在我也到了文联之后。我少年时听过不多几部西方古典乐，但后来迷上摇滚乐，几乎就再没听，直到搬家换了音响（也是袁老师做主配置的），这才突然想认真听一听交响乐，觉得那样似乎才不至虚置了如此的设备（其实按袁老师的说法，我的新音响不过才是入门的级别），于是从父亲那儿拿了几张CD来听，渐渐竟听出点感觉来。有点感觉就忍不住想找人说，而天天见面又喜爱音乐的便只有袁老师了。我原本只是随便聊聊，但他一听我主动聊音乐，两眼却放出光来，话也多了，口齿也流利了，那神情也比平时生动许多。记得那个上午我们聊了有一个多小时，开饭时间到了，众人拿碗执筷，纷纷催促我们，他这才勉强起身。过了两天，他邀请我去听他的音响设备（据说价格要比我的贵七到八倍），约好下午去，他早上就开机了，说要把设备"煲"到最佳状态。那天他放了几张CD，有器乐，有声乐，其中一张男声四重唱的碟片，是当时大热的"八只眼"合唱组的录音，听完，他问我什么感觉。我用手比画了一个直径一尺的圆，说这几个人的喉咙像有这么粗。他敏锐地看我一眼（我第一次看到他有这样的眼神），若有所思，慢慢说："嗯，这算一种新的形容。"

袁老师是《花溪》月刊的主编，差不多每月都要去广州签印杂志，原本我以为这对他来说是个苦差，但他每次都兴致勃勃出发，高高兴兴回来，原来他在广州可以大淘正版的走私碟，所谓"水货"。自从那个聊音乐的上午之后，很长一段时间，他除了指使我买一些诸如《唱片圣经》《西方文明中的音乐》之类的书，每次去广州，还总要给我带回十来张他认为我应该知道和保存的作品。而且拿给我时，每张碟片的说明书上都会粘着一帧方寸大小的黄色纸片，上面用工整的字迹标明这是哪位作曲家的哪部作品，还有乐团、指挥或演奏家的名字，以及出版的公司，等等。我过意不去，说"不用写了，太麻烦，我自己慢慢查吧"。他却说平时听音乐，已经养成一面听，一面翻阅各种有关资料的习惯，随手给我写下来，并不麻烦，反倒很愉快。那几个月，应该是他对我寄望最高的时期，经常一见面就问我"昨天听没有？"或者"昨天听的哪一张？"说实话，我没他那么着迷，虽然每一部都听得十分认真（关窗拉帘、居中端坐、闭眼凝神），但正因为每听一部都十分认真，所以每次听完都有种"饱胀"感，接下来的几天除了"消化"，很难再有余力继续。于是他殷殷的频繁询问有时就弄得我很难堪，我或者撒谎，说昨天重听了一遍某某的某部作品，或者说昨天下午家里来了某个客人，缠我半天，没听成，而晚上又不敢听，怕闹着邻居……有时实在找不到理由，就说"我写东西呢，没时间"。我"没时间"的次数多了，他就警觉起来，遗憾起来，某次甚至用带点哀求的口吻说："你坚持听嘛，要不我连个聊的人都没有。"这话给我的印象很深。事后我意识到，他确乎是不怎么跟别人聊音乐的，也没见他跟任何一个所谓的"发烧友"交往。个中原因，我觉得一是他天性不喜扎堆，二是他是个作家，理解音乐也许别有怀抱，比如他和我聊音乐时，就常以文学作品和作家辅证：谈论俄国音乐时会提到某个俄国作家、谈论德国音乐时会提到某个德国作家，或者以某个国家文学作品的总体气质比较那个国家音乐的总体气质……幸好他以如此的方式谈论音乐，我勉强可以插几句嘴——比如我某次突然灵机乍动，说小说的情节就好比音乐的旋律，他点点头；我又说音乐史和文学史有相似之处，音乐史越往后旋律性越弱，就像文学史越往后情节性越弱一样，他再点点头——否则我跟他的音乐知识实在相差太远，根本只有他说我听的份。

某次聊得高兴，我脱口而出："你的音乐修养好像超过你的文学修养呢。"说完我有点后悔，毕竟文学是他的专业，音乐不过是爱好。但他微微颔首，欣然接受。

2002年，我策划了一份文艺随笔季刊《艺文四季》，其中有一个"视听"栏目，专门谈论电影和音乐，第一期就向袁老师约稿，他却连连摇手，说聊聊天可以，真写出来，怕搞专业的笑话。我引诱他，说"艺术欣赏哪有绝对答案，你从个人角度谈谈听碟的感受，谁会说什么？再说了，有些搞专业的怕还未必有你说得好呢"。好说歹说，他勉强同意点评十张碟片。发表出来，反响不错。他于是来了兴致，陆续写出二十多篇，大多就发在《艺文四季》的"视听"栏目里，其中几篇，还被诸如《爱乐》这样的权威专业杂志转载。我继而建议，说"你积累了这么多年，何不干脆写本书？零敲碎打没意思"。他反应谨慎，说"这么大工程，得好好想想"。但他终于开笔，历时一年，完成了一部题为《耳读之旅》的书稿。其中除了听音乐、玩音响、淘碟片的过程，还评说了三十六位作曲大师及精选的一百多张碟片，范围涵盖西方古典乐史的各个时期——由此可见，我说他音乐修养高过文学修养，并非夸饰之辞，让他写本谈论包括西方文学史各个时期作家和著作的书，他未必写得出来呢。

　　有个上午，我和他无意间讨论到生活的方方面面，他似乎都兴味索然，末了，眼睛不看我，微微笑说："只有听听碟嘛，好像还有点意思。"但事实上，袁老师能听音乐的时候却不多，甚至很少，因为他怕影响家人，只能是家中无人时，才祭祭耳。2006年后，有近一年时间，他一个人在家，那段时间，他下了班就听音乐，常常听到深夜。有几次他情不自禁对我感慨："过瘾，听得真过瘾。"可以想见，在很多不能听音乐的时间里，面对哑默的音箱和数千张碟片，那情形大概无异患糖尿病的饕餮之徒置身于山珍海味的盛筵吧。

　　他邀我去听他音响的第二天，我问他："昨天我走后你又接着听没有？"他想想，说："又听了几声。"听音乐以"声"为单位，真是天可怜见。

王良范

　　我们在张建建家的客厅里聚会时，贵州大学哲学系的王良范不时也会参加进来。良范是文化学者，我曾在别人的书架上看到过他研究贵州岩画的论著。他比我和蒲菱、董重都要大上十四五岁，算是张建建最好的朋友之一。但和张建建活泼飞扬的性格相比，他却要沉静得多，沉默得多。在我们聚会的初期，他给我的感觉是不如别人那样投入，更像一个局外人或旁观者：他整个晚上差不多总坐在一个离人群稍远的位置上，很理性地看着大家，当我们和着蒲菱的吉他齐唱某首歌时，他通常是不作声的；大家唱完了，他或者仍旧不作声，或者简洁地就那首歌评论几句，然后复归于默然。由此，我本能地以为他喜欢的应该是古典乐，而不是什么摇滚之类的东西。但有一天，高晴告诉我们，说王良范不仅有两把相当高级的吉他，而且有人在晚上路过省政府花园，曾见他坐在花荫底下猛弹吉他，唱崔健的《一块红布》，琴声嗓音都很奔放。我们听了都吃一惊，一起鼓噪起来，要他下次一定带吉他来唱给我们听。第二次，他果然带来一把金黄色的民谣吉他，做工和音色都确乎不错，比我们所有人的吉他都要高级。但他只是递给蒲菱，别人怎么劝说起哄他也不碰一下，直到蒲菱弹厌了，把吉他放在一旁，大家闲聊起来，他这才悄悄取过来，微侧过身子，轻轻捋捋弦，发出羞涩微弱的声响，仿佛在调试音准一样。有人看见了，以为他改变了主意，连忙建议，说良范来一首。话音未落，他立即将琴放回了原处。

有一天，突然接到良范的电话，说要带我去见一个弹吉他的高手。约好后我们就一起去了。那是个二十多岁的年轻人，听良范叫他小杰，他一头蓬勃的卷发，似乎刚刚睡觉起来，当着我们的面坐在床上，分开双腿，把头深深埋下去，用一把宽齿的大木梳艰难地一下一下倒着梳他的一头浓发。那天小杰的哥哥也在，似乎对古典乐非常入迷，还记得他给我们比较了好几个版本的贝多芬《第九交响曲》。后来小杰弹没弹吉他我不记得了，隐约是弹了的，好像还是首古典曲子。多年后，我在西西弗书店楼上的一家酒吧参加什么活动，又遇上了小杰的哥哥，还从别人嘴里知道，他实际上是个诗人。

我和良范交往不是太多，但一直很喜欢他的气质，觉得其中有一种很清爽同时又很肃穆的东西。前不久，我无意间和高晴聊到他，才知道他祖父是一名牧师，父亲和姑姑们都是基督徒，他本人甫一出生，即由祖父主持，也受了洗礼。于是我恍然，觉得找到了他那种气质的依据。

谢 挺

第一次见谢挺是20世纪90年代初，我参加一个笔会，女作家姚晓英把我带到她的隔壁，向我介绍一个头发浓密的长脸男人，说"这是谢挺，小说写得不错，你们可以多交流交流"。我忘记那天我们是不是真的交流了，只记得第二天下午和他到附近一家书店淘书，我看中几本，钱却不够，于是向他借了七块钱还是十七块钱。之后我忘了还。直到几年后，我们偶尔聊到那次笔会，他才慢吞吞说，那天你借我的钱，到现在还没还呢。但说这话时，就算是十七块钱也已经不算钱了，所以我听了一笑，没还，而且以后也不打算还，就当我永远欠他一个情吧。

之后我们不断在《山花》杂志和《花溪》杂志主办的笔会上碰头，渐渐熟识，成了要好的朋友。那时谢挺还是十中的地理老师，一班同样写小说的朋友常约着去找他，大都是晚上，但某次闲极无聊，我们下午三点就去了。正是上课时间，透过玻璃可以看到谢挺正危座高谈，为人师表的样子，于是我用指节击窗，同时踮脚朝里张望，他见了，变脸似的一笑，大声说，同学们，现在自习。说完，扭头就走。我们斥他："一个人民教师，说走就走，也太没职业道德，简直误人子弟。"那之后不久就是春节，我们到黔灵山喝茶，茶室狭小，只容得下三张方桌，进去时其中一张已经围满了人，我们绕过去，挑靠窗的另一桌坐下，半天后谢挺才悄声说，那桌全是他十中的同事。我们听了大诧异，对方十余人，竟无一个和他打声招呼。事后揣度，想必是因为他身为教师，却心不在育人，早为同事视为"异类"了吧。谢挺心不在育人，当然是因为迷上了写小说。其实我们又何尝不是如此呢，说起来各有各的职业，却都做着另外的梦。那时一班朋友全不过二十多岁，正是爱什么都爱得挥霍放纵的年纪，差不多天天聚会，多次通宵神侃。现在想来，冲着的正是那份天南地北的快意和志同道合的温暖友谊。至今我和他的小说里，还留下许多当年以文相交的痕迹。比如他的小说《谁把谁降临在大地上》，那标题原本是我的，我觉得像《圣经》的语气，打算写个故事配它，却没写出来，于是被他用了；再比如他的《屋顶行动》中男女主人公的名字，也正是我《距C4一尺》中男女主人公的名字。不过我也没被他占了便宜，他有篇小说叫《非死不可》，我觉得这名字好，也用来作了我一篇小说的题目，而且自觉比他那篇更贴切。至今记得谢挺当年寄身的那间斗室，破桌子破椅子破床，满屋乱七八糟乌烟瘴气，进门靠左的墙上挂着一张书桌大小的白纸，布满数十个深深浅浅墨黑的掌印，昏黄的灯晕下很有些诡谲，问他，说是观察掌纹变化之用。年轻时的谢挺脸上线条粗硬，像演《第一滴血》时的史泰龙，遇事笃定，不大见悲喜，而猝然露点细心体贴，就有惊鸿一瞥之感。记得某次

声音的
密纹

190

城郊聚会，我和一女文友意见相左，辞锋冲突，伤了人家自尊，散后女文友赌气，执意和我们反向而行，谢挺犹豫片刻，尾随而去。第二天问他跟去干吗，他说怕她想不通，寻了短见。

其实就性格而言，我和谢挺大相径庭，我外向，他内敛，我跳脱，他深沉，我浮躁，他稳重，我刻薄，他温和，原本难做朋友。比如谈论文学，我们的方式就大不同，通常的情形是这样的：我语速迅疾，口气绝对，他则时而莞尔，时而颔首，谦和而固执，很有点君子和而不同的味道。我的言辞像闪电，总打在岩石上。但也许他天生有种包容的气度，我被他含纳其间而不自知，这才知不觉做了这么多年朋友吧。

1993年至1995年间，谢挺两次留职停薪，加入北漂一族，跑到北京去打工。第一次朋友们依依不舍，直送到铁轨旁车窗下，看列车奔突而去。第二次没送站，而是在头天下午给他设宴钱行，他喝了酒，还唱了歌，末了，提着朋友们送的几袋苹果醺醺而归。但几天后，有朋友竟光天化日与他邂逅街头，他正捏一小布袋买菜呢，朋友大惊，问他何以这么快又回来了。他期期艾艾，说还没走呢。朋友气急败坏，质问他："那么苹果呢？"他想想，说吃了。神情很抱歉。当然他最终还是又走了，却又回来，以在北京的生活积累写出了他的成名作《杨花飞》，被《新华文摘》转载，还得了北京文学奖。不过我并不喜欢这篇东西，觉得那种模仿京腔的语调其实别扭。我也不喜欢他诸如《华山论剑记》和《留仙记》这样的作品，以为只可逞一时之新，却耐不得日久的咀嚼。我喜欢的是他的《电影消息》《花儿开》《保爷》《我们美好的日子》等篇什，觉得这才是真正的"谢挺的小说"，因为它们跟作者内在的某种本质是相贯通的，于是不得不散发出我认为一篇好小说最可宝贵的"可感性"，换成王国维论词的语言，就是"不隔"。有了这种"可感性"，小说就不会因题材的陌生或事件与细节的非经验而阻绝了读者的感受。一切小说家的工作，虽然都莫不是在以己度人，而关键只在能不能探测到自身那包含了一切人类共因之内核；触碰到了，那么无论平淡与绚烂，现实与魔幻，温情与残忍，言说与缄默……其实没有分别，也无所谓分别，都是了无阻碍，直透迷障的真实。

在我喜欢的谢挺的那些小说中，他不以线的方式勾勒，也不以面的方式渲染，而是以点的方式集合一个结构，笔调总先于叙述而笼罩整个事件，舒缓而矜持，带着一个无所指望的人沉静而哀伤的表情；同时散发出一种气息，那是生活在自身腐蚀自身的过程中散发的气息，切肤而不易觉察，透骨而无可奈何……读谢挺的小说，你会不知不觉被一种氛围熏染，出来时一身潮气，衣裤都仿佛因吸饱了这潮气而变得分量沉重，但你旋即发现，你感觉的其实不是衣裤的沉重，实在是这肉身的沉重；而在这肉的沉重里，却又看得见一个孤独的灵魂在喃喃自语中的轻盈舞蹈。

算算，我和谢挺相交已经差不多二十年了，当年一起写小说的朋友里，还在写或者还在认真写的已然寥寥，路正远，而同伴渐稀，有时不免心生寂寞。幸好谢挺还在写，还在认真写，偶尔想来，是个安慰，有点把臂而行的意思。同龄的文友成堆成群，但青春年少时结识的朋友，从某种角度来说，是不可替代的吧。

生活中的谢挺烦心事不少，可以说很多，谁也帮不了他，他却都轻言细语地担当了。不容易。多年前，他曾对我说："这世界上，好在还能写作。"这话听来痛切。谢挺和他的小说的关系，我常常觉得不是谁带着谁高飞与超越，而是一个拽着一个，作相互挽留的姿势。

在我们都还很年轻的时候，谢挺也喜欢弹吉他唱歌。在那次为他第二次北漂饯行的酒席上，他就自弹自唱了周峰的《梨花又开放》。说实话，谢挺的吉他技术低劣，演唱技巧更差，但我觉得比周峰唱得好，这得益于他天生厚实的嗓音和演唱时暗自的胆怯，两者的混合产生了一种专业人士难得一见的真情实感，很打动人。记得当时在场的李钢音听完之后，感慨道，听谢挺唱歌，觉得他真像个好人。

《梨花又开放》即便在谢挺为我们弹唱的当时，也已经不算新歌，但将近二十年过去，他还在唱，无论是去年在北京开全国作代会，他代表贵州团演出，还是今年春节省作协的联欢会，他唱的都是这首歌。一个人二十年来只唱一首歌，是很值得琢磨一下的事，或许背后有段什么故事，或许这首歌他真的无比地喜欢，再或许什么理由都没有，只是因为已经唱习惯了，烂熟于胸，化为骨肉，无法摆脱。

我家的几套音响设备

　　最早的记忆是一台夏普牌收录机，是父亲从大十字百货商店买回来的，价值七百元，以父母当时的收入计，算得真正的奢侈品了。

　　父亲至今还记得他放德沃夏克的《自新大陆》，奶奶嘱他将音量调小一些。而我则是从这台收录机的两个喇叭里第一次听到了邓丽君的歌声。时间应该是1981年至1982年之间，记得当时正在老屋的院子里和表弟打"纸角角"，突然从左厢房的窗户里传出一阵女声，虽然那时年纪尚小，情窦未开，也能感觉其声柔媚入骨，荡人心脾，几次被歌声引得走神而浑然不觉，惹来表弟的连声催促。第二台收录机不知什么牌子，印象中比夏普的那台高级，细长，二等分，两头是喇叭，中间是卡盒，黑色和银灰相间，靠在枕头上。某晚父母出门访客，只剩我和妹妹在家，忍不住违抗父亲出门前不许擅自使用的叮嘱，放一盒磁带进去，按下播放键，先是听到吃力的吱吱声，继而听到一阵乱响，赶紧打开卡盒，发现带心已经搅在转轴上。其实那是常有的现象，只需用一根牙签轻轻拨下即可。但当时全无经验，见带心乱麻般纠结一团，以为事态严重，不由得冷汗一时遍背。想着父母回来，不知如何责骂，越想越怕，就想把事情推到妹妹身上，具体细节都替她想好了：我刚放磁带进去，还没关好卡盒，她突然伸手按键，于是……和妹妹商量，她居然同意了，却也害怕得不知如何是好。记得只想着父母快回来，要打要骂赶紧结束。但左等右等，就是不见父母踪影，终于忍耐不住，带着妹妹一起来到大街上，蹲在人行道的栏杆上等，只觉心情沉重，口干舌燥。妹妹突然带着哭腔问我："哥，我们咋办呀？"长大懂事后，每每想起妹妹的那声哭腔，都觉得万分愧疚。

　　第三台收录机还是夏普牌，双卡，是父亲1989年元月率贵阳艺术家小组赴奥地利格拉茨市作交流访问，回国时在北京免税商店购回的，但没用多久就转让给了八姑爹。原因是画家尹光中先生到德国开展览，买了一套先锋音响，回来后不知怎么又不想要了，问我父亲要不要。那套音响不仅有庞大的外壳、双卡座和落地音箱，还带一台唱机，相比之前的那些收录机，自然要高级得多。正好八姑爹也很喜欢父亲带回来的那台夏普，于是父亲把夏普给了八姑爹，买了那套先锋音响。这套从德国辗转来到我家的日本音响，被父亲郑重其事地安置在了客厅里。那段时间，父亲的磁带量猛增，好多年没见的塑料唱片也翻箱倒柜找出来，出现在父亲的书桌上。但这样的情形并没有持续多久，父亲就又换音响了。那时的贵阳，玩音响已经渐成风尚，父亲工作的市文联就有两个发烧客，一个是诗人兼画家廖国松，一个是作家袁政谦，两人年轻时即着迷于音乐。其中国松先生涉猎最为广泛，从外国民歌到中国民歌，从西方古典乐到中国民乐，从乡村音乐到爵士乐摇滚乐，无不喜好。相比国松先生，政谦先生就要专精得多，只听西方古典音乐，而且几十年乐此不疲，对各家公司、各种版本、作曲家、指挥家、演奏家等等，无不如数家珍。某次他去广州出差，碰上当地一个财大气粗的发烧友，家中设备的价值据说在百万以上，碟片更是山叠海累，不计其数，但两人聊起音乐来，那人也不得不佩服他的广博与见解。

国松先生与我家多年同住一个大院，无事时就常到家里来聊天，1991年和1992年，他聊天的内容便大都有关音响。其人神聊起来，表情之变幻无方，语气之肯定确凿，很能蛊惑人心。记得某次他一一举例，大侃如今的发烧友已经讲究到何种程度，比如用尺子丈量低音能够打到的距离，比如在插头里渗细沙，比如在音箱下垫酒杯，等等，听得我和父亲一起瞠目结舌。当时他们讲究的是自己组装音响，所

以在谈及我家那套先锋整机时，他面露不屑之色，引得父亲
心痒痒，于是和他商量，打算换一套组装的音响。他满口答
应，立即行动起来，约上政谦先生一道，买来惠威喇叭和中
密板，在文联宿舍的天桥上吭哧两日，终于做成一对音箱。
而后又说服父亲换了新的功放，买了当时刚上市不久的激光
机（他们又请另一个朋友汪洵先生改造了那台激光机的某个
元件，用他们的说法，叫"摩机"，实际上是对激光机进行
升级处理）。为这套新的音响，父亲不得不请版画家曹琼德
先生设计，重新规划了我家客厅的格局，打了整整一壁博古
架，究其初衷，其实就是为了能安放那两个书架式音箱。

这套组装音响父亲一直用了好多年，直到三年前才被新
的音响设备替代。而最新的这套设备，也是请政谦先生参考
定夺的。

父亲每换一套新的音响设备，就把旧的"下放"给我，
比如最早那台夏普收录机，我就用了好长一段时间。记得当
时我的房间里有一个铁书架，正好有个空缺可以摆那台夏普
机，每写完一首新歌，我都会用它录下来。在父亲把那套先
锋整机下放给我之前，我还有过一套台湾产的组合音响，不
知道牌子，是大表姐夫送给我的。除双卡外，那套音响也是
一对书架箱，还带一台唱机。那是我第一次拥有一套自己名
下的组合音响，非常兴奋，爱不释手。为给它在我那间只有
十平米的房子里找一个合适的地方，我煞费苦心，好不容易

才在靠阳台门的位置腾出一块空间，把它安置下来。这套音响之后，就是那套先锋整机了。

在我所有使用过的音响设备里，那套先锋音响和我相伴的时间最长。它先是唱机坏了，接着双卡中的一个也坏了，再接着是另一个，最后只剩下一对音箱还能用。这么多年来，和那对音箱匹配过的功放和激光机已经记不清有过多少，我却始终舍不得丢掉，甚至结婚时仍用的是它们。记得当时音箱的挡板已经好几处破损，我买了黑纱布，想请政谦先生重新蒙过，但政谦先生来了，才发现那对挡板是拆不下来的。于是将就又用了三年，直到搬了新家，买了新的设备，这才把它们搬出客厅，但仍是不舍得丢，如今摆在我的卧室里，接在一台八达牌的功放上，专用来看影碟了。

附件：《自制音箱》

袁政谦

　　在我第一次购置的放音器材中，音箱是最先更换的，那是买回来仅仅两三个月以后的事情。

　　放音设备声音的好与差是比较出来的。可是在当初，音响方面的知识基本为零，把几样器材搬回家后，接好线开机，热热闹闹的声音响起来，除了兴奋还是兴奋。但过了一段时间，有一次偶然听了别人比我花钱多的音响后，就感到我的音响声音有些不对头，那声音似乎混成一团，不大清晰，也听不出层次。电器技术方面汪洵兄懂得多，他来听过我的音响后，怕当面讲打击我，下来对国松兄说，我那对音箱不太好。

　　现在当然很清楚，那对音响店自己做的音箱不是不太好，而是太差劲。样子难看就不说了，也不讲究什么"声学结构"，实际上就是弄出一个长方形的刨花板箱子，挖一大一小两个孔装上喇叭了事，再加上喇叭的质量差，也没有装配高低音分频器，那箱子的声音自然是一锅粥。

　　也就是这时，国松兄在音响杂志上看到了推介惠威公司生产的喇叭的文章。他对自己旧物利用的小音箱并不满意，

声音
的
密纹

一直想弄一对大音箱。但买成品箱花费高，想省钱只有自己动手做。惠威喇叭是新产品，宣传势头很猛，让国松兄为之动心。贵阳当时没有这种喇叭卖，只能通过邮购，然后按照文章里介绍的图纸做音箱。

国松兄邮购的喇叭和分频器寄到后，我帮着他用中密板做了一对新箱子。音箱装好后一试，效果比原来那对小音箱强很多。我觉得这是个好办法，就把自己那对音箱减价五十元退还音响店，也买了惠威喇叭和分频器。因为以前学做过一些简单的木工，按照图纸做音箱并不难，无非是买来板材，下料，挖孔，用镙钉和胶水把一块块板子拼接成箱体，然后蒙皮，再安装分频器和喇叭，就大功告成。做这样一对音箱大约花去四百多元。现在想来，那音箱其实做得十分粗糙，缝隙密封得也不好。不过，比起在音响店买的那对音箱，音效还是大有进步。如今，近二十年过去，惠威公司已经"做大做强"，惠威音箱颇有名气，惠威公司成了国内生产家庭影院音响系统的龙头企业，产品据说远销欧美。但在当年，该公司最初只卖喇叭，做音箱还是后来的事情。

这是第一次用惠威喇叭自己做音箱。这对音箱我听了大约三年。我们甚至还帮戴明贤先生也做了一对。在那个时期，家用音响是个新鲜事物，不少人家都在置办音响，"发烧"一词成为时尚。不过，有条件购买高价器材的人始终有限，这也是惠威这类国产品牌受到中低端消费者欢迎的原因。

那一阵惠威喇叭名声真的很大，厂家借助音响杂志推波助澜。有一年，某杂志搞惠威喇叭的音箱设计比赛。等到获奖设计出炉后，新的念头又随之产生——为了更好声音，我们决定按获奖图纸做音箱，并且是用实木做。这个计划让人兴奋，但也有一定难度，前后用了数月时间才得以完成。首先是去木材市场选购硬实而又不易变形的木料，买回来找工人解成木方阴干，然后请木工照图纸尺寸做成箱体，我们自己打磨上漆，完了才进行安装。音箱做了三对，很漂亮的小型落地箱，漆成暗红色，亭亭玉立的样子，国松兄、汪洵兄和我一人一对。至今我还记得安装喇叭那天最初的忐忑和后来开机时的激动，虽然耗时费力，但比起原来的音箱，声音效果大幅提升，完全超过了预期。这对箱子我后来用了好些年，直到2003年买了一对惠威的成品音箱（其实还有别的选择，但因为一直用惠威，可能对它有点迷信了），才将它送给别人。而国松兄的那一对，至今都还在使用，算算时间，应该有十四五年了吧。

黑胶唱片

　　大表姐夫送我的那套台湾音响摆进我的房间，我才算第一次有了一台自己的唱机。不过那时激光唱片已经悄然面世，虽一时还不普及，但显然已是大势所趋，许多抢先买了激光唱机的人都开始把磁带陆续送人了，黑胶唱片自然更被视为过时的古董，显现出一派就要退出历史舞台的颓丧之气，除了延安东路的外文书店还能见到一些，大多数音像店里已然看不到它们的踪迹。在这种情势下，我的唱机便几乎总是闲置着，偶尔在父亲的房间里看到一些老旧的塑料唱片，红的、蓝的，也大都是70年代的电影歌曲，并无一点想听的欲望。真正开始听唱片，是有了那套先锋音响后的事。某次和董重上街，路过外文书店，正碰上打折处理黑胶唱片，大多不到十元一张，最贵的也只十五元。想着先锋音响配置的唱机不用也可惜，加上唱片的封套看起来非常精美，又不贵，于是和董重各自挤进人群，一人挑了十数张回家，这才开始慢慢听起唱片来。那十数张黑胶唱片，买的时候并不知道具体是些什么（我和董重在学校学的那点英文早忘得一干二净了），只知道从封套上看，都是外国流行乐。其中有一张，封面上五个大胡子，个个奇形怪状，觉得有趣，随手先拈出来放进唱盘。一听，立即喜欢得不得了。那是一种民歌风格的流行乐，随意之极，自然之极，欢天喜地，至情至性，在当时正着迷于英美摇滚乐的我听来，直如天籁之音。那之后我几乎天天放这张唱片。某日，正拖地的母亲突然推门进来，杵着拖把问我，"你放的什么呀？真好听"。后来才知道，那是爱尔兰70年代著名乐队"都柏林人"的一张专辑。"都柏林人"曾在西方有过极大影响，如今已被视为爱尔兰民族艺术的象征性团体，但当时孤陋寡闻，竟从未听说过。后来唱机坏了，也没买新的。再后来大家都用上了激光唱机，黑胶唱机就更少见了。于是把所有的唱片放在书架的最底层，码整齐了，上面渐渐盖上别的东西，几乎就把它们给忘了。2000年4月，我装修房子准备结婚，董重建议我，说用木框装上唱片和唱片封套挂在墙上，是很好的装饰。我觉得这主意不错，照他的话做了，用的就是那张"都柏林人"：一个木框装封套，一个木框装唱片。其中的封套至今仍挂在我家阳台的墙上，凡看到的人都觉得好。两个月前，曾听我多次说起过"都柏林人"的表弟邹欣，突然在网络商店上看到有"都柏林人"的一张 CD，立即告诉我，并替我订购下来。几周之后，碟片到了，跟那张黑胶唱片不是同一个专辑，没那张好听，但多年后重闻"都柏林人"的欢声笑语，有老友重逢，快慰莫名之感。

那些唱片里还有一张乡村音乐，我至今不知道歌手的姓名和专辑名，整个风格比较平淡，但其中一首十分好听，有点半吟半唱的味道，当年我时常是先放这一首，听完，然后才放"都柏林人"。某次，朋友谢挺带了一个同学来，据说英语十分好，正准备考托福，我听了就把那张乡村音乐拿出来，问他能不能把我最喜欢的那首的歌词译出来。他接过去，随念随译，我则用笔在一旁记录下来。过后不久，我把其中一段用在了小说《光阴的故事》里："我的祖父在一艘船中，在他只有五岁的时候。他的父亲给他说了他的梦想，关于自由、希望以及用金子铸成的城市，离开了他们过去的生活。不久之后他们看到了海岸线，看见了金子铸成的城市从海上升起，这就是他们新的城市新的家。我的母亲成长在一艘轮船上，她的父亲给她说了他的梦想……那就是一个勤劳的人会使他的麦田成长……"

可惜那张抄有完整歌词的信纸被我弄丢了，找不到了。

邹欣说起话来一向声色俱厉，咬牙切齿。某次他对我说，现在风尚又回去了，真正的发烧客只玩黑胶唱片，如果你跟他们谈 CD，"他们睬都不会睬你！"听了他的话，我很后悔当初在外文书店没有多买几张。

"都柏林人"封套

打口带和铬带

20世纪80年代中后期的贵阳，音像制品店的货架上摆放的大都是港台流行乐的磁带，西方的很少，即便有，也还是流行乐居多，摇滚很少，更谈不上非主流的摇滚了。但那时已经有相当一部分年轻人不再满足于听流行乐甚至主流摇滚，他们开始到处搜寻一些只在书本上目睹过其姓名，却从未有机会耳闻过的西方歌手的磁带。有需要就有供应。贵阳的一些小音像店里开始出现了打口带。我至今没有弄懂为什么会出现打口带这样的东西。有人告诉我，说那是有人出国，买了许多磁带自己听，回国过海关时，为了防止你投机倒把倒买倒卖，就会有某个专干这事的海关人员过来，拿着一把像夹钳一样的东西，对准磁带"咔嚓"一声夹下去，夹出一个半厘米的缺口，算是打了个标志。因为有了这样一个难看的裂口，损害了磁带的外观甚至带心（那些磁带的带心常常被一起夹断），那人就不愿再留着了，于是倒卖给那些私营的小音像店。这个说法初听时觉得言之凿凿煞有介事，但细想却有令人不解之处，如果真是如此情形，那么打口带就不可能有那么大的量。我曾去一家卖打口带的小店，店主让我自己到库房里挑，那是一间十平米左右的房间，打口带却几乎堆满了半间屋子。试想一家小店就有如此多的存货，全贵阳该有多少？全国该有多少？所以另有人干脆说那实际上就是海关没收的走私品，打口的目的就是为了毁掉它。但这个说法同样让人困惑。首先一点，海关要毁掉如此数量的磁带，会一盘一盘打个口子吗？那得需要多少人力和时间？为什么不学虎门销烟，集中起来淋上几桶腐蚀剂了事，或是后来电视上看到的那样，铺满一地，开一辆压路机横冲直撞一番，岂不痛快？其次，如果是批量走私，为什么同一个品种的数量却又那么少呢？根据我观察的情况，同一个品种多数情况下只有一盘或者两盘。两种说法不能自圆其说却又相互可以印证，把我都弄糊涂了。但不管怎么说，那些裂口的的确确是某种专门和特殊的工具夹出来的，这一点毋庸置疑，而且的确常常是连同带心一起夹断，你只要把小拇指塞进轮盘的孔洞，轻轻转动，要不了多久，差不多总能看到那么一截不到一公分的灰白色胶纸，那就是当初夹断而后又缝补过的痕迹了。

　　且不论哪能种说法更接近真实，反正当初这种带子给我们的印象就是来之不易，它破损的外壳以及被重新缝补的带心让它看上去像一个百战之余的伤兵，何况人家还漂洋过海几千里呢？所以它卖得比那些完好无损的磁带贵得多，在我们看来就不是不能接受的了。记得1990年之后，我开始在贵阳市云岩区少年宫上班，工资每月是七十八元，但一盘打口带可以卖到二十五元到三十元，贵虽贵，我每月还是忍不住会买上一两盘。当时喷水池延安东路路口有一家音像店，店主年纪和我差不多，进的磁带很多是我想要的，估计他不仅仅做生意，自己也很喜欢听。我这人天生不太会掩饰自己的情绪，看到喜欢的带子就会显得激动，加上不太好意思讨价还价，于是被他钻了空子。刚开始时有些带子他还只卖十五元、二十元，到了后来，凡我想要的带子，一律都要二十五元、三十元了。我稍有抗议，他立刻振振有词，细数那盘带子的歌手如何有名，风格如何独特，录音如何考究，出品数量如何有限，等等，末了，常常是淡淡一句，"我这里就这一盘，要不要随你吧"。有一次，我正在少年宫主任的办公室跟主任说话，他突然进来，一照面，双方都吃了一惊。我问他怎么会到少年宫来，他说他原是我们主任的学生，这次是专来看老师的。有了这层关系，再去他的小店，心里就存了些侥幸，以为他看在我是他老师属下的情分上，说不定会便宜些。怕他已经忘了上次的见面，进店就先和他打招呼，反复提主任的名字，一面选磁带，一面和他东拉西扯，哪年成了我们主任的学生啦，又是哪年毕的业啦……没想他支支吾吾并不接话，付钱时一切照旧——倒是我，因为他是我们领导的学生，我抗议都不好抗议了。

贵虽贵，还是不得不买。我前前后后在那里花去的钱，算起来差不多是我两年工资的总和，摇滚史上许多划时代人物的专辑我都是在那里买到的："猫王"埃尔维斯·普雷斯利、查克·贝里、小理查德、克里夫·理查德、埃佛里兄弟、"谁"乐队、埃里克·克莱普顿、詹尼斯·乔普林、比利·乔、吉米·亨德里克斯……

打口带里有一种比别的更贵，叫铬带。喷水池的音像小店里，凡是那老板三十元才肯卖我一盘的，便都是这种铬带了。据那个老板得意而神秘兮兮的介绍，所谓铬带，就是在磁带的带心上涂了一种叫二氧化铬的材料，录音的效果要比普通材料好过十倍。这样说着，他立即就放给我听，并且拧大了音量。我还记得那是重金属摇滚乐队"邦·乔维"的一盘专辑。也不知是心理作用还是音量的作用，抑或是重金属摇滚本身的效果，总之我的确觉得跟平时听到的不一样，音色似乎要清晰得多，干净得多，"金属"味也要浓重得多。我当即掏钱买了下来。那之后又陆续买了不少，数目大约占到我磁带总量的三分之一以上。

联想到那个老板的机心和我的无知，我如今几乎可以肯定，就算带心真的涂了二氧化铬，也值不到那个价，当年我十之八九是被那个狗东西给骗了。

我把所有的磁带都很好地保存着，直到激光碟片面世，这才一一换过。它们被整整齐齐地排列在书架上，像隐秘的财富，像完整的另一个世界，使我的斗室不动声色地变得丰富和殷实起来……

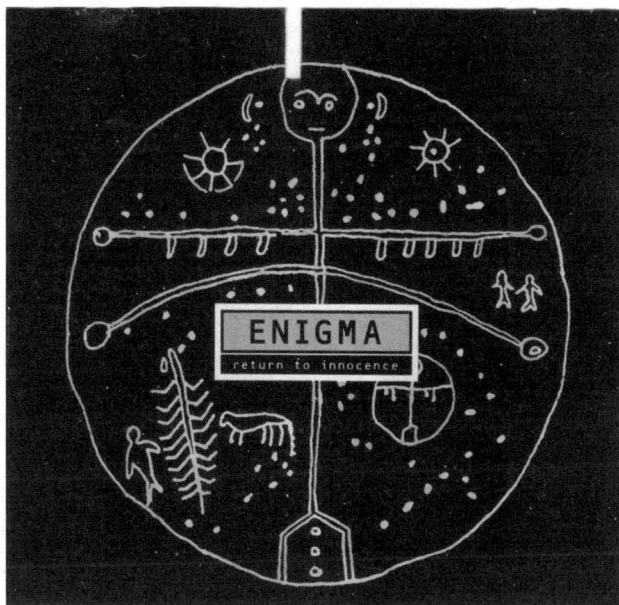

打口带全部遗失，只剩下一些打口碟。这是"英格玛"(Enigma)的一张专辑。"英格玛"源自希腊文，英语解释为"谜，不可思议的东西"。它不是一个乐队，而是一个策划制作组。这张专辑在当时是"世界音乐"的代表性作品，而所谓"世界音乐"，实际上就是在西方本位的立场上，采用一些"异质"文明中的音乐元素，然后以西方流行乐的观念和方式重新表现

和音乐有关的六个家人

六姑爹詹叔叔

詹叔叔是安龙人。安龙我去过，有南明小朝廷的遗址、十八先生墓和荷叶满池的召堤，还有蒋介石的题字，风景不错，是个好地方。1958年前后，詹叔叔离开安龙，报考刚成立的省花灯剧团，后来我的六姑妈也调进这个团，两人相识结婚，他就成了我的姑爹，就此安家贵阳，一住数十年。他们詹家似乎有个家族性的特点，话少，声音小。这个特点从詹叔叔的父亲辈开始就很突出。我还很小的时候，詹叔叔的父亲曾从安龙来，在他们家住过一段时间，印象中总是一言不发坐在同一张椅子上，笑眯眯地，抽一根一米多长的烟杆。抽这么长的烟杆，点火是个问题，所以每次都是让大孙子点。老人家的大孙子就是我的表弟小涛。小涛给爷爷点烟用的是纸枚，纸枚是没有明火的，得先把它吹燃。吹纸枚有讲究：气口松了不行，风势不够，达不到燃烧的程度；气口紧了也不行，风势太强，只见火星四溅，却也压住了火焰。小涛实验多次，终于找到法子，那就是噘口急吹，同时舌尖紧随，快速堵住唇口，像给气流来个急刹，火星正旺而风势忽竭，明火于是呼地冒出来。小涛很得意，多次给我和表哥表演炫耀。

詹叔叔的父亲在他们家住了应该有一年半吧，我常去，对他的声音却没一点印象，可见他确乎是不爱说话甚或干脆就是不说话的。到了詹叔叔这一辈，那情形也没多大改变。詹叔叔的弟弟，我们叫五叔的，不时会来探望他。两兄弟相对而坐数小时，你几乎不闻一丝声息；但你凑近观察，会发现除了偶尔相互递烟、点火，两人还是会不时交谈几句，只是声若蚊蚋，不及方寸，你无法听见而已。他们家的这个特点，就是到了女儿小燕，两个儿子小涛、阿培一辈，也还是如此。比如小涛就不爱说话，有时我和二表哥热议半天，突然发现他在一旁默不作声也已半天，我们会心生警惕，某次表哥忍不住问他，"你到底在想些什么呐?"他连忙安慰我们，"没有，没有，我什么也没想，脑筋里其实一片空白"。

阿培亦然。他想找小涛要点零花钱，并不直接说，而是写张纸条，趁小涛睡觉时放到他的鞋子里。纸条上写着：小涛，给我一块钱，放在茶几上。谢谢。

现在想来，詹叔叔的模样不怎么像他父亲，小涛倒有点像爷爷。

据说詹叔叔小时候曾皈依基督教，还受过洗，得教名"约翰"。为此，父亲有一次把我的一本《新旧约全书》送给他，我知道后硬逼着父亲又要了回来。不是我舍不得，而是从小到大，就没见詹叔叔对任何宗教有过兴趣。他的兴趣在别的方面，比如修钟表。詹叔叔修钟表全凭自学，备有整套工具，小刀、小起子什么的，都异常精致可爱。其中有个可以镶进眼框的单筒显微镜，我曾凑到眼前，窥探一枚去壳后的手表的内部结构，看到一团朦胧的齿轮与发条的纠结。那时还没有电子表之类的新鲜物事，只有机械表，就当时大多数人的工资而言，钟、表之类自然都属贵重之物，我就曾因为拾到一块手表又还给失主，对方提了十多斤苹果来谢我。在他最热衷修钟表的时期，我和表哥去他家，他常一只眼眶上罩着那个显微镜和我们说话，模样十分古怪。詹叔叔能修钟表，那个时候想必是很受尊敬的吧，由此也可知道他的双手必定十分灵巧。因为手巧，许多需要手巧的事就落到他头上，所谓"能者多劳"，比如房顶的瓦漏了、橡皮朽了、奶奶的鸡圈和橱柜破了等等，几十年来就差不多是他的专职工作，以致老宅拆除时，他露出真正的欣慰之情，对我母亲说："修了几十年，都修得烦起来。"爷爷的一只德国"天文"牌挂钟，已经数十年高龄，敲时报点，那音色美不可言，就是隔一段时间会停摆一次，定时修理它，也是詹叔叔的常活。还有一次，奶奶的一个长颈彩瓷花瓶瓶口破损，无法修补，交给詹叔叔处理，他用钢锯细细地锯，最后把它变成了一个完整的短口花瓶，看上去竟也十分匀称。

詹叔叔后来调到幻灯机厂工作，和几个同事一道，用废旧胶片折叠串连，做出一种新奇的相框来，背对灯光，框边会透出晶莹斑斓的色彩，由此发端，渐渐还研制出许多别的产品，比如胶片灯罩之类，大受欢迎。那时电视机刚进入市场，全是黑白画面，有人于是依不同尺寸的电视（大多只有九寸、十二寸），制作出不同规格的一种三色胶片，上蓝（蓝天）、中橙（东方人的肤色）、下绿（草地），夹在塑料或者铁制的架子上，置于电视前端，聊解当时观众对彩色画面的渴求。初装上去时，你会觉得荒谬和滑稽，但你拿开试试，真就不再习惯黑白画面的寡淡了。后来才知道，那也是詹叔叔参与发明制作的。

除了以上种种，詹叔叔还喜欢养花草、金鱼和信鸽。我曾见他在嘴里放了米粒，大张着，让小白鸽伸头进去啄食。他说这叫"度"。

詹叔叔的爱好不可谓不多，而其中一种，他差点把它变成了专业和事业，那就是音乐。

詹叔叔喜欢音乐，我从小就有印象，比如家里春节大聚会，兴致高时，他会放开他"山寨版"的洋嗓子，唱俄罗斯民歌《三套车》。但对此真有点了解，是我也喜欢上了音乐之后。那时，我和表哥、表弟都开始学习吉他，整日乱弹乱唱。某天，詹叔叔说，"你们喜欢弹吉他，不懂点乐理怎么行？你们跟我学吧"。我和表哥想想，一起点头。于是接下来的几个月，我和表哥差不多每天晚上都上他家去，跟他学乐理。我如今这点可怜的乐理知识，竟大都是从那时学来。记得有次他说，D调的1、2、3、4、5，你也可以唱成C调的2、3、#4、5、6。我觉得奇怪极了，怎么也转不过弯来。后来才知道那叫固定唱名法，学西洋乐器的都这样唱，一般人听来却会觉得别扭。

我记不清是我们跟他学乐理的同时，还是之前或之后，詹叔叔开始参加音乐大专的函授学习，具体科目好像是作曲。我眼见他读课本、做作业，慢慢竟读了出来。后来调到省群众艺术馆的音乐组，正儿八经干起音乐工作来。有次他参加全省的群众歌曲大奖赛，得了一等奖和一千元的奖金，感觉很兴奋，也让家里人都吃了一惊。再后来他干脆买了一架二手钢琴。那架钢琴据说原本属于一对年轻夫妇，某天两口子吵架，男的吵不过女的，无处发泄，于是拿钢琴出气，提起斧头就砍，不仅砍坏琴盖，留下一道醒目的破痕，还损坏了内部结构，许多琴键发不出声响。詹叔叔买来相关书籍，现学现用，最后竟修好了那架钢琴。

但许多年来，慢慢不再见詹叔叔谈论音乐了，即使他还

声音
的
密纹

在群艺馆干着和音乐有关的工作。再后来，他退休了，连职业上和音乐的那丁点关联也阻绝了。

六姑妈对詹叔叔修钟表、养花、喂鸽子等，似乎都没意见，唯独对他学音乐，向来抱以怀疑和不屑的态度，加上她脾气急躁，易冲动，说话常率直不留情面，我就亲耳听到过她数落詹叔叔（就是詹叔叔刚得奖不久）：得个奖有什么了不起？饭也不想做了，衣服也不想洗了……所以詹叔叔后来绝口不提音乐，我总以为跟我的六姑妈是有一点关系的。

詹叔叔后来不唯不再喜欢音乐，甚至修钟表、养花、养鱼、养鸽子等等爱好均一概杜绝，除了和亲戚打打麻将，他身上再看不到一点生活的情趣，话也更少了，成了家中一个无声无息的存在。

六姑妈过世几年后，詹叔叔又找了个伴，离开了原来的房子，我们很少再见到他，只有家中有了极重要的事，比如八姑妈过世、三姑妈过世、八姑爹过世，或是樱子结婚、惠子结婚、"小迷糊"结婚、"螺丝帽"结婚、毛奇结婚……这才会在那些闹哄哄的场合遇上他。见面时他微微地笑着看你，口齿呢喃地问一些最近怎么样了，工作不忙吧之类的话。

他的大女儿，也就是我的二表姐生了女儿小乖宝之后，我觉得詹叔叔是有些想法的，他想让小乖宝学点音乐，于是常把小乖宝抱在怀里，一起坐在琴凳上，打开那架有破痕的钢琴的琴盖，教小乖宝弹黑白相间的键子。但小乖宝扭来扭去，不好好弹，詹叔叔不高兴了，训她几句，她却不买账："我不怕你，我不听你的。"

詹叔叔吓唬她："你不听我的？你妈妈都得听我的。"

"她是你姑娘（女儿），我又不是你姑娘。"小乖宝说。

所以詹叔叔最后也打消了让外孙女学点音乐的念头。

詹叔叔和小乖宝

据说六姑妈曾跟关崇煌先生学过琵琶

八姑爹李叔叔

李叔叔是个河南大汉，年轻时高大英俊，一口雪白齐整的利牙，嚼起菜来如快刀切脆藕，嚓嚓有声，节奏欢快，听上去很是让人感觉高兴。有段时间，我甚至听他嚼菜听上了瘾，每天吃饭之前，总忍不住先看看桌上有没有诸如拌黄瓜、炒荸荠之类的菜。

李叔叔是建筑工人出身，一生最好的却是古典音乐。他在建筑队的同事，后来《山花》文学月刊的副主编黄祖康先生几十年后都还记得他当年躲在工地上一个大箩筐里读《约翰·克里斯朵夫》的情景。我也目睹过他听古典乐时那种欢喜赞叹的神情：父亲转让给他的那台夏普套机，摆在他家卧室的书桌上，放的是贝多芬钢琴协奏曲《皇帝》，听着听着，他突然猛拍我的肩膀："注意这几声。"话音未落，喇叭里传出一串华丽铿锵的琴音，他转头察看我的神色，不等我反应，自己先愉快得哈哈大笑。同样是那台夏普，某次为了听出某种效果来，他冒雨蹲在阳台上，闭眼微笑，入神倾听，那表情沉醉之至，享受之至。我母亲提到李叔叔，印象最深的也是他听音乐，她说有时李叔叔甚至准备好馒头和卤肉，通宵地听。某次李叔叔和八姑吵架，吵得很厉害，八姑真生气了，把李叔叔的磁带一叠一叠从屋里抱出来，全扔在院子里，其中一些由此损坏。母亲说李叔叔站在一旁，表情直可用"伤心欲绝"来形容。几十年来，家里人大都被李叔叔拉着说过交响乐，对他的沉溺痴迷无不惊诧，觉得甚至语言都无法形容，只能感慨，比如九姑就如是表达："天嘞，小李对音乐的那种喜欢哦……"

但这样一个视音乐为人生慰藉的人，生命的最后十余年，却因患病，完全无缘于斯，每念及此，我都会生出极大的一种悲凉，甚至生出对人生的一点绝望来。

李叔叔患的是精神方面的疾病。他平时笑必纵声，哭必号啕，大悲大喜，给人的印象十分率直天真，而这样的人往往也是异常脆弱的。李叔叔发病的诱因，许多人认为正是源于他的脆弱。20世纪90年代中期，五姑爹通过朋友关系，介绍他去做了一个大工程中的小包工头。他做了没几个月，回家就常常给家里人说起他耳闻目睹的许多黑暗内幕，神态激愤，几近语无伦次，甚至歇斯底里。当时父亲就很担忧，说："小李这个性格，怎能待在那样的环境里？"同时也劝他，说"现在社会风气就是如此，你也别太钻牛角尖"。但他天性使然，又怎能豁然开朗？他就像羊落狼群，受的刺激越来越大，终至崩溃。他发病之前不久，工程负责人已经看出他神情不对，给五姑爹说："你这个亲戚好像生病了，要不让他先回去吧，我多发两个月的工资给他。"1997年的某天，他终于发病了。当时成都九姑的二女儿珂珂和男友正在贵阳开激光照排店，租的店面紧挨着八姑，仅一墙之隔，所以目睹了李叔叔第一次发病的全过程。据她回忆，那天李叔叔突然从工地回来，两眼亮得吓人，进家就对八姑说，"我觉得你不如从前哪样喜欢我了"。八姑不知这话从何说起，笑骂："哪有这样的事？"他说："那我就来考验考验你。"于是他坐在客厅的沙发上，右手持钢勺，左手端茶缸，命令八姑离开，但"一听我敲，你就进来"。八姑虽莫明其妙，却还是照做了，而且按珂珂的说法，如此这般重复了"N多次"。八姑终于觉得不对，借故出门有事，跑到珂珂的店面里躲了起来。从店面的一扇窗户可以直看进八姑的卧室，能看到李叔叔独自在卧室里脱衣服、又穿上，如此反复，也是"N多次"。之后他开始四处找八姑，找到店面时，没人敢开门，他于是挥拳打碎了窗玻璃，就隔着破洞和珂珂说话，他说所有人对他都是虚情假意，只有珂珂对他是真的好。珂珂小时候在贵阳和她外婆，也就是我奶奶同住，与李叔叔感情最深，所以听了他的话后连连点头，说"我从小就最喜欢李叔叔了"。李叔叔很高兴，把手从外面伸进窗户，与珂珂紧握了几下。

那之后李叔叔就不时发病，轻微时骂骂咧咧，厉害时就砸东西、打人。有一次大发作，竟捏着一把水果刀，满院追他的大儿子。八姑吓坏了，没奈何，只得打电话到一家精神病院，要他们按进去治疗。第二大，医院派了个人来，那人挺有经验，事先向八姑问了许多李叔叔的事，心中有数了，见到他就亲热地招呼，说"你不认识老朋友了？""我是你哪个工程队的同事嘛"……但李叔叔那天却表现得明察秋毫，说"你别哄我了，我知道你是精神病院的医生"。最后是我的二婶左劝右说，好容易才让他跟着医生上了车。不久，八姑去医院探他，发现除了给他吃点镇静类的药，医院似乎也没别的什么办法，加上又看到他像犯人一样，与别的病人排着队在一间很大的会议室里绕圈子，情形可怜，于是决定把他接出来。他一出来就放了话，谁再把他送进去，他就对谁不客气。那之后再没人敢提送他进医院的事。

刚从医院出来的一段时间，李叔叔情绪相对稳定。八姑到成都住院换股骨头，他始终陪着，照顾得无微不至。八姑出院，就住在九姑家休养，他每天都会用推车推着八姑四处游玩，让九姑全家都很感动。回贵阳前，他为贵阳的亲戚每人都买了一件小礼物。

但回到贵阳不久，他的病开始频繁发作，而且一次比一次厉害，家里人都很为八姑担忧，怕他哪天失去控制，伤害到八姑，于是他的两个儿子为他在近郊的工学院附近租了间民房单独住。几个月后，他带信给八姑，说他想承包当地一个鱼塘，做点生意。八姑认为这是好事，立即给了他四千元钱，寄望于他有所寄托，病情能够好转。但他很快把钱花得一干二净，承包鱼塘的事自然也就不了了之。这期间他来看过我父亲一次，带来一块巴掌大的石头，说是我父亲喜欢奇石，他专门在人民广场买的，花了几百元钱。我父亲说"以后你千万别再花冤枉钱买这样的东西，都是骗人的，值不了这个钱"。他坚决地摇头，说"没办法，我忍不住"。

那之后很多年，我几乎没再见到李叔叔。这期间，八姑搬了家，也不敢给他说，只每月让大儿子送去几百元生活费，加上亲戚们帮衬的钱，原本不算少，但他总是乱买东西，很快花完。那时候，八姑工作的电影院已经倒闭，又刚搬家，正还着贷款，两个儿子工作不久，工资也很低，根本无法满足他的欲求。于是他给自己找了份为入黔的外省司机带路的活。表弟邹欣在工学院工作，曾看到过他，穿得十分破烂，蹲在一棵大树下，树上挂着招牌，写着"带路"两个字。据说因为他每次带路进城只要十元，还被别的带路人打过，说他要价太低，抢了他们的生意。

九姑回忆，李叔叔和八姑虽然见面不多，却仍是相互挂念，比如八姑陪九姑逛街，看到某件衣服，就会说小李如果穿上这件，一定好看。而李叔叔有次遇到八姑的一个邻居，也请他带话，说："你告诉小八，我是很在乎她的，但我现在管不了她了，让她保重。"

李叔叔住到工学院之后的六七年时间里，八姑几次把他接回来，又几次想要搬到工学院与他同住，都因为他病情反复发作而最终作罢。据九姑说，某次八姑在街上吃米粉，正碰上李叔叔也在，遇上后他们都很高兴，李叔叔看了八姑一会，说"小八，你脸色不太好，要注意身体啊"。八姑则说，"你给别人带路，该穿得整齐些嘛"。李叔叔呵呵笑，说"我穿得西装革履的，还不整齐吗？"所谓西装革履，八姑说，实际上是他多年前的一套旧衣裤，早就破烂不堪了。八姑这样说的时候又伤感又气愤，说每家都搜了那么多衣服给他，他为什么不穿？后来大家才知道，他把包括我父亲送他的衣服全送给当地结交的农民朋友了。

2009年3月，李叔叔猝死在他寄居的民房里，年仅六十五岁，原因估计是突发心脏病。据表弟说（他是第一个开门进去的人），李叔叔遗容平静，临终前应该没有太大痛苦。为李叔叔守灵的整个晚上，他的大儿子，小名"小迷糊"，始终在唠唠叨叨同他父亲说话，他说："爸爸啊，你这辈子实在太苦，不过你现在不在了，也就别再怪妈妈不照顾你了，她也是没办法呀……"

我平生很少为这样的事流泪，并非所谓"死去何所道，托体同山阿"之类，而根本是"天地不仁"。但那天我哭了。

至情至性与赤子其心，我以为正可概括得李叔叔平生行迹。九姑回忆，某年李叔叔的老母亲从河南专程到贵阳帮他带刚出生的儿子，我奶奶要请老人家吃饭，李叔叔认为这是极郑重的事，于是为老母亲换上全身新衣，自己也装扮齐整，然后背着老母亲，徒步四公里，从火车站当时他们住的房子一直走到中华南路我奶奶家。我不知道他为什么不坐公交车，也许他以为这正是表达郑重的一种态度吧。

李叔叔死后，妹妹写了一篇题为《死亡功课3》的博文，里面有这样的话："留在记忆中的还有姑父英俊脸庞上深刻的痛苦，后来我才意识到，我其实目睹了一个善良得近乎脆弱的灵魂崩溃的漫漫过程。"我也曾想以李叔叔为原型写一篇小说，题目都想好了，叫《池塘边的约翰·克里斯朵夫》，但因种种原因，至今没能成稿。

九姑算过时间，说李叔叔和八姑在粉馆遇上的前后，差不多就是八姑开始便血的时期。不久八姑被诊断患了癌症，经八次化疗（当时效果很好），终在2009年11月去世，距李叔叔过世仅数月之隔。李叔叔过世后，八姑在同一个墓穴里为自己预留了位置，所以他们最后是合葬一处的。

有个场景，我有时觉得近如昨日，有时又觉得远如隔世。那是八姑就要和李叔叔结婚的前夕，我突然从父亲嘴里知道这个消息，大感新鲜，某晚临睡前就忍不住去逗八姑，我伸头进屋，说八姑要结婚了啊？八姑坐在床上，正准备脱衣睡觉，听了我的话后什么也没说，只微微一笑，虽然面对的只是一个孩子，但那笑里仍有掩饰不住的羞怯和喜悦，至今令我感动。算算，我那年大约六岁。

不知李叔叔的那数百盒交响乐磁带怎么样了，这么多年无人问津，想必也和它们曾经的主人一样，支离残破，最终化为了尘泥吧。

八姑爹和八姑妈

昨晚回的贵阳。

周末临时决定和 R 经上海去苏州一带待了四天，东道主热情，行程紧凑，十分尽兴。

没曾想回到贵阳，愉快的心情和身体的疲倦都还未退去，噩耗却接连传来。

一早妈妈来看小树，顺便给我送现磨的豆浆。她告诉我李叔叔去世了，我吃了一惊，不过随即就接受了。

李叔叔是爸爸妈妈清华中学的同学，后来在云南生活，来过家里好几次。记忆中的李叔叔是我见过最胖的胖子，走路都喘气的那种，酒量却大得叫人咋舌，无底洞似的。好像有武功，像是武侠小说里的人物，我和哥哥对他有过很多的想象。

不过陆续听爸爸妈妈闲聊说起，知道他的身体一直不好，太胖，酒喝得太多，肝一直有问题（他最后死于肝硬化），所以，多多少少，大家对他的离去是有隐约准备的。

下午，爸爸打电话让我带小树去玩，我带着在苏州帮他买的昆曲 CD 过去，在哥哥那边，大家围着小树聊天，爸爸问我:"两个李叔叔都去世了,你知道吗?"

我没听仔细,说:"知道了,妈妈给我说了。"

爸爸表情淡淡的,声调却掩饰不住情感:"太突然了。今天你下了课和哥哥一起去殡仪馆。"

"嗯?"我一下蒙了,"哪个李叔叔啊?"哥哥和嫂子一起说:"你不知道啊?家里的李叔叔也去世了,原因还不知道。"

这个李叔叔是我的姑父,因为精神方面的问题,我已十多年没有见过他了。

小时候妈妈在零花钱上管得紧,哥哥表哥们到了谈恋爱的年龄,姑姑常常塞钱给他们,让他们和女朋友去玩,还常常请我们看电影。因为姑姑在电影院工作,姑父承包工程,家境丰裕,姑姑为人大方,姑父更不计较。

但在物质稀缺的年代家境丰裕似乎并没有给姑父带来成就感或快乐。

很多次和父母去姑姑家玩,饭后姑父请爸爸一起欣赏交响乐,他有进口的录音机和大盒大盒的磁带,他们只开一盏台灯,沉默地听,结束后才讨论。

记得我听到姑父给爸爸说他听交响乐会忍不住哭,所以他听音乐不爱开灯,还给爸爸说很多他因为工作见到的污浊的勾当,说时情绪很激动,说只有音乐是干净的。

回家的路上,爸爸和妈妈说姑父的事,觉得他太较真,太痛苦。"水至清则无鱼"，十分地担心。

谁也没想到，事情会演变到如此严重的地步，爸爸的担心不幸成真。

有一段时间，大人们总在一起窃窃私语，气氛古怪："……分裂……精神……"断断续续的字句飘进耳朵，我不敢问。

十多年过去了，姑父是在医院还是哪里，身体如何，病情如何，我不知道，不敢，也不愿去问，那会让姑姑伤心。她是我的第八个姑姑，第四个姑姑在我于北京工作时去世，爸爸的表妹于前年去世，R的四姨去年去世……回贵阳不久，八姑查出重病进行化疗，第一个疗程结束后还请全家吃饭庆祝，目前病情还算稳定。没想到，姑父竟毫无先兆地猝离。

下课后，我和R赶到殡仪馆，看到灵堂外挂着横幅"悼念李××老人"。老人？我无法把这两个字和姑父联系在一起。他是我们家最英俊的姑父，高大英挺，渐渐长大的两个表弟被我的朋友看到时惊呼"好大的帅哥啊"，其实他们都远不及姑父当年的风采。留在记忆中的还有姑父英俊脸庞上深刻的痛苦，后来我才意识到，我其实目睹了一个善良得近乎脆弱的灵魂崩溃的漫漫过程。

就如爸爸撰写的挽联：半世瘁劳讵知一病成永别，一生忠义追念万事皆悲端。

回忆姑父的点点滴滴，眼泪如泉涌出，眼眶湿了擦擦了又湿，这些泪水不只为离去的姑父、姑姑、四姨、李叔叔……而是为了"生命"本身，为我们无力留住的时间，我们必须面对生老病死的生命内容。

爸爸《一个人的安顺》出版，哥哥看后说："这本书的主角不是书中的任何人，也不是爸爸，而是'时间'——我们看到时间怎样慢慢碾过一个人的生命。"

这就是我想说的。R 的四姨去世时我写了《死亡功课1》《死亡功课2》，那些照片也许吓到大家了，很抱歉，但我那时真真切切就是这样想的——我必须练习面对它，无可回避。今天我听到的、看到的、留恋的、无意的，都将成为追忆。

大表姐夫罗哥

罗哥的父亲在1949年之前开办过一家翻砂厂，按当时成分划分的标准，属小业主，家境在小康之列。但1958年公私合营，翻砂厂被并入缝纫机厂，实际上收归国有，全家生活顿时陷入窘迫。罗哥有兄弟姊妹六人，他行三。据他回忆，为生计，他几乎什么都干过：擦皮鞋、拖板车，用塑料垫板仿制某单位食堂的饭牌，带着弟妹们去蒙饭吃……他甚至跟一个表哥在安顺普定一带给许多尼庵塑过泥菩萨。关于这段经历，罗哥说来颇为得意，他说塑完菩萨，尼庵的主持有时还会请他主持开光仪式。他对此其实一窍不通，但为了多得几块钱，还是装模作样做作一翻，跪在地上，嘴里喃喃祈祷，都是似通非通的自造之辞："开眼光，眼看四方；开鼻光，不闻香臭"诸如此类。我不解，说"人家怎么会请你开光?"他笑，说"我也不知道，可能他们喜欢我吧"。某次我在他家聊天，谈到他们从前的一个老邻居，表姐说有传言那人1949年以前曾出家当过尼姑，但她本人向来拒不承认。罗哥露出不屑的表情，说她肯定出过家，还说某年一根晒衣服的细绳弹掉了她长年不离头的毛线小帽，他在她头发稀疏的头皮上瞥见过几粒淡黄的疤痕，他断定那就是出家时烧的戒疤，"我从前见过的尼姑太多了，哪里瞒得过我?"

从生活环境看，罗哥的整个青少年时期实则混迹于市井，多与贩夫走卒为伴，和音乐这类"饱暖之余"的东西原本不搭界，但他说他从小就喜欢，"第一次听见就喜欢，怪得很！"罗哥回忆，他最早接触音乐是因为父亲留下的一台手摇唱机和十来张"百代"公司的广东音乐唱片，他一直非常珍爱。"文革"后期，政策不允许家里有这类东西，他于是把唱机搬到自己的小房间，偷偷听。某日，他邀了一群朋友到家里玩，有的打汽枪，有的听唱片，正惬意，不想几个派出所民警忽然闯进来，大搜一翻，最终没收了汽枪、唱机和所有唱片。事隔数十年，再回想当日情形时，罗哥仍有余悸，"当时我端着汽枪，刚瞄准对面瓦房上一只麻雀，他们就一下冲进来。肯定是有人告了水（举报）"。没收的唱片有两种，一种是黑色标签，一种是红色标签。事隔不久，派出所把贴红标签的还了回来，留下了贴黑标签的。其中缘由，按罗哥的理解，大约是因为红色标签看上去跟"革命"的颜色相近吧。罗哥有个表哥，一生痴迷京剧，为学唱青衣，竟到医院去吵闹，要求医生动手术把嘴唇缝小三分之一。罗哥说他喜欢音乐，跟这个表哥的影响也有关系。

20世纪70年代末至80年代初，政策稍有松动，罗哥开始在省内外倒卖黄金、电子表、大洋、布匹、计算器、生漆、钢材等，迅速成为当时贵阳最早的"万元户"之一。虽然经济改观了，名声却不好听，属于所谓的"投机倒把分子"。记得大表姐认识罗哥后，几个姑姑为慎重起见，托人打听罗哥的背景，结果让她们相顾失色，她们托的人回来说："那人是个搞走私的呢，怎么行？"因为喜欢音乐，罗哥的走私清单里多出一种他的"同行"们很少做的物品，那就是港台流行歌星的黑胶唱片，原本属于沿海一带橡胶园里那些印尼归侨的私人藏品，他从他们手中买来，再带回贵阳销售。其中许多歌星的名字罗哥至今如数家珍，比如许冠杰、关正杰、叶丽仪、凤飞飞、徐小凤、甄妮、罗文、汪明荃……还有邓丽君。罗哥说邓丽君的唱片最难弄到，也最受欢迎，他以七八十元的价格买来，在贵阳一倒手，最贵可卖到四百元。除了倒卖唱片，罗哥还批量买来空白录音带，把唱片上的歌曲或音乐倒上去，交给一个朋友，由那个朋友在半隐秘的场所设专点销售。

表姐回忆，当初她看上罗哥，并不是因为他能找钱，而是他喜欢音乐，喜欢摄影，喜欢看书，与她周围的人不太一样。当时电视上不时会转播一些名指挥家指挥的交响乐演出，比如小泽征尔、卡拉扬等，"你家罗哥是每场都要看的"。表姐怀上孩子后，罗哥天天在家里放音乐，说是胎教，可以给孩子培养点音乐细胞。"没想到小罗宁生下来却是个左嗓子。"表姐笑道。据说罗哥为此生了好多年的闷气。

我和罗哥有比较多的来往，自然是在他和表姐结婚之后。那时他们住在中华北路一幢自建的两层楼房里，有院坝、有屋顶花园。我和表哥周末无事，就常到他们家去吃饭、喝啤酒、唱卡拉 OK、看 LD，每次不玩到更深夜半不会离开。我的印象中，20世纪80年代中后期，贵阳有家庭卡拉 OK 和家庭影院的人家不多，罗哥算得其中最早的之一。那时我家刚买了一台放相机，原本新鲜得不得了，但像质和音效与他们家的 LD 相比，立刻黯然失色，令人沮丧。我最早接触那些又香艳又恐怖的西方吸血鬼影片，就是在他家的客厅里。

那几年，应该是罗哥生意做得最顺的时期，有足够的经济实力支撑他大玩音响。据他自己回忆，他玩过的各类高级进口设备前后相加总有十数套之多，国内的还不算。这话我信。记得最早去他家，印象最深的就是客厅地面上纵横交错的各类电源线、信号线、喇叭线（有的粗过我的拇指），以及电视机柜周围高低累叠的功放和大小喇叭。他一一给我们介绍，这是哪国哪种牌子的功放，这又是哪国哪种牌子的喇叭，还把各种粗细不同的线拆来插去，让我们听不同功放与喇叭的搭配效果。那时我和表哥都还没工作，正精穷，又都喜欢音乐，所以羡慕得不得了，觉得这辈子能有其中哪怕最低档的一套，也就十分地满足了。也许我艳羡垂涎的表情太过显露，引得罗哥心生恻隐，于是送了我一套台湾产的音响，带一对书架箱，能放唱片和磁带。那是我平生第一套完全属于自己的音响设备，欢喜宝爱得不知如何安放才算遂心，最后调换了几乎所有家具的方位，床、书架、写字台，好容易才在我那间十平米的斗室里为它找到一个合适的位置。那套音响我一直用到它一个部分一个部分地坏掉，先是卡座，然后是唱机，然后是那些功能按钮，剩下一对喇叭，还接在新买的功放上又用了很久。某年有人送我父亲一套音响，罗哥听后大不以为然，说"我拿一套给你听听，看比它如何"。那是一套"漫步者"牌带内置功放的书架箱，父亲听了一段时间，待买了新的设备，就把它下放给了我。那时我也已经有了较好的设备，不知如何处置它，于是先接在录像机上，后来接在VCD、DVD上，只用来看电影。直到去年搬了新家，这才把它安放在书桌对面的小书架上，重新让它播放起音乐来。算算，它来到我们家，时间已经超过二十年。

大约十七八年前，罗哥倾尽所有，和几个朋友投资一种汽车尾气的过滤装置，据说前景极好，都已开始批量生产，不想突然遭遇大变故，所有投资化为乌有，从此罗哥在生意上一蹶不振，直到现在。投资失败，而且无力再起，心境自然受到影响。印象中很长时间，罗哥郁郁不乐，时常和表姐吵架。他们一吵架，表姐就会找我和表哥，边哭边诉，边诉边哭。我和表哥那时不过二十出头，毫无经验，实在不知如何宽慰她，除了搜肠刮肚说些不着边际的废话，剩下的时间只能尴尬对坐，相顾无言。这样的情形延续了差不多十来年，直到他们乔迁新居，搬进带花园的房子，两人的心境这才略有好转。那时的罗哥已经年过半百，他曾经意气风发的日子离他越来越远，而世事变化，他自己也承认已是另一个时代，就算还有本钱，也很难与现在的年轻人同台竞技了。如今的罗哥已经从他工作的汽配厂买断工龄，提前退了休，每天的大部分时间都花在两件事上，一是养花种草，一是研究烹饪。罗哥聪明，两样都做得极好。我和父母家两边养的花花草草，只要看着不够苗壮，或者蔫蔫将毙，抬到他家去，不几天，就又欣欣向荣地给你抬回来了。所以我戏称他们家是植物医院。但罗哥自己最得意的还是烹饪技术，无论卤的、蒸的、炒的、炖的、凉拌的，甚至包馄饨饺子、制油辣椒，都有几手绝活，最近还自制大头菜和腌鸡腿，味道也极好。记得腌制鸡腿成功后，他专门蒸好一只，让我端回来让父亲品评，当时已是夜深十二点，父亲早已上床准备睡觉，听说了，犹豫半响，末了还是忍不住披衣起来，倒上半杯葡萄酒，细细吃完半只鸡腿，连声称赞，这才又重新进屋睡觉。罗哥烹饪技术好，又喜欢做，表姐和侄儿当然也跟着受益，一家三口吃得油光水滑。某次表姐感慨，说跟着你家罗么，别的谈不上，就还享了点口福。这话传到罗哥耳里，他很自豪，对我说："你家姐出去吃席，从头到尾可以说就找不到下筷子的地方。"表姐为此很同情我们，不时邀我们去她家"打牙祭"，吃完，送我们出门，还欣慰地说，打这次牙祭么，又可以管一段时间了。我回家当笑话说给父母听，父亲一笑置之，母亲却不高兴了，说："她以为我平时是做什么给你们吃啊？"

自从罗哥不再做生意，我也再没见他听过音乐，曾经山叠海累的那些磁带、唱片、CD，以及十数套高级音响设备，都被他陆续送人，唯一留下的是一对挪威喇叭，如今接在他家客厅的DVD机上，用来看影碟。去年夏天，他突然送我一张意大利盲人歌唱家安德烈·波切利的DVD，我有点惊讶，说："你现在又开始听音乐了？"他连忙否认，说是因为前两天在电视上看到这人的演出，觉得还好听，今天上街又正碰上卖他的碟子，于是顺手买了两张。

前几天中午，父母那边来了几个客人，母亲忙不过来，就请罗哥和大表姐帮忙做几个菜。我下班回家，进厨房和他们打招呼，对罗哥说我准备写一篇他当年听音乐玩音响的小文，想跟他聊聊。他当时正炒菜，听了这话脸色就一沉，怔几秒钟，突然发起脾气来，大声说："可惜我当年买的那些音响资料哦，几十本，搬家时都被你姐卖给收废纸的了。我几十块钱一本买的，她几块钱就卖了。"大表姐在一旁连连给我使眼色，我没好再问下去。晚上去他们家闲坐，罗哥躲在花园里自建的小屋不出来，说是生气了。大表姐说，当天中午从我父母那边回来，罗哥心情就一直不好，吃晚饭时和大表姐拌了几句嘴，竟然发起横来，砸碎了一个大表姐很喜欢的白瓷碗。"你以后记着别再提他以前听音乐的事了，"大

237

表姐告诫我，"我卖他的音响杂志，他寒心得很，已经啰唆了我好多年。"

罗哥年轻时长相英俊，有点像演《佐罗》时的阿兰·德龙。

大表姐夫从大表姐手中抢下的唯一——本音响杂志

大表姐夫。据他自己说，西装和墨镜都是借来的，不合身

声音
的
密纹

238

表弟小涛

小涛就是那个只要一生气，脸就白得发青的表弟。这个表弟说起来，算得我们这一辈中最聪明的一个。记得我们都还在读小学时，大人们为鼓励我们好好学习，曾制定过一个激励机制：期中期末，谁的两科主科（语文和数学）考过九十分，谁就能得到五毛、一元不等的奖赏。绝大多数时候都是他得，我和表哥、表姐几乎没得过；加上他从小长得白白净净，又好卫生，大人们都很喜欢他。但稍大一点，这个表弟却性情大异，变得十分地捣蛋，结交了许多社会上的朋友（那时我们管这种人叫"超社会的"），跟着他们舞刀弄枪，打架斗殴，让我的姑妈姑爹头痛不已。据说他打架很讲策略，防守时躲闪灵巧，进攻时却总采取偷袭侧攻的战术，而且下手十分狠毒，有一次差点闹出人命，被公安局抓去关了十多天。一个公认的乖娃娃，怎么突然变成一个小有名气的"问题少年"了呢？他的父母、外婆、舅舅、舅妈、姨妈、姨爹们坐到一起，反复分析商讨，最后得出一个结论："都是因为换过血"。原来表弟十来岁时，曾在外婆家前面的"大江苏"餐馆买过一个"烧卖"吃，里面据说有一只绿头大苍蝇，吃下去就开始拉肚子，怎么也止不住，直至下病危通知的程度。当时急需输血，医院却没有合适血型的血，眼看无救了，大人们急得不行，他父亲，也就是我的姑爹，甚至给医生下跪，求他们一定想想办法。幸好这时来了个义务献血的军人，血型正配，这才救活了表弟。大人们回忆，说那之后，表弟就开始变了，越来越不听话，直至发展到动刀伤人被拘留的地步。"但那是个解放军叔叔的血啊，"大人们疑惑不解，"应该比原来还乖才对嘛。"我对这事没什么印象，是后来才听大人们说的。不过自从懂事起，我就觉得表弟的确胆大妄为，跟我们都不一样。比如他某天就会突然离家出走；有时候是因为又做了什么错事，被父母责骂，负气离家；有时候却什么事都没有，只是在家里待腻味了，想出去散散心。他东家住一宿，西家吃一顿，常常一走就是十天半月，甚至数十天。按我们的想象，他在外面四处颠簸，不定多邋遢呢。但事实恰好相反，他穿得比平时在家还要光鲜整洁。某次我放学回家（记得那时我读高一），一路哼着京剧《甘露寺》中"劝千岁"的段子，刚过邮电大楼旁边的羊肉粉馆，就听见背后有人叫我，我回头看，正是小涛。那时他又一次离家已经差不多一个月了，穿着熨得十分平整的黑色八分细管裤和一件金黄色的套头毛衣，衬着白领白袜和白净的脸皮，看上去十分精神时髦。他表情恬静，微笑说："我一听前面有人哼京剧，就知道是你。"据说有一次他离家出走，没袜子换，忍受不住，干脆拿了朋友姐姐的丝袜穿上，惹得别人耻笑。就这点而言，即使是在他最被家人痛恨的时期，也都是我们的榜样，母亲就常常拿他来说我："你看人家小涛，流浪都比你讲干净。"几年后，我和父母赌气，离家出走，到云南去找父亲的同学李必雨叔叔，就是约了这个表弟一起去的——我断断是不敢独自离家的，而他是个流浪的积年老手，经验丰富，有他在我就踏实了。前不久，突然想起这事，我还专门写了一篇题为《在路上》的小文回忆那次经历。

父亲这边的整个家族，向来信奉"棍棒出好人"的古训，而且以此自豪。记得我某次站在窗户前，一面比画一支木制驳壳枪，一面指着对面房梁上的一只野猫对表哥说："不怕，老子们有枪的。"不想就被身后的父亲听见了，他从窗户里伸出头来，厉声呵斥："刚才你说什么？"我吓晕了，狡辩道："……没什么啊，我说老虎有枪……"这下不得了，父亲觉得我不仅说粗话，还不承认，还撒谎，于是罚我跪人造砂。他把黄豆大小的砂子匀匀地铺了一层，让我光着膝头跪下去，直跪了一个多小时，膝头浸血，这才允许我起来。一句"老子"，就被如此惩罚，表弟那些所作所为引起的反应就可想而知了。而且我家除了家教严厉，还有个不成文的规矩，不管谁家孩子犯错，全家人得而打骂之。我母亲不许别人骂我打我，被说成是"最惯肆娃娃的"。在这样一个环境里，表弟的日子可就不好过了。记得某次他偷拿我母亲的锑盆卖给废品站（为增加重量，他把锑盆敲扁，中间包了一片残瓦），被我的二叔拎着后领，一脚踹在屁股上，从堂屋大门腾空而起，越过三级石坎，直落到四米开外的院坝中央。另一次是奶奶让他把凉在厨房大灶边的牛奶给八姑妈正吃奶的二儿子送过去，他一面端着奶锅走，一面就把上面结的奶皮舔吃了。这次出手的是我幺叔，他把表弟的右手掌按在墙上，挥动一把匕首，在他五指四周噗噗乱戳，嘴里怒斥，下次再犯，就把手钉在墙上。我在一旁看着，腿都吓软了。还有一次，不记得又是犯了什么错，他被反剪双臂，半吊在院子里的大夹竹桃上示众，那形象，跟革命电影里临刑的烈士一模一样。也许是历惯不惊吧，他吊在那儿，一声不吭，神色平静，又像认命，又像不屈，有客人来，他还微笑点头打招呼："王叔叔，你来了……"

成年以后，小涛也好弹吉他。事实上他学吉他比我和表哥都要早，因为他结交三教九流的朋友多，比我们更早地接触到吉他。印象中他还教我弹过一首歌："在无人的海边，寂静的沙滩延绵……"起首的把位似乎是 Am。小涛弹吉他，给我的感觉很奇怪，他左手换位速度仿佛很慢，却一点不影响时值。我曾想学他的样，也表现得从容些，但不行，总因慢那么一点点而跟不上节拍。

有一次，小涛郑重其事通知我和表哥，要我们几天后跟他去见一个住在水口寺的朋友。据说那个朋友一家五口，因为偷窃总是轮流坐牢，几十年就没聚齐过。他认识的是这家人的大儿子小果新，刚从牢里出来，会唱许多牢歌，要我们去开开眼界。说到这儿时，小涛的神情变得豪迈起来。"小果新说的，他说，大牢里藏龙卧虎，什么能人都有，有些人弹吉他弹得之好，你做梦都梦不到。"几天后，我见到了那个叫小果新的人，在他家吃了一顿辣子鸡火锅，还试着喝了一杯啤酒，那可能是我第一次沾酒，感觉很难受。小果新并非我事先想象的那样凶神恶煞，相反，他长得精瘦干瘪，个子比我和表哥都要矮上一头，待人接物表面上看似乎很和气，但眼神里实际上有种冷漠或者尖锐的东西，联想到他复杂神秘的背景，我整个晚上都倍感敬畏。我对他家五口人轮流坐牢的事好奇万分，几次想开口询问，都因为找不到合适的措辞，没敢开口。那天他家里始终就他一人。晚饭之后，他应小涛之邀，操起吉他唱了几首大牢里学来的歌。他弹琴时的姿势和表情都异常专注，感觉像是准备大大抒一翻情，但一开口，不仅嗓子嘶哑，吐字粗直，而且因为对歌词内容缺乏起码的理解，过度刻意的情绪反而显得既夸张又南辕北辙。每唱完一句，他的喉咙深处总会发出一种轻微而黏稠的声响，像人独自叹息，又像蟹沫在水里悄悄碎裂……那些歌词的内容倒很有意思，所述所思，完全是另一个世界的事情，与我的生活毫不搭界，可惜那时没想着把它们记下来。几年后，听磁带卜识志强唱牢歌，两相比较，反显出小果新唱得好了。迟志强有意渲染的感伤悔恨和流里流气，一听便是想当然的模仿，肤浅而虚假；而小果新正因为毫无技巧，他吃力地试图表达真诚的笨拙里倒有了一种感染人的力量。

在我和表哥用"吉他勾魂法"追女生的时期，小涛当然也在实施同样的伎俩，只是跟我和表哥不是同一个圈子。他经常聚会的，除了小果新之类社会上的朋友，就是花灯剧团的那些子弟们了。前者我和表哥向来敬而远之，轻易不敢沾惹，而后者自成一派，对他们而言，虽然认识我们，却视我们为圈子外的朋友，所以小涛吉他勾魂的方式与功效，我和表哥并不清楚，也无从想象，只有一次偶然的机会，我们得以瞥见一点。那是一个周日的下午，我和表哥无意间闯到小涛家，正碰上他邀了男男女女七八个朋友聚会，分成几组，有的听磁带，有的闲聊，年纪看上去都比我们小，而且我们一个也不认识。小涛给我们解释，说他要追一个女孩子，却跟她不太熟，所以多请了几个人来凑热闹。"你们来得正好，"他说，"一会我把她带到里屋谈，你们弹吉他，帮我稳住其他人。"我和表哥自然义不容辞，等他把那个女孩子带进里屋后，我们就操起吉他，把所有人都邀到客厅一起唱歌。中途时我出来倒茶，听到从里屋门缝里飘出几句话，正是小涛深刻而低沉的嗓音："……像我们，不光喜欢听歌，还要搞清楚它为什么好听……"从小涛家出来，我把这话说给表哥听，他瞠目结舌，艳羡和鄙夷两种表情在脸上此起彼伏，大声说："这也太阴险了吧！啊？"我们就在街上放声大笑。笑完了，一身密匝匝的鸡皮疙瘩。

我后来忘记问小涛，那女孩子最后同意和他好了没有。我估计同样的话他一定给不少女孩子说过，所以问也没什么意义，他肯定想不起我问的是哪一个。

我在前面说过，花灯剧团的子弟很奇怪，大多数不是学乐器、当歌手，就是学烹饪。小涛也不例外，他最后成了一名一级厨师。记得他烹饪学校毕业不久，请我们去他工作的餐馆吃饭，他点了一道叫"乌云炒肉"的菜。我不懂什么是"乌云"，小涛说，就是黑木耳。我恍然，原来"乌云炒肉"就是普通的黑木耳炒肉。我觉得有趣，笑起来。小涛也笑，同时庄重地告诉我："菜就是厨师的儿，给它取什么名，它就是什么名。"

小涛（左起第四个）和同伴们跳迪斯科

附件:《在路上》

(《山花》文学月刊2009年下半月第9期)

　　1987年，我第一次参加高考，毫不意外地落了榜。在普定县父亲的一个朋友处补习了近一个学期之后（父亲的这个朋友对高考研究颇深，曾经让许多落榜学生考上了大学），来年又考了一次，仍是没有考上，于是只得在家无所事事地待着。几个月后，父亲的一个同事在贵阳市图书馆给我找了一份临时工作：市图书馆市委党校分馆图书管理员。市委党校设在城郊森林公园，距市区有一段路程，所以我平时都住在那里，周末才回家。那段日子从某种角度说，算得上十分惬意，因为复考再次落榜后，我和父亲的关系变得相当紧张，他一见我就烦，我只得成天躲在自己的小房间里，不敢弹吉他，不敢听音乐，总之杜绝一切娱乐活动，甚至不敢读武侠小说，不敢睡懒觉，免得父亲闯见，以为我是个"白胆猪"，毫无一点自责之心忏悔之意。这种情况下，独自一人在党校图书馆的生活就变得有如天堂了：上班时间，如果无人借书（大多数情况都是如此），我就在书架林立的书库里找一个角落，大看特看想看的书，《高卢战记》《西德尼·谢尔顿全集》《战争与回忆》《漫长的一天》《第三帝国的兴亡》

《众神之车》等，都是那时读的。我还带去了吉他，工作之余就在寝室或者附近的山坡上自弹自唱。当时的党校食堂为了提高服务质量，让两组人分别承包，相互竞争，于是两组人使出浑身解数，一天两顿竞相拿出各自最好最便宜的菜肴以取悦职工，所以那段时间我除了精神得到大放风，还吃到差不多脑满肠肥的程度。但我和图书馆分馆领导的关系却处得比和我父亲还要紧张。原因是我在业余时间无人管束，所以经常熬夜看书，甚至通宵不睡，这样一来，早上下午就很难准时上班。市图书馆党校分馆其实就两个人，我和另外一个三十多岁的女人，也不知道那女人的正式职务是不是就是分馆的馆长，反正我归她管。那是个脾气相当急躁的女人，十分看不惯我这类好吃懒做没有责任心的人，时不时会皮里阳秋打击一番。某次我去党校澡堂洗澡，待的时间稍长，手脸被热水泡得白里透红，很有些细皮嫩肉的味道，她就做出吃惊的样子，说哟，一看这皮肤，就知道是个一点事不会做的人。有一次我把她气得够呛：因为头天晚上没睡，早上又硬撑着上班，午睡时就怎么也醒不过来，等我猛然惊醒，已是下午四点。我急匆匆赶到分馆，她冷眉冷眼不理我。情急之下，我竟然先发制人，对她吼道："都四点了，你怎不叫醒我？"气得她当场面色焦黄，嘴唇乌紫。如此种种，渐渐传到父亲耳里，于是周末回家时，免不了受父亲的一顿严厉呵斥。终于有一天，我和父亲的忍耐都到了尽头。记得当时正在父亲的书房里，我又为了什么事惹得他极不高兴，他突然咬紧牙关，用一种极其厌恶的口吻说："滚！"

据父亲后来说，他当时的意思是让我离开他的书房，回我自己的房间去，但我理解成他要把我赶出家门。我立即转身就走，回到房间，拿上一个事先准备好的蓝色布包，离开了家。事实上，也不知道出于一种什么样的预感，在此之前差不多半个月，我莫名其妙地已经开始为我的离家出走做准备了：我把我的全部诗歌手稿（它们抄录在一个很厚的笔记本和一本英语作业本里）、一把朋友自制的匕首（有黑色人造革的套子和可以将之系在腰间的细皮带）、几件换洗衣服、一支圆珠笔和一个空白笔记本装进了母亲平时买菜用的一个蓝色布包里。在父亲命令我滚出他的房间之前，蓝色布包一直就藏在我的床底下。许多年后我回想当时的一幕，不排除我在潜意识里有意曲解了父亲的话。

我背着布包，站在相宝山文联宿舍的院子里想了一会儿（当时已经是晚上八九点钟），拿定主意叫上表弟和我一起出走之后，我就坐上公交车直奔省花灯剧团。记得当时为了躲避父母可能的追赶，我有意倒着走了一站路才坐上公交车。来到花灯剧团，刚进大门，就看到一盏昏黄路灯的照耀下，表弟正跟几个花灯剧团的子弟坐在花架旁的水泥条凳上聊天。我招手让他过来，简单说明了原因，就怂恿他和我一起出走。表弟从小顽皮淘气，中学时就常常聚众斗殴，而姑妈又是个家教极严的人，打骂之余，实在管不住了，就把他赶出家门，所以离家出走对表弟来说是家常便饭轻车熟路的事。他在外面东家吃一顿，西家睡一觉，少则数天，多则半月，全无任何障碍，不仅吃得好，睡得好，穿得还比家里讲究。有时我邋遢不讲卫生，母亲就常常以他为榜样骂我，说你看人家小涛，在外流浪都比你干净。我之所以撺掇他和我一起出走，就是因为他社会经验丰富，可以给我壮胆。

表弟听完我的来意，只给不远处水泥凳上的几个朋友随意挥挥手，毫不迟疑就跟我离开了花灯剧团的大院。来到大街上，他突然转过身来，用略带威胁的口气说，先说清楚了，不在外面干一番事业出来，我们是绝不回来的。看他毅然决然的模样，我自然大喜，说那是当然，否则好没面子。

当天时间已晚，哪儿也去不了，我们于是决定到表哥一个朋友处借宿，翌日一早再决定去向。半路上，我突然想起了云南作家李必雨叔叔，他和父亲是贵阳清华中学的同学，"文革"期间曾偷渡缅甸参加了缅共，当到区武工队的队长，回国后以此经历为素材，写了好几部极好看的长篇小说，其中《野玫瑰与黑郡主》《红衣女》等，当时我都看过。他为人豪侠，某年来贵阳探亲，和几个同学到我家做客，听父亲抱怨我学习不好，估计考不上大学，他就挥挥手，说"真考不上，就让他到昆明来找我，我负责给他找工作"。说者无心，听者有意，我从此记住了他的话。这时想起，不啻黑暗中的一丝曙光，立即把这个想法告诉表弟：我们到昆明找李叔叔去。表弟当然没有异议。但我们身上的钱加起来也不够买一张到昆明的火车票，怎么办呢？于是我又想起了我在普定补课时寄宿其家的一个水利工程师董哥，单身，嗜好象棋，当年和我处得挺好，我下象棋就是他教会的。我觉得这种情况下向他开口借钱，他是会借给我的。

当晚，我和表弟在表哥的朋友处睡了一夜（表弟和他睡床，我则伏在书桌上凑合，差不多每两个小时就醒来一次，原因是那种睡姿很不舒服，还有就是心里止不住莫名的焦虑）。第二天一早，我们就乘车赶到安顺，再转车来到了普定。果不其然，董哥虽推说没有现金，却送了我三十元国库券。我们返回安顺，就在火车站把国库券一比一换了三十元钱，买了火车票，当天晚上就乘上了去昆明的硬座列车。在安顺火车站时，有个小插曲至今印象深刻：一个卖馄饨的小贩，二十四五岁的样子，体魄看起来相当壮实，和一个顾客为什么事吵起来，互不相让，局势迅速恶化。小贩突然脱去上衣，裸出身上肌肉，高举右手，绕场一周，大声说："练了五年的黑砂掌，还未开过张呢，看来今天是不得不露出来了。"周围人群忍俊不禁，好几个失声笑了出来。

我们是第二天下午四点出的昆明车站。因为没吃中饭，下车时已是饥肠辘辘，而剩下的钱已经不多，不敢大吃，只得到面馆去吃面条。贵阳粉面馆是论碗不论两，每碗均是二两；而昆明却是论两不论碗，所以当卖面的小妹问我们要几两时，我很觉新鲜，有一种真正远离家乡的感觉。

吃完面条，我们开始打听李必雨叔叔的住处。离开贵阳之前，我只知道他在昆明市文联工作，好像还是副主席，于是想当然地认为他家跟我家一样，也住单位宿舍，只要找到昆明市文联，自然也就找到了他。没想找到昆明市文联后，才知道他并不住文联宿舍，而是住他妻子董阿姨工作的学校宿舍，而那个学校又并不在市区。我们人生地不熟，不是坐错了车，就是找错了地方，好不容易找对了地方，人家却又告诉我们：学校宿舍并不跟学校在一处。我开始隐隐地惶然起来。其时天色已净黑，刚到昆明时的那股子兴奋劲固然已经荡然无存，而肚子又不合时宜地阵阵发空起来，把口袋里的钱摸出来数数，只有不到四元。晚上十一点，我们又一次来到一处宿舍，一级一级楼梯爬到四楼还是六楼，我抬手敲门，不敢用力，轻轻地，每三次一组，敲了三组。终于有了响动，响动越来越近，突然从木门后面传来沉重的喘气声，我立即转头对表弟说，这次绝对是了！李叔叔是个大胖子，记得他刚从缅甸回国，第一次来我家，从头至尾就听他坐在沙发上喘粗气。

门开了，果然是。

李叔叔对我们的不期而至表现得并不如我预想的那样惊讶。听完我的来意（我特别暗示他，正是他几年前的承诺驱使我们来到了昆明），他微微一笑，像当年那样豪迈地挥挥手，说先吃东西，然后睡觉，明天开始在昆明城里四处转转，别的事以后再说。第二天一早，我和表弟一人趿了双拖鞋，揣着李叔叔给我们的三十元钱，开始在昆明城里到处游逛。走在阳光刺目的昆明街头，呷着汽水，再回想头天晚上的狼狈惶然，有恍若隔世之感。那几天我们玩了昆明的许多景点，特别喜爱翠湖公园的茶馆。我和表弟在昆明待了差不多十天，有一多半时间都是在翠湖公园的茶馆里度过的。记得茶馆里有许多票友唱京剧，我们也要两杯茶坐在一旁跷脚欣赏。父亲喜欢京剧，我听他放磁带唱片听得多了，大略也知道些好坏，于是听到略好的，或者看唱者唱得声音大，就带头鼓掌叫好，惹得几个老头大欢喜。听我们口音是外地人，就问是哪儿的，做什么的。我胡扯，说我们是贵阳市京剧团的学员，我学须生的，他……我指指一旁的表弟，是学小花脸的。老头们听了更加欢喜，非要我也来一段。我于是作谦虚藏拙状，说刚进团，什么也还没来得及学呢。最终没唱，只和他们东拉西扯说些四大老生、余派马派的（常听父亲说，顺口拿出来敷衍），竟然没怎么露馅。要露馅也不怕，刚进团的学员嘛，能懂多少？

除了去翠湖公园喝茶听戏，日常就是听李叔叔摆在缅甸打仗的事情。我因为事前看过他的好几本书，所以话题常常就从书中的某处细节开始。李叔叔酒量极大，记得某年来我

252

声音的密纹

家，和他们的另一个同学斗酒，俩人喝了多少瓶已不可知，但他们端着茶杯杯杯见底的形象倒还让我记忆犹新。于是有一次和他聊天时就提到了喝酒，提到几年前他和同学斗酒的细节。他听了哈哈哈笑，说他只能喝一斤，他儿子能喝两斤，但他儿子如果跟景颇人相比，就只能是小巫见大巫了。景颇人能喝多少他没说，更给我留下了深不见底的印象。

在昆明一待十多天，一直等着李叔叔给我们找工作呢。没料想忽一日，李叔叔把我们叫到他的书房，开口就说："你们明天回贵阳吧，票都给你们买好了。"我们不禁目瞪口呆。事后才知道，就在我们到昆明的当天晚上（估计距我们睡着之后不到十分钟），李叔叔就和父亲通了电话。父亲听说我们在他那里，放下心来，说那就玩几天，然后叫他们回来吧。

我和表弟的昆明之行就这样不了了之了。回贵阳的途中，表弟显得非常沮丧，一再埋怨我虎头蛇尾，竟然同意就这样灰溜溜地回去。我也委屈，说"那又有什么办法呢？"表弟不服，说"要回去你自己回去好了，我要到成都去"。他说到做到，到了贵阳，站都没出，买了去成都的火车票就又走了。他到成都去找谁呢？实际只能去找我的九姑妈，所以没几天，我又在家庭聚会上看到了他。虽然我们一个五十步，一个一百步，但他毕竟比我多坚持了几天，所以这么多年来，只要提到当年的出走，他就要嘲笑我，说我是个"夹屎鬼"。

图书馆的工作自然是不可能再干了，我不仅不辞而别，而且还带走了库房的钥匙。这让当初介绍我进去的那个长辈颜面无光，不愿再开口让图书馆继续聘用我了。我到党校分馆的寝室收拾衣物，发现有个没吃过的枕头面包还摆在书桌上，早已变质发霉了。

一个多月前的一天，突然在办公室接到表哥电话，说八姑爹因病去世了。八姑爹姓李，河南人，从小我们都叫他李叔叔。我下班后急匆匆回家，刚进家门，父亲就说："两个李叔叔都去了。""还有哪个李叔叔？"我问。"李必雨李叔叔。"父亲说。

算算时间，两个李叔叔去世相隔仅一夜。

父亲当天即写了挽联，托赴昆明吊唁的老同学给董阿姨带去。上联是"笔耕君独健，书剑远游，归来述异百万字"，下联是"萤雪吾与共，管弦应答，总角论交六十年"。

董阿姨想把挽联刻在碑上，父亲觉得不妥，说那完全是他个人角度的抒发。于是又重写了寄过去：干戈赴殊方，轻生忘死八千里。笔砚归故土，志异标新百万言。

我的姑姑们听到李叔叔去世的消息，回忆说，他少年时身材瘦长，眉清目秀，几十年后从缅甸回来，她们都吃了一惊，说一个英俊少年，怎么就成了个大黑胖子？简直认不出来了。

当年在昆明时，有一次和李叔叔聊天，曾给他透露过我以后想从事文学的想法。他默然半晌，缓缓道，很难！他说到他当初学习写作时所下的苦功："我把上百篇经典小说像拆零件一样拆散了，再组装起来。"

这话我记了二十多年。

表弟阿培

　　阿培是我六姑妈的三儿子，也就是小涛的弟弟。他出生时我正跟父母待在乡下一所中学里，记得某天父亲接到家书，站在书桌前读完，低头笑嘻嘻告诉我：媛姑和八姑都生了个男娃娃。八姑生的表弟在前，媛姑的在后，就是阿培了。六姑妈名明媛，所以我们也叫她媛姑。阿培生下来就多灾多难，几次命悬一线，幸而都侥幸得脱，其中一次还跟我有关。那时阿培还在襁褓，某次家里大聚会，数十人全聚到媛姑家，又是冬天，手袋、大衣、围巾、手套等堆了满床。吃完午饭，我突然困得不行，于是脱鞋上床，就躺在那些衣物堆里睡了一觉。醒来后被妈妈叫去，要我把父亲的大衣还是毛衣找出来。我一间间屋乱翻，找到刚才睡觉的那间，掀开床上堆得老高的衣物，赫然发现底下竟躺着阿培，包在一床小棉被里，似乎已经不闻一丝气息。我心头乱跳，以为自己刚才把阿培给压死了。我不敢声张，找出父亲的东西，一步一步挪到外屋，整晚待在母亲身边，直到聚会将散，媛姑若无其事把阿培抱出来，我这才如蒙大赦，欣慰得只差哭出来。另一次是阿培三四岁时，他家里请客，客人还没上桌呢，他先抓了一粒炸花生放进嘴里，被他父亲无意瞥见，一声断喝，他张口欲哭，不想就把花生整个吸进了气管，脸和嘴唇立刻变成青紫的颜色。据说送到医院时，阿培已经休克，为了让他呼吸，大夫竟在他的肺部直接开了个口子。一直到现在，阿培的喉咙和右肋上，还各留有一个隐约的疤痕。

再大些，某次阿培的哥哥小涛带他到郊外一个水塘边玩，结果阿培失足落水，差点溺死。按小涛的回忆，他当时自己玩得人事不省，突然听到周边惊呼连连，抬头看，发现阿培不知什么时候已然身处池塘中央，手舞足动，离他越来越远。他不及多想，和衣跳下池塘，下去才想起自己不会游泳，又湿淋淋爬上岸来。眼瞅着阿培慢慢沉溺下去，渐至没顶，他不由得狂呼救命，甚至向路人下跪，幸而一个着军装的军人及时出现，跳下去救起了阿培。小涛幼年曾患急病，也是得一个军人献血才终于救活。所以多年来，家里人总说，小涛和阿培两兄弟的命，都是解放军叔叔救的。

给阿培实施抢救的大夫事后告诉我父亲，好在没耽搁，否则即便救过来，因缺氧，脑子也会受很大损伤。言下之意是说因抢救及时，所以阿培最后什么事也不会有。但阿培渐渐长大，某种疑似的后遗症状还是出现在他身上。首先表现在肢体的协调能力似乎极度缺乏，比如他不能悬一只脚跳跃，那时把这叫"跳跛跛脚"，是我们小时许多游戏都必不可少的一个动作。他可以提起一只脚，但一起跳，另一只脚就跟着下来。他在学校参加操练时，不能按节奏一前一后甩手，而是只能甩"同边手"。至于稍稍需要一点技巧的运动，比如跳高、跳远、单杠、跳绳、掷球、滚铁环、掷石子、跳山羊等等，那就更不用说了，完全无从措手。所以阿培平生最怕的就是上体育课，在他看来，那简直等于他的"耻辱日""丢丑日"。媛姑告诉我父亲，有天清晨，阿培跪在床上，闭眼合十，嘴里喃喃有词，仔细听，原来在祈祷："……天下雨、天下雨、天下雨……"他们学校有规定，下雨就不开体育课。父亲觉得那情景实在可怜可叹，于是给他的体育老师写了一封信，说了他当年开刀住院的事，体育老师这才特许他可以不上体育课。但是，后来媛姑又听说老师因此让阿培与那些智障类的学生一起开会，气得她要去找班主任"说个么、二、三"。

阿培越大，性格特征越趋向于复杂和难以理喻，在许多人看来，阿培几乎算得上是个真正的"怪人"。比如他绝不吃水果，不吃任何甜食，无论是软糖、硬糖还是糕点；痛恨世间一切香水，以至于他姐姐和他打架，打不过他，没办法，只得按住一管香水的喷盖，作势要喷，他这才悻悻作罢。牙膏他也闻不得，说是"闻着就打恶心"，所以阿培是多年不漱口的。但人不漱口怎么行？没奈何，他就学古人的样，洒点盐在牙刷上，放进嘴里搅几下了事。

阿培的怪，还同时表现在脾气上。一方面，他的脾气好得简直没脾气。表兄弟、表姐妹去他家，对他呼三喝四，一会要他倒水，一会要他换茶，夜深了，要他煮红油面宵夜，吃完了递给他，说收了吧；有人肩膀酸胀，要他捶背揉脖颈，他捶着揉着、不时还轻声问"不重吧"；甚至我和表哥恶作剧，三伏天用被子捂住他的全身，说是考查他的耐温能力；或是两人把他四肢夹住，露出肚皮挠痒痒，看他的腹肌在痛苦的笑声中一块块隆起……一切他都坦然受之，无丝毫不豫之色。但另一方面，他倔强之极，几乎有头可断、血可流、志不能屈的气概。某次他哥哥犯错，被罚跪，也牵连到他，要他陪跪，他自觉受了冤枉，无论如何呵斥威逼，就是不跪，直到膝弯被猛踹一脚，才跪下去。跪下去他就不起来了，同样任你如何呵斥威逼始终直挺挺跪着。大人们发狠了，一边一个把他提起来，可他双腿悬在半空，竟仍是曲着的，同时厉声怒吼："哪个喊跪的，哪个来扶！"

我的十五六个表哥、表姐、表弟、表妹里，绝大部分喜欢唱歌，而且以业余爱好的角度计，大都还唱得不错，只有阿培，嗓子从小到大就是黄的，按老辈人的说法，是个"左嗓子"。但每次兄弟姐妹们约着去唱卡拉OK，他从不拒绝，而且自始至终兴致勃勃，为大家点歌调音，端茶倒水，忙得不亦乐乎，自己却从来不唱。偶尔被逼急了，终于操起话筒，唱周华健《孤枕难眠》，一发声，必笑倒一片，他的声音指东打西、似是而非、忽亮忽哑、忽高忽低，完全就是在跟那首歌捉迷藏。但就是这个阿培，后来却成了我们这一辈中最喜好音乐的一个。

阿培虽然比我小上六七岁，但他接触流行乐的历史却差不多跟我们一样长，也是从盒式录音机以及王洁实、谢莉斯唱台湾校园歌曲开始，随后是港台通俗歌曲、欧美流行乐、猫王、滚石、披头士、杰克逊、克莱普顿、大陆流行乐、大陆摇滚乐，直至欧美与大陆的另类音乐，一步不落。阿培喜爱音乐，也自有他的风格和方式。他从不跟任何人谈论音乐，很多次，我和表兄弟表姐妹们热烈讨论某首歌、某张碟子，或是某个歌手，他坐在一旁，始终一声不吭，而且总是神情落寞，甚至昏昏欲睡，仿佛没有一点兴趣。但如果你记不住某首歌名、某场演唱会的具体日期和地点、某个歌手的成名作，甚至某个吉他手的籍贯、所用吉他的价格、牌子，只要问到他，几乎都能得到准确的回答，这一点常让大家惊佩不已。但我说他是我们这一辈中最喜爱音乐的一个，理由还不仅于此，而在于二十多年过去，他对音乐的兴趣始终不减，而且关注的空间日愈广大，品鉴的层面日趋深入，无论是欧美最先锋前卫的摇滚乐、另类乐，还是最偏远地区和国家的民乐，都在他的视野之内。他还写下数量不少的乐评，谈论的许多音乐与歌手我都闻所未闻。他曾写过一篇《音乐记忆》的短文，谈到他喜欢音乐是受了我和表哥的影响，其实我和表哥已经差不多十年没好好听歌，所以他现在的积累实在早已超过我们多多。他对世界电影也熟稔于胸，多年来，就没有我看过他没看过的。

阿培的母亲，也就是媛姑，已经去世多年，姐姐和哥哥也各自成家，只有阿培挨着父亲住。前几年，他父亲重新找了老伴，住到对方家里去了，每周只一两天回来给花浇浇水，老房子里于是只剩阿培一个人。他上班忙，早出晚归，所以父亲回来浇花，俩人也很难遇上。阿培生于1975年，今年已经三十五岁，却还没找女朋友，大家都替他急，表哥甚至说再不找，就要成"灭绝师太"了，可他表面上还是那样漫不经心，像是觉得一个人过得很滋润，不需要找女朋友，不需要成家。但他私底下给大表姐说，他不是不想找，实在是工资太低，"我一千多块钱的工资，一周请人家吃顿饭，看场电影都不够……怎么敢谈？"这当然是原因之一，却不是全部，还有一个原因是阿培眼光太高，不肯为结婚而结婚。他要找的人，按他的说法，长相不说，还得要喜欢音乐、电影，或者文学，总之得有文化，"要不一天到晚上说什么？"我们自然不赞成这个观点，但我已经说过，阿培很倔强。后来我也想通了，从他的角度，那也是一种"择善而固执"，并没有错。

前段时间和表兄弟们陪从重庆来的客人吃饭，饭后大家兴致不减，决定再去阿培家坐坐。自从媛姑过世，我有近十年没去过阿培家了，不过他从前房间的模样倒还依稀记得：一张钢丝床，一台电视和一套音响，一张靠墙的、上面是书架下面是衣橱的组合柜，书架上立着十来张歌碟和五六本旧杂志，印象中十分寡淡。但这次去，发现他的房间已是大为改观，除了电脑、音响及木床和写字台，剩下的空间被三个顶天立地的大书架塞得不留一丝空隙，其中排满了有关音乐、电影和文学的书籍，以及无数的音乐和电影碟片。在客厅的沙发上，我还看到两把民谣吉他，他说一把是多年前花五百元买的二手货，另一把是不久前刚从网上购得，花了一千多元。我从不知道阿培还会弹吉他，大感惊异，要他弹一曲来听听，但他怎么也不肯，我也就不逼他了。

阿培每月只有一千多元的工资，我不知道那满墙的书和碟片花去了他工资的多少分之一。但又想，他要是不喜好音乐、电影，那日子该是多么寂寞。

表弟邹欣某次看到阿培少年时一张戴眼镜的照片，吃了一惊，说：“哟，阿培这张照片看起来像个大知识分子嘛。”但阿培实际上只读完初中就辍学了。他还很小的时候，大约是动手术之后几年，某次大表哥去他家，发现他躲在被子里悄悄哭，问他哭什么，他说他想着有一天自己会死，觉得害怕。这个场景和我遇上的另一个场景，在我的印象中差不多总叠在一起，像有某种内在的关联。那是某次我在他家过夜，睡他们两兄弟的高低床，小涛睡下辅，我和他睡上辅。翌日凌晨，天才蒙蒙亮，我就觉察到他起来了。他像老人那样一面鼻息浓重地喘气、清喉管里的痰，一面窸窸窣窣穿衣服，然后爬下床，坐到了窗下的缝纫机旁，曲右肘撑住头，就这样坐着。我躺在床上，默默看他。屋里幽暝昏暗，淡青的光从窗户外透进来，让阿培的身形看上去就像剪影，石雕一样纹丝不动的剪影。这样差不多半小时，他父亲推门进来，说："阿培，你不是要洗澡吗，咋还不去烧水？"他仍不动，也不吭声。他父亲转身出门，走到门口又踅回来，"你这是做什么？"然后想想，大声说："小小年纪就搞得思想包袱这么重。"那年阿培的年纪不超过十五岁。

所以我想，阿培可能有一个我们都不熟悉的世界。

补记：写完此节约一年后，阿培终于要结婚了。过程是这样的。2011年9月中旬，我和十来个朋友陪父亲到安顺看放河灯，内中有个叫武明丽的女孩，平素爱写些散文和随笔，颇有灵气，年纪比阿培大一岁，也是单身，据说多年来相了不少亲，都没看中，理由不是嫌别人有钱了，俗，就是嫌别人的工作与文艺不搭界，没共同语言。某次朋友介绍了个报社记者，觉得这下该成了吧？不想接触下来，她又觉得搞新闻的接触面大，油滑，于是又拒绝了。如此一路蹉跎，不知不觉成了大龄青年，家人朋友都为她担心。父亲原本不认识小武，那次看河灯才是第一次见到，知道她的情况后，第一个想到的就是阿培，要我介绍他们认识。我估摸了一下形势，觉得阿培倒是十有八九看得上小武，因为她长得乖巧秀气，又喜欢文学、电影，正是阿培理想中的类型。但阿培工资这么低，人家稍从现实角度考虑，会不会嫌弃？如果因嫌弃而拒绝了，会不会很伤阿培的自尊心？再加小武和我是朋友，拒绝之后再见我，会不会不自在？我把这些顾虑给父亲说了，他也觉得有理，但沉默了一下，仍旧坚持，说试试何妨，说不定就成了呢。我拗不过他，回来就请小武也熟识的朋友王剑平出面撮合。时值中秋，贵阳茶馆业协会在文昌阁组织了一次赏月活动，于是借这个名目约了两人一起参加。原本以为会费一番周折，不想剑平才一开口，两人竟齐齐点头，毫不犹豫，当场视众人为无物，上身微倾，四唇嚅动，于丝竹袅袅中窃窃私语起来，而且整晚如是。不明就里的人，远远看去，会以为那是一对积年的情侣，断不会相信他们其实不过初识。

　　两人恋爱的初期，我们都担心阿培没有经验，不会谈，时不时的还教他两招。但慢慢发现，阿培于恋爱一道，近乎老手，如以《金瓶梅》中所谓"潘、驴、邓、小、闲"五字诀计，至少得一"小"字诀。比如他每天早上会熬一碗银耳汤送到小武单位上去。再比如他每天下午去接小武下班时，必有一小瓶矿泉水奉上。最令小武感动的事是，他们上午才看完动漫《蓝精灵》，下午阿培已经买好了蓝精灵的玩具。阿培因为长年坐得多，动得少，喝酒又厉害，本已长了一身肉膘，恋爱之后，不过数十天，却退潮似的瘦下来，眉清目秀的，依稀又恢复了点当年"大知识分子"的模样。但一俟

声音
的
密纹

264

尘埃落定，也不过数月时间，那身肉膘又呼地长出来，变形金刚似的神速。

表哥张代羽平时爱谑戏之语。两人刚好时，某次家里聚会，小武没来，只阿培来了，代羽故意用粗鲁的口气大声问："你家婆娘呢，怎没来？"阿培憨笑，神情自得。某次阿培和小武当众商量，晚上回不回家吃饭，商量半天没结果。阿培于是转头给我解释，说早上焖了一锅饭，天热，如不回去吃，第二天只能倒掉，可惜了。神态很家常。

我曾给许多朋友介绍过对象，都以失败告终，只阿培一人成功。不过如细论，我也算不得真正的媒人，动意不是我，执行也不是我，竟不知在其中算个什么角色。

2013年1月1日

左起依次是表弟邹欣、表哥张代羽、表弟阿培、表弟李璟和表弟小涛。后排戴墨镜者是大表哥张代星。我很想找到阿培那张在邹欣看来很像个"大知识分子"的照片，但正值阿培搬家准备结婚，东西都打了包，只得放弃

附件：《音乐记忆》

詹 培

　　最初对于音乐的记忆是父亲所买的一台"饭盒"式卡带录音机，以及记不清楚名称的盒带，只记得第一首乐曲是《西班牙斗牛士》。

　　真正带我走入音乐世界的是三表哥戴冰和二表哥张代羽，当时他们俩所听所唱的流行音乐成为我听音乐的风向标。但我真正对流行音乐、摇滚乐以及中国的古乐（主要是指古琴、箫）感兴趣和对其有深入的了解，更多的是因为戴冰对于我的影响。

　　记得戴冰与张代羽来家中跟我父亲学习一些简单的乐理与发声方法的日子，那也是我最初喜欢上台湾流行音乐的日子。当时他们两人都喜欢弹吉他，他们来玩时，总会把玩一番家中的一把古典吉他，那时他们最喜欢的吉他弹唱歌曲是刘文正的《秋蝉》和杨庆煌的《会有那么一天》，我到现在依然很喜欢这两首歌，或许我喜欢上吉他也是从那时开始的吧。戴冰曾写过好几十首歌，我记得有一首叫《爱的祭奠》，这首歌是他与张代羽那时经常弹唱的歌曲。

　　还记得有一次到他家玩，他在他的卧室兼书房里用民谣吉他伴奏与妹妹戴若对唱了一首《心灵之约》。简单的吉他伴奏，没有过多修饰的演唱，让我牢牢地记住了这首歌。

当时我听外国音乐的重要来源就是戴冰那里。去到他那里听外国音乐或是听他如数家珍地介绍国内外著名歌手或乐队，实在是一件其乐无穷的事情。我也正是从他那里知道了罗大佑、鲍勃·迪伦、克莱普顿、保罗·西蒙、肯尼·罗杰斯、"甲壳虫"乐队、"恐怖海峡"乐队……这些大名鼎鼎的音乐人或乐队。

当初只是知道《童年》是非常有名的一首歌，却不知道是谁写的。我熟知罗大佑是从戴冰收藏的一张罗大佑1986年演唱会专辑开始的，戴冰非常喜欢这张专辑。当时我年龄不大，所以听这张专辑并没有什么感觉，只是觉得罗大佑嗓音有点难听，他写的歌曲不同于一般的流行歌曲，至于罗大佑歌曲的深层内涵，则不是我在当时的年龄段所能了解的，戴冰就在我似懂非懂的年龄把罗大佑的《青春舞曲——实况演唱会》专辑推荐给了我（这张专辑被我借去转录，后记不清楚怎么弄丢了，至今想起实在可惜。好在今天网络的发达，让我在网络上下载到了这张专辑的MP3，算是对遗失后的一种弥补吧）。随着年龄的增长、对流行音乐了解的逐渐深入，以及不时听到戴冰对流行音乐的见解，才懂得了罗大佑对于中国流行音乐是何等的重。

"恐怖海峡"乐队也是戴冰推荐给我的，成为我喜欢的众多外国摇滚乐队中的最爱。记得有一次我们聚会，吃完饭后打算出去玩，但戴冰执意要去表姐家翻录"恐怖海峡"乐队演唱会的录像带。随后我也找戴冰借来转录了一盒，这盒"恐怖海峡"乐队演唱会录像带成为我的"至宝"，真是百听不厌。

我喜欢古琴和箫也是因为深受戴冰的影响。戴冰曾送给我一管箫，我并没有学会吹，却深深地喜欢上了这个乐器以及古琴。

我对音乐的喜爱以及对于音乐的理解，都是在与戴冰交往的点滴中积累而成的。当然戴冰对我的影响远不只音乐方面，还有读书方面。戴冰曾对我说过一句话，他说："一辈子能读到的好书太少了。"我想听音乐也是如此吧。

予 予

予予是妻子和从前先生的孩子。我们结婚时，他刚七岁，身板单薄，头却大，我父亲常指着他念："大头，大头，下雨不愁，人家有伞，我有大头。"予予话多，成日喋喋不休，素有"话剧团团长"之称。某次缠着外婆讲电子游戏，外婆既不懂，又没兴趣，却不忍拂他的兴，只得佯装惊叹，频频点头，后来实在疲于应付，脸露怠容，他觉察了，咽口唾沫说："外婆，我知道你不想听了，但我还是要说。"我带他到浴室泡澡，整个过程一刻不歇，仍是叽叽呱呱大谈游戏，每段话之间都要夹带一句："然后呢……然后呢……"一个大肚老汉从大池对角慢慢排水而来，一脸老气，摇头说："我留意观察，这孩子说了整半小时没停嘴，长大怕是个有辩才的。"某次我正洗脸，听他在身后背诗："前不见古人……前不见古人……"记不住了，在原地打转。我提醒他："前不见古人，后不见来者。"他说"哦"，接着背："前不见古人，后不见来者……"突然停下来，自问："莫非是个瞎子？"再一次，和他去公园，公交车上只有一前一后两个空位，我让他坐前面去，他去了又回来，说那个位子不能坐，因为有股"耳屎气气"。除了玩电子游戏和说话，予予还喜欢画画和动手做模型。他曾画过一只企鹅，在画家们手上传来传去，最后被老画家蒲国昌先生截住了，说"给我吧，我要收藏"。他照着图片画恐龙，画出了原图上没有的表情和性格，有个和他差不多大的孩子看到了，指着其中一头大叫："这头最坏。"有一天，他的老师跑来告状，说他最近上课不太专心，还发现他在学校附近的几家五金店进进出出，买胶水、钉子什么的，不知他在干什么。回家问他，他说在做模型。我们这才发现，床头、桌上、柜子顶上，都是他做的模型，金属的、塑料的、纸壳的，直升机、战斗机、巡洋舰、装甲车、坦克，大炮、战士……有一艘半尺长的军舰，纤毫毕现，竟完全用普通打字纸粘贴而成。

我们不反对他画画做模型，但希望他还能养成读书的习惯，所以假期时规定他每天读三小时书，对此，他抵触情绪很大，向外婆告状，觉得简直是虐待。我给他买的诸如《格林童话》《俄罗斯童话》之类的书，他完全没兴趣，说是"幼稚"，稍稍愿意读一些的是恐怖小说，"达伦·山"系列、"鸡皮疙瘩"系列等等。十一岁那年，我和他妈妈在成都待了两个月，他就在外公外婆家暂住，他妈妈中途打电话回去，问："予予在干啥?"外婆的回答让我们吃了一惊："他在屋顶花园写小说。"回到贵阳，我看到了他写的小说《魔球》，内容跟《魔戒》《哈利·波特》差不多。我父亲看后，郑重告诫我们："你们一个字也别动他的哈。"他妈妈把小说拿到《山花》杂志去，编小说的谢挺看中了，给他发表出来，于是大家夸他。他也来了兴头，一连写了好几篇或奇幻或恐怖的小说，其中一篇名字很吓人，叫《绕着坟地跑三圈》，但都没第一篇好，慢慢兴趣淡下来，不写了。

初一、初二时，予予的学习垮得厉害，也不怎么画画做模型，而且行踪诡秘，早走晚归，问他这么早去学校干什么，他说约好了和同学对作业，下午呢，则是打扫卫生或踢球。终于他妈妈起了疑心，猜测他可能迷上了网吧。开始我不信，我自以为对此是下了苦心预防的，凡媒体上有关网吧打架、失火、杀人的报道，以及对身体、学习的危害等等，我都会记得告诉他。但有一天，他妈妈跟踪他放学，在网吧把他逮个正着。他玩得那样入迷，他妈妈拍他肩膀时，他甚至表现得惊喜不置，叫起来："嗨，你怎么在这里？"气得他妈妈举起手中几本杂志，劈脸就砸了过去。那之后他老实了一段时间，游戏是不敢玩了，学习却也不见进步，而且精神萎靡，目光游移，像对什么都不感兴趣。我们担心起来，怕他如此下去，会误了中考。进入初三，情况似乎仍没有好转。突然一天，他提出来要学乐器，首选是小提琴，其次是钢琴。我对他的这个要求并不感到特别意外，在此之前一两年，大约从初一开始，他已经接触过不少音乐，不过从不听流行乐，尤其不听华语流行乐，只听西方古典乐，常放着德沃夏克的《自新大陆》或肖斯塔科维奇的室内乐做作业。某次我问他喜欢哪个华语歌星，他立即说一个都不喜欢。想想，说好像只有刘欢还不错。对此，他自己的解释是小时候跟着外公外婆住，外公常放古典乐，可能习惯了吧。

但他这个年纪学小提琴或钢琴似乎晚了些，于是我建议他学吉他，理由有两条：一是小提琴和钢琴都太难，吉他却可难可易，难到独奏古典乐曲，易到弹几组和弦给唱歌伴奏；二是他过几年就要长到追女孩子的年纪了，在这件事情上，吉他显然比别的乐器要直接有力得多。说到这儿时，我还向他描述了当年我和表哥弹吉他追女孩子的种种情形。我对他说："如果不信我们就试试，我保证你一定会喜欢吉他的。"不知其中哪一条理由说服了他，他最终同意我的建议，拜了贵州人民出版社的阎循平为师，正式开始学习古典吉他。

事实证明我的建议一点不错，他一旦开始接触吉他，立即表现出前所未有的狂热，几乎是没日没夜地弹，就是坐在马桶上也不放手，一坐半小时以上，我甚至怀疑他是不是因为老在马桶上弹吉他得了便秘。"这么小就有便秘，说出去怕不好听呢。"我对他说。

开始时，我担心他弹吉他会像别的爱好一样半途而废，但结果恰好相反，有愈演愈烈之势，我反过来担心弹吉他会影响了他的学习，因为直到临近高考，他没一天歇过手。事后我想，如果他迷吉他没迷到这个份上，也许他的高考分数会更理想一些。但从另一个角度看，我和他都承认正是吉他改变了他的精神面貌，恢复了他的活力，学习成绩大幅回升，最终还算顺利地考上了一所不错的大学。除此之外，吉他还让他对其他艺术门类产生了兴趣，坐火车离家赴校时，除了吉他，他还带上了一管箫和一本《张玄墓志》的字帖，以及全套笔墨纸砚，事先就宣告，他大学毕业之后要考艺术类的研究生，比如艺术批评专业，因为"所有的艺术我都喜欢"。

进了大学之后，他最大的变化是突然爱看书了，同时看《希腊神话》与加缪《西西弗斯的神话》。对前者，他不满足于仅知道那些故事，还想弄懂诸神的谱系；对后者，他承认完全看不懂，但"越看不懂我越要看，翻来覆去地看，总有一天我会懂的"。前几天，他的QQ上多了一句话："加缪天下第一！"有两个多月的时间，他迷上了梵高自传《亲爱的提奥》，打电话给他妈妈描述他的感受，说"梵高写得那样朴素，我怎么就写不出来呢？"某天晚上，他在电话里给我念了其中的两句："……门口修了个堤坝，人可以在上面走。"他说堤坝本来就是可以走人的嘛，梵高这样说很怪，"但你觉得恰恰这样才好"。他写了首叫《有一天》的歌，歌词里有一句我觉得挺好："到底谁会是我，最亲爱的提奥？"接下来他还开始摹仿梵高的方式给我们写信："亲爱的父母亲……"内容除了通报他的大学生活，还批评我们不应该在背后贬损别人，"你们应该像爷爷那样，心里什么都清楚，但嘴里不说出来"。他参加了学校组织的吉他班，担任吉他老师的助教，私底下甚至还收了几个学生，都是女同学。"长得倒是挺漂亮，"他说，"可惜对吉他不是真正的喜欢。"他和他妈妈常在QQ上聊天，某次发了个音频文件过来，说是和同学的双吉他合奏，他是主音，同学是伴奏。那是一段热情的西班牙古典风格的曲子，五分钟左右的长度。我听了，觉得技术上比从前娴熟一些，别的并不觉得意外，那也就是我记忆中他的日常水平。这时他告诉我们，那实际上是他自己创作的一段曲子。我把文件发给他的老师阎循平听，事先也什么都没说。循平听了回话，说予予的基本功比从前扎实了许多。于是我说那是他自己写的曲子呢。循平这才惊呼起来，叹息半天，甚至建议我们让予予学吉他专业。我说："那不太现实吧？专业上还是应该多从谋生就业的角度考虑。"他咄咄反问："你以为他不能靠吉他谋生吗？"

2011年1月13号，予予第一次放寒假回家，给他妈妈谈了许多读书的心得。妈妈夸他自从喜欢看书以来，比以前有思想多了。他叹口气："你别看我一天到晚都在想问题，其实我什么都没想通呢。"

某天我们聊到他当初迷上电子游戏的情形，他心有余悸地说："假若我没有学弹吉他，可能到现在都还在玩游戏。"我说："那你肯定就完蛋了。"他用力点头，说："肯定！"

予予在练习吉他

我想要一把吉他

　　我一共有过四把吉他。第一把就是我以包括绝食在内的各种手段硬逼着母亲花三十五元买的那把红棉牌古典吉他，金黄，宽柄，鼓圆的肚子，模样有点笨拙，音色也很木讷。因为是生平第一把吉他，所以刚买来时视同珍宝，但和别人的吉他比较之后，慢慢就不怎么喜欢了。某次我发狠练习，以至于弹破了手指，在琴面上留下一片扇形的血痕——那之后只要想起这把吉他，我脑子里首先出现的就是那片喷射状的血痕，它在记忆里已经跟那把吉他合二为一，仿佛买来就有，是一种天然的装饰。第二把吉他比第一把要小一号，是一把民谣琴，与第一把同色而稍浅，音质略薄，但因琴柄狭窄，非常趁手，是我在市图书馆市党校分馆打工时花七十八元买的，我自编的那些通俗歌曲，大部分就都是用它创作的。但对这把吉他，我的印象几乎跟第一把同样模糊，只记得某个周末，表哥约了两个同学到党校看我，一起吃过中饭之后，我们散坐在草地上弹吉他唱歌，中途时表哥突然起了古怪而执拗的好奇心，非要试试香烟能不能烧断吉他的琴弦。我试图阻止他，但已经来不及了，他手忙脚乱地把烟按在吉他的一弦上，于是不到一秒钟，弦就断了。

1992年5月，我在北京买到了我的第三把吉他。当时我已经进入云岩区少年宫工作，随小花合唱团赴北京参加国际儿童合唱节。那是我第一次到北京。在此之前，我对北京非常向往，原因是那里聚集了全中国最多最优秀的摇滚乐队。还记得下了火车刚出站，抬眼就看见一个穿黑色T恤戴墨镜的圆脸女孩神色凛然地站在出口处，立时让我觉得北京确实真的很"摇滚"——就是那一刹那，我决定要在北京买一把好吉他。

因为经费的原因，那次全团的数十个孩子加上十几个老师都没住宾馆或者旅社，而是住在一所已经放假的小学校舍内，学校派来负责照顾我们日常生活的老师是个典型的北方小伙子，二十多岁，高大老成，十分尽心。几天之后，我跟他慢慢熟悉起来，才知道他也很喜好吉他，这让我大为惊喜，于是我们找了个无事的下午一起弹了两小时。在听我唱了几首歌之后，他有些闷闷不乐地问我："你唱歌没口音，怎么说话有口音呢？"我的第三把吉他就是他陪我骑自行车去买的。那之前我已经好几年没骑过自行车了，车技生疏，他却时而侧身斜插，时而猫腰猛蹬，在北京蜿蜒不尽的自行车大潮里极尽腾挪躲闪之能事，弄得我神经高度紧张，好几次都跟丢了他。而每次等我重新见到他时，他总是停在某个十字路口的边上，单腿撑地，以一种翘首以盼的姿势朝着身后的车流极目张望。

那把经风历险买回来的吉他的确非常精良，不仅音色纯厚透亮，淡褐色加象牙白镶边的琴身看上去也十分素雅，木纹隐然，有一种暗淡而精微的光泽，丝毫不带一点浮躁气。持着这样一把吉他，我顿觉自己的琴技大大不配，于是每晚不再四处串门聊天，而是端一张小木凳坐在寝室里，依着跟吉他同时买来的一本教材竭力苦练，夜夜弹到更深，以至于有些早睡的孩子都不高兴了，他们先是在床上猛烈翻身，弄出不耐烦的声响，继而干脆跑到领队老师那儿告我的状。

与第一把吉他一样，这把也是古典式，缠着乳白的尼龙弦，价值近七百元，差不多是我那次带去的总钱数的一半。印象中，我用这把吉他写了我的最后几首歌，其中一首是初试小调歌曲的习作，内容是一个男人对坟墓里的爱人所作的大段独白。记得写完唱给妹妹听，她夸张地打了个冷颤，说："哟，好怕人哦！"那次与蒲菱董重一起为"幻彩服装"做展示活动，弹的也是这把吉他。我专为它到乐器店挑了一个黑色的质地结实的琴套，一直十分珍爱。但几年之后，我一时糊涂，竟拿它与一个朋友换了一把民谣吉他，只图的是琴面上一块黑亮的镶板和琴柄上多出来的两个音品。这是我在交换了几天之后就开始后悔且直到如今仍在后悔的一件事。后来读到西班牙诗人洛尔迦《吉他》中的句子："它单调地哭泣／像水在哭泣／像风在雪上／哭泣……"我莫名其妙总感到就是在说我的这把吉他，我觉得"它"哭泣不是为了洛尔迦所说的"远方的东西"，而是因为我因愚蠢而背弃了它。

换回来的那把民谣吉他几乎不值一提，音质喑哑，形状粗蠢，很多年来我都没有兴趣碰一碰它。但就像人生的其他嘲讽一样，它却是我有过的吉他中和我相伴时间最长的一把，至今仍然吊在阳台晾衣竿的一端，烟尘遍体，灰头土脸，时时让我心生怜悯与厌恶。

这就是那把被我换走了的吉他

电吉他

　　自从喜欢上摇滚乐之后，我就梦寐以求想要一把电吉他，因为在我听到的磁带、看到的录像和图片里，没有哪个摇滚乐队用的不是电吉他——在当时的我们看来，电吉他与摇滚乐是合二为一的，几乎就是摇滚乐的一个象征。但在20世纪80年代末，贵阳乐器店里最便宜的电吉他也要三百多元，如果再加上与之匹配的功放和音箱，没有一两千元是不要去想望的。所以有很长一段时间，我一面无比地想要一把电吉他，一面也知道那不过是遥不可及的奢望。某次深夜，随几个朋友去一家舞厅玩，其中一个就是认识吉他手小米的那个，他是这家舞厅所属单位的员工。舞厅散场之后，我央求那个朋友让我玩玩电吉他。他开始时很有些为难，说这是违反单位规定的，但在我的一再催逼下，他不得不跑去和调音师交涉，回来后答应我可以弹，不过也就只能弹几分钟。我兴冲冲登上乐台，操起电吉他，挎上背带，转身朝向台下的几个朋友，一时却又为难起来：只有几分钟，弹什么呢？我的犹豫耽误了时间，结果真的才弹了几分钟，就被调音师毫不留情地关闭了电源。还记得那天我弹的是数节"雷吉"风格的节奏，几个朋友可能都没听过这种音乐，所以一起鼓掌喝彩，引来我的一阵得意。但当天夜里躺在床上，我却惆怅得难以入眠，好几个小时在黑暗中细细回味电吉他的音色，它挂在脖子上时那种沉重的分量，它冰凉的长而窄的柄，以及手指和琴弦之间与木吉他相比稍嫌涩重的摩擦感……

有两个人曾先后答应要买一把电吉他送我。一个就是我曾打工的那家音像公司的经理助理。他父亲和我父亲是几十年的老朋友，他本人比我年长十余岁，知道我一直很想要一把电吉他。某次连喝了两瓶啤酒之后，他拍着我的肩膀慨然承诺，说等年底公司分红，他就买一把送我。"不就三百来块钱吗？"他说。听了这话，我当然非常兴奋，但同时又觉得这样的好事不大可能发生。果不其然，直到我离开那家音像公司，他再没提过买电吉他的事，其间我几次委婉暗示，他都似乎懵然不觉，我也就不好意思再提了。还有一个答应要送电吉他给我的是我的大表姐夫罗哥，当时是温度很高的音响发烧客。某次我和表哥去他家唱卡拉 OK，闲聊之中我再次谈到我对电吉他那种心痒难忍的向往，还谈到那个言而无信的经理助理，那天表姐夫也喝了几瓶啤酒，于是几乎同样慷慨地承诺说，等我结婚那天，他一定送一把电吉他作为礼物。那时我二十刚出头，结婚什么的连梦都还没做过呢，加上才经历过经理助理的事，所以也没把这话当真。不过许多年后我常想，以大表姐夫慷慨的性格，如果他不是把答应送我电吉他的时间定得如此遥远，以致他无法不忘记自己说过的话，或者我结婚能结得早些，再或者我结婚时还像从前那么热烈地喜爱摇滚乐，说不定他真会买一把送我。

那几年市面上有一种木吉他拾音器出售：一根很长的黑色电线，一头是薄薄的金属片，一头是插头。把金属片像听诊器一样贴在吉他的音箱里，插头插在录音机上，打开录音机，吉他的声音就会被喇叭放大并传播出来。这种所谓的拾音器其实非常简陋，通过它发出来的声音尖利刺耳，让人听了很不舒服，但为了抚慰自己对电吉他求之不得的遗憾，过一过"带电"的瘾，我还是陆续买了好几个，虽然每一次都玩不到两天就因为实在难听而扔掉了。

1992年，节奏布鲁斯大师克莱普顿出人意表地举办了一场以纯木吉他弹奏的演唱会，名字就叫"拔掉插头"，演唱会一经制成唱片发行，立即引起很大轰动。几年之后，我也买到了这场演唱会的 CD，对木吉他在克莱普顿手中发出如此精纯的音质大感惊艳，而且相信，即便是克莱普顿，也只有用木吉他才弹奏得出蓝调音乐那生涩而咀嚼不尽的意味。记得那张 CD 中有一首歌名气极大，叫《天堂的眼泪》，其伴奏貌似平淡却余韵无穷，我曾花了数周时间艰难地试图模拟，最终却不得不颓然放弃。

幸好有了克莱普顿这场"拔掉插头"演唱会，我从此对电吉他就不再像从前那样执迷了。

前不久去大表姐家，发现侄儿罗宁买了全套的电吉他、电子鼓和音响设备，于是操起电吉他玩了一会。但当时找不着拨片，又因为正学古琴，留着很长的指甲，根本无法指弹，所以最终只能假装做个样子

吉他之外的五种乐器

口　琴

　　口琴算是我最早碰过的乐器，但浅尝辄止，时间也是最短的。关于口琴，最初的记忆是某年春节之后不久，口袋里还剩一点压岁钱，想来不会超过十元（那时家里给小孩发压岁钱，多不过两元，少也就五角），却如坐针毡，烧包得厉害，左思右想，只盘算怎么把它花出去。犹豫数日，最终决定去买一支口琴，街对面的文具店就有。买回来，兴致勃勃端一张矮凳，就坐在祖父院子里的一株夹竹桃下，照着附带的说明开始练习。不想十分钟不到，居然已经成曲成调，兴味顿时索然，以为过于简单，于是搁下不玩了。再次对口琴有兴趣，是因为电视剧《凯旋在子夜》的热播，其主题曲《月亮之歌》风靡一时，正用的是口琴伴奏。记忆中还是在祖父的院子里，也还是那张小矮凳和那株夹竹桃，口琴却不同，是另外买的一支（前面那支找不到了），上海乐器厂制的"回音口琴"，比第一支高级。试吹《月亮之歌》，照例一吹即会，再依次吹会唱的种种曲调（比如汪明荃的粤语歌《万水千山总是情》、印尼民歌《星星索》等），无不顺利流畅，略无阻碍，兴味于是再次索然，扔进抽屉，从此就把它彻底忘了。后来看美国电影，特别是西部片，画外时有口琴的乐音不易觉察地掠过，自然得仿佛风起尘扬，烘托着西部的荒凉与粗粝，这才隐约意识到口琴的音色其实很有表现力，当年年少无知，小瞧了它。

补记：写完此节，上网查《凯旋在子夜》，打算再听听那首《月亮之歌》，赫然发现这部电视剧的播出时间是1986年，而我家早在1984年已然离开中华南路祖父的老宅，搬到了甲秀楼，1985年又搬到相宝山市文联宿舍；也就是说，我不可能之前三年（1983年）就坐在祖父的院子里吹《月亮之歌》。难道我记错了？但记忆分明又是那样清晰，清晰得就像不过昨天的事情。真是奇哉怪哉了。

还记得在院子里吹《月亮之歌》时，祖母从堂屋里下三级石阶，蹒跚穿过院子，将手里装着什么东西的一个塑料袋扔进水池，又蹒跚回了堂屋……

二　胡

我接触过的父执辈中，能拉点二胡曲的人实在不少，除了父亲和岳父，父亲的许多同学、朋友，岳父的许多同学、朋友，年轻时都曾在二胡上下过功夫，父亲当年甚至还考取过某剧团的乐队，虽然最后没去。二胡对那代人而言，有点像吉他之于我辈，而就普及程度说，或者还甚而过之。所以口琴虽是我最早学过的乐器（如果那也算"学"的话），二胡却是我最早熟悉的乐器。记得七岁以前，父母因成分问题，被下放到毕节地区大方县百纳乡中学教书，我留在贵阳跟着祖母，但偶尔也会去父母那里住上一段时间，常常就见父亲端一张高凳面对楼道而坐，闭目垂头，拉二胡，脸上没有一点表情，咿咿呀呀的琴声一直会延续很长的时间。后来读父亲回忆那段生活的文字，每每就会联想起二胡的音色，联想起百纳中学的操场，还有炭盆、冬天的窗外被大雪包裹得不见一丝缝隙的大山……关于父亲拉二胡，还有两次印象比较深。一次是某年和父母去重庆看外公外婆，住了总有二十来天，父亲整日无事，除了看书，其余时间也就像在大方百纳一样，端一张高凳，坐在外婆家的走廊上拉二胡。人来人往的，也影响不了他。再就是1986年春末某夜，全家四口坐在客厅聊天，东拉西扯说些久远的事情，也说到了二胡，父亲不知怎么突然来了兴致，翻出灰尘遍布的二胡，略为擦拭，又上了点松香，然后就拉了几首曲子，《二泉映月》《良宵》《江河水》……那个晚上给了我某种奇特的感受，于是第二天写了一篇题为《雨季来临》的小散文，想把那些感受以及小时候在百纳听父亲拉二胡的情景都写下来。写完之后，给父亲看，他只淡淡地"嗯"了一声，我却很高兴，因为那是我生平第一篇散文。这篇小东西后来发了当年的《山花》月刊上。记得某次跟父亲去吃饭，席间有当时的省作协秘书长尹伯生先生，他提到了那篇散文，气鼓鼓地对我说，一个男生怎能写得这样细腻？

　　我自己想拉二胡，时间应该是在口琴之后不久。我不知天高地厚，一上手，直接就想拉《二泉映月》，开始几个音倒还像模像样，接下来却简直"杀鸡杀鸭"了。父亲在一旁看半天，突然摇摇头，说我不合适学二胡，因为我的"小指短了"。看看父亲的左手小指，果然长，长过了无名指指头以下的第一根骨节。沮丧之余，我又坚持了几天，最后觉得小指短了，的确有些吃亏，这才完全放弃。但不知为什么，虽然已经决定不再学二胡了，我却保留下来对揉弦动作的浓重兴趣，记忆中有好长一段时间，我每天无事时就练习揉弦，也不在二胡上练，而是左手大指按住右手掌心，四根指头依次练习，即便坐在公共汽车上也不闲着。如今想来，简直莫名其妙。许多年后，我做揉弦的动作给拉二胡的朋友看，他们都说仅就动作而言，我揉得还挺标准。

那之后二十多年，没怎么再见到父亲拉二胡了，问他原因，他说二胡的指法弓法发展得越来越复杂高难，应付不下来了，所以没兴趣再拉。某次父亲放阿炳的原声录音《二泉映月》，突然叹息，说现在的二胡演奏家，无论琴的质量，还是拉的技巧，都不知比老一辈高出多少，却再拉不出那种苍凉的人生感慨了。类似的话傅聪先生也说过，不过说的当然不是二胡，是钢琴。

这是父亲50年代在祖父的院子里拉二胡，脸上有种只有被相机镜头对着时才会有的笑。估计就是用祖父留下来的那台蔡司相机拍的，问他，果然

在许多月光轻柔的晚上，当然大都是周末，那管被玩得黄而发亮的箫，常吸引我和妹妹围坐在爸爸的身旁。灯照例是不会开的，这样，呜咽的箫声在淡青月光的照耀下，会让整个不大的房间，充满又空又低的呜呜声。像从脚下的空谷传来，徘徊良久，又穿窗过缝而去。夏天，单调的蛙声仍旧在响，只是从没有破坏过这和谐，倒加入这和谐，这宁静。

这让我想起那架二胡来。

大山的冬天，白雪总盖满了天地没一丝缝隙，世界也寥廓起来，大山远远看去，不过是些略为凸隆的土堆罢了。而低低的狼嚎，就顺着这雪，从山顶，一直传到山脚，再从山脚传到楼前，碰着了墙壁，四散着在寒天里乱绕，有一些钻进了窗子的缝隙，把我吓得用被子蒙住了头。在那里自然有些捉鸡打狗的童事，但没有什么像这，让我从此就记住了这山，这大山的冬天。

自然，那时我还小，绝对是听不懂那些虽然著名的二胡曲的。不过，前天爸爸又一次摸起那架黑漆的二胡时，不过才开始调弦，那久违的琴声就锥了我，身子骤然一冷，似又回到那些冬天的夜晚。

推测起来，定是看厌了的小人书让我昏昏欲睡。脚前火盆的榍炭亮得刺眼，所以看到妈妈偎着椅背闭上眼的时候，爸爸就关上并不比炭光更亮的灯，于是我在骤然一暗中清醒过来。爸爸微微倾了身子，在一片寂静之后，咿咿呀呀拉了起来。

很久之后，我都没有再领略这种感觉了。

即便在黑夜，雪光依然耀目。凄凉的《江河水》并不使我感觉凄凉，和房外竭力呼叫的雪风比起来，倒是这琴声让我更觉得这房、这火盆、这身衣服的温暖。但心里却受不了这莫名的感觉，只愿天快大亮。

现在我当然已是大了不知多少，而对学校的遥远和功课的紧张又是无可奈何，所以能松松坐坐的，也只有周末了。

这不是冬天。只是春末，但暑热已是难当，天又大旱。据说邻县有三块钱一担水的，也有断了大河的。而雨终于在今夜下来，似乎没有哪次，是因为下雨而高兴的，只这次。空气弥漫起腥潮的味，使你错觉大瀑布就在不远的山后。这是久违了的。夜里睡不着，老想着天亮，看对面小山是不是也像人一样被洗涮得清爽。这又让我想起那些冬天。虽是一寒一暑，心境都一样，都盼着天亮，好一下开门，享受那扑面一阵素洁。

然而这夜不是周末，父亲想来也受了这雨的滋润，有兴趣调弄那架二胡了。

也是关了灯，只是少了正中的火盆，替代了窗外风雪和狼嚎的是田地里不尽的蛙鸣。月光依旧蓝莹莹印在天花板上。

仍旧是夜晚，也是黑暗之中，仍旧是《江河水》，但我竟毫不觉得它的凄凉和当日所给我的感觉。是少了那无助和弱小吗？想是少了窗外那漫天的寒冷罢。

后来我知道：我何尝不是还小得什么也不懂呢？

笛　子

　　我家先后有过两管笛子。一管是贵州的玉屏笛，油黄的颜色，拇指粗细，遍体雕满龙凤的图案，不仅看着俗艳，据父亲说音也不准，从没见父亲碰过它。另一管是某年父亲去四川青城山，从沿途叫卖的小贩手里买回来的斑竹笛，黑褐底色起淡黄的碎斑，很是雅致。不过父亲买回来，也没见他怎么吹过，只是偶尔拿出来，对着光亮，呵口气，用布擦擦，看上面的斑纹。我后来吹笛子，用的就是这一管。

　　我之所以想着要吹笛子，说起来跟某次随父亲去明媛姑妈家洗澡有点关系。那时我家还没搬到甲秀楼，仍住在中华南路的老宅里，老宅洗澡不方便，而明媛姑妈家有一台自装的简易淋浴器，于是周末时便经常全家出动去明媛姑妈家，一面聊天，一面轮流洗澡。水箱容量小，每洗一个，都要重新烧水，所以洗一次澡，往往费去大半天时间。有个周末的下午，又随父亲去，姑妈全家都不在，只我和父亲。在客厅里坐等水开的过程中，父亲无事，就教我背岳飞的《满江红》，念一句，讲解一句。背完，父亲说，这词还有曲，能唱呢。于是又教我唱。其时，我正迷广播里刘兰芳的评书《说岳》，每日中午十二点半到一点，雷打不动是要听的，所以背《满江红》，唱《满江红》，都很对我的胃口。回来没几天，突然听父亲吹笛子（也是那管青城山的斑竹笛），正是《满江红》的曲调，大感兴奋，就这样起了学吹笛子的念头。学吹的第一首曲子，自然是《满江红》。笛声清越，正配岳词的慷慨，所以百吹不厌，以致父亲烦了，说学吹点别的嘛，颠来倒去就只一首。于是又教我唱苏轼的《卜算子》："缺月挂疏桐，漏断人初静，谁见幽人独往来，缥缈孤鸿影……"唱会了，用笛子吹，也很好听。

那段时间，因为会唱这两首词牌的曲调，还发展出了另外一种喜好，就是到父亲的书架上翻各式的词书，套唱不同词家填写的《满江红》《卜算子》，自然首首都复节合拍，而辞不同，韵不同，又生出许多别样的意味，每每令我惊喜不置，以为发现了奇妙的事情。

不久我迷上吉他，笛子就搁下了。算算时间，还不到一年。

两管笛子，玉屏产的那一管老早就不见了踪影，而青城山的那一管至今犹在，与几轴字画、一根竹节杖（把手处做成鹿首的模样），常年插在祖父留下的一个彩瓷大花钵里，不时还能瞥见。

箫

我学吹箫，最早可以追溯到少年时代，起因还是父亲也
吹箫，受了他的影响。父亲吹箫，常在晚饭前一会儿，或者
临睡前一会儿，箫声呜咽，冷峭而冲虚，与别的乐器似乎都
不同。我很喜欢，忍不住也想学，但吹了几个月，始终不得
要领，也就放下了。这一放就是十几年。再次想着吹箫，已
是二十七八岁的年纪，对吉他的兴趣渐薄渐淡，一时又还没
有找到更新鲜的玩意，于是将就着又开始吹起来，虽然仍是
不得要领，不过胡乱吹些流行歌曲而已。1998年，贵州省
作协安排一批作者到基层挂职体验生活，我是其中之一，被
分到清镇市委宣传部，就住在当地一个单身朋友家，只周末
才回家一次。因为情况特殊，宣传部的领导似乎也不好怎么
管，所以上了几个月班，渐渐就松懈下来，不怎么去办公室
了，整日待在朋友家里，除了读书、聊天，剩下的空闲难以
打发，就吹箫自遣。如此两个多月，并无一点进境，仍觉音
质涣散，轻飘浮滑。有一天，偶尔想到小时候练书法，读包
世臣《艺舟双楫》，说到行笔须寸寸"涩进"，突然心有所动，
意识到运气与运笔其实相通，不涩进就无以刻画，由此悟到
"腹颤"一法，音色顿时改观。回到贵阳后，又买来张维良
编撰的教材，一面自学技法，一面迫不及待跟着碟子开始学
古曲。第一首记得是《阳关三叠》，再是《关山月》，再是《梅

花三弄》《欸乃》《平沙落雁》……曲子学得越多，兴味越是浓厚，渐渐趋于狂热，每天除了上班，大部分时间只是吹箫，每吹必至手酸唇麻为止，而心犹不甘。

我那时吹的是一管玉屏箫，与那管玉屏笛同色，但比它朴素，只在吹口下方刻有几行行书，石绿色，内容是李白的《黄鹤楼送孟浩然之广陵》。据父亲回忆，那是他50年代出差，过玉屏时买回来的，算起来比我的年纪还大许多。箫的最后一个按孔裂了发丝粗细的一条缝，被父亲用透明胶纸扎起来，久了，胶纸吸灰而渐渐发黑，不复透明，看起来邋遢不洁，不似箫这样物什应该是的模样，同时音质也极单薄，按父亲的说法，毫无箫韵，只是"竹筒筒的声音"，所以那段时间，我最大的心愿就是想有一管好箫。为此我寻遍了贵阳市的大小乐器店，但寻来寻去，竟没有一管满意，甚至大都还不如原先那管玉屏箫。某日，表弟邹欣告诉我（那时他也在学吹箫），阳明路花鸟市场新开了一家玉屏箫笛厂的专卖店，货量很大，不知能不能挑到一管好的。于是约了一起去看。果然箫、笛都多，怕是有千数以上，箫皆作黑褐色，比那种油黄的好看。与邹欣各挑了一管蟒箫试过，也还满意，至少比那些乐器店的好得多。从此只要进新货，乐器店的老板就会给我们打电话，而每次去，总不舍得空手而回，所以算起来，我前前后后在那里买的箫不下十管。记得第一次买箫时，和邹欣靠在柜台前合吹《梅花三弄》，因吹得整齐，还有路人误把我们当成剧团的乐队演员。专卖店老板是个年轻人，圆头大脸，能在竹上刻流畅的行书。某次我买到一管比较满意的箫，他自告奋勇要给我在上面刻一首唐诗，我拒绝了，他很遗憾，说"这箫真的好呐，只是光秃秃的不好看，要不把你的名字刻上去吧"。我见他技痒难忍，突尔想到张大千有一方闲章，内容是"大千掌握"，貌似直白，实则气派，于是不惮效颦，让他在吹口下刻了"戴冰掌握"四个字。字是请父亲用钢笔写在纸条上的，他贴在需要的位置，然后直接用刀刻纸上的笔画，每个字都一气呵成，果然纯熟得很。

我真正得到几管不错的箫，是在认识了伍华德先生之后。某次去黔灵山游玩，无意间在入口处发现一间卖箫笛的小店，很意外，立即趋进去，一面挑看陈列的箫笛，一面和主人闲谈。主人就是伍华德先生，当时应该已经过了五十的年纪。刚开始时，以为伍先生也不过是某箫笛厂的代销人，跟阳明路花鸟市场的那个年轻人一样，不想几句闲话说下来，才知道伍先生是铁道文工团的专业箫笛演奏员，曾师从过江南笛艺大师赵松庭，不仅精于吹奏，还精于制作，店中的箫笛，便大都出自他的手艺，甚至我最推崇的当代箫艺大家张维良，也用过他制作的箫。我没想到无意之间还有这样的际遇，很惊喜，于是趁机讨教一些吹箫的要领，他毫不悭吝，一一指点，又听他吹《春江花月夜》《苏武牧羊》《鹧鸪飞》等曲，盘桓近两小时，这才挑一管箫，尽兴而归。从此不时拜谒求教，多次听他用箫吹《鹧鸪飞》，知道那正是他的老师赵松庭的代表作之一。伍先生其人，天真率直，吹箫制箫，类乎痴迷，我好几次打电话预约拜访，他都不在，再遇上，才知道是赴外地寻竹材去了。某次见他郁郁不乐，问他，说是张维良向他订了二十余管箫笛，不想北方干燥，一月之内竟裂了大半，白费去他许多心神。另一次，他送我一管带竹根的箫，据说十分难得，因为一根竹子若连根挖出，百步方圆的竹子都会死绝，于是他不得不做好记号，待竹农走远，这才返回去悄悄挖走，不敢停留，当晚便搭班车匆匆离开了当地。这样说的时候，他脸上满是孩童般的狡狯与得意。伍先生近年来致力九孔箫和十孔箫的制作，据说九孔箫成功了，十孔箫却还在实验阶段。我原本吹六孔箫，后来遇上伍先生，听他的劝，改吹八孔箫了。他说八孔箫与六孔箫相比，不仅转调方便，音准也可大幅提高，是制作上的进步。记得改吹八孔箫时，才第一次知道自己这么多年，竟都是反手吹箫（左手在下，右手在上），想想还是因为父亲也是反手。反手吹六孔箫并无障碍，吹八孔却不成，因为小指短，八孔箫的最末一孔常开在右侧，小指更够不着，所以我要吹八孔箫，就只能吹反的（最末一孔开在左下侧），这样的箫买不到，只能定制，于是我所有的八孔箫，便都出自伍先生之手。伍先生教我吹箫，常要求吹细箫，说如此才练得好气息，而他自己吹箫，每管都极粗极大，有一管甚至超过两米，吹奏时只能一头吹，一头杵地，可谓壮观。

表弟邹欣也在伍先生那里买了不少箫，其中一管六孔箫是赵松庭先生用过的，刻有赵先生的题款，原本邹欣觉得"超吹"一关很难过，得了这管箫，再吹《良宵》和《梅花三弄》，轻易就上了高音，很高兴，对我说，终于第一次尝到了吹箫的乐趣。说到六孔箫，想到父亲好几年前曾请一个亲戚在上海乐器厂定做过一管箫，黑褐色，竹节挺拔，质密如玉，吹口下刻着唐王之涣《凉州词》中的两句：羌笛何须怨杨柳，春风不度玉门关。字色作石绿。末节刻有制作者的名字"戚伟康"，据说是一位制箫大师，对这管箫也很满意，那位亲戚取箫时，甚至依依有不舍之意，曾反复叮嘱，要她一定呵护好。后来听那位亲戚说，戚伟康先生如今已经移居到国外去了。这管箫的音色温润蕴藉，和而且清，在我看来，远过邹欣手中赵先生用过的那管。

受伍先生的指点，我吹箫的技术比起刚开始那几年，自然是略有些进境的，但毕竟学得太晚，加上初学时只图学新曲子，忽视了基本功的练习，所以许多需要基本功的段落就吹不好。比如《流水》的末尾部分，有与古琴曲《流水》中"七十二滚拂"相仿的段落，很考技术，我就从来不敢碰，每次都有意略去，久了，兴趣也就不如从前那么浓厚，但不时也还吹吹，权当是做的呼吸运动罢。

这么多年来，我邂逅过不少好箫之人，其中有三个，虽都只是一面之缘，却印象最深。第一个是个诗人。某年和妹夫去北京，就住在他母亲萧艾家（妹夫的母亲很新派，就是妹夫本人亦直呼其名）。抵京当晚，正碰上也是刚下飞机的诗人来看她，一进门，我就发现诗人的背包里插着几管箫，问他，他说从来都是走哪儿带哪儿的。吃完晚饭，大家就一起到附近一个公园里，听诗人吹箫。曲目至今还有印象的，一是《阳关三叠》，一是陕北民歌改编的《兰花花》。记得萧艾想听古曲，而她的助手，一个成都姑娘，却想再听一遍《兰花花》，萧艾于是有点不高兴，嘀咕说听箫要听古曲嘛，吹什么《兰花花》……诗人吹《阳关三叠》时，我觉得跟我水平差不多，很想也表现表现，虽蠢蠢欲动，却始终没好意思开口。

另一个是在黔灵山入口不远的小溪旁遇上的一个半秃老头。老头红光满面，笑逐颜开，持一管大箫，边吹边四处踏步，那种自适其适，怡然自得，配上周围的流水、石山、曲径和树丛，真有点桃花源中人的味道。待他一曲吹完，我上前攀谈，问他能不能吹一曲《梅花三弄》，老头一听，几乎一蹦三尺，抢过身旁石几上厚厚一册手抄谱本，一面乱翻，一面问："《梅花三弄》有十五个版本，你想听哪一种？"

第三个是青岩小镇上一条狭巷里的中年男人，长发微须，模样打扮都很像小时候经常可以看到的江湖杂耍艺人，据说曾在一家工厂工作，工厂破产后又做了一段时间生意，生意也失败，于是回到老家青岩，住进祖上留下的老宅，靠为游客提供食宿度日，游客不至的时候，就吹箫自娱。那是一幢半破的民居，砖木结构，一楼一底，带一座六七十平米的院子，因地处偏僻，远离游客如织的大道，所以生意清淡，只能勉强维持。但他显然毫不介意，微笑说只要将就过得下去，又还能吹吹箫，就很满足了。我见到他的时候，他正跟一男一女两个邻居围住一张大方木桌，一面喝茶聊天，一面把玩手里一管短而粗的箫，不时偷空递到唇边，吹几声，又停下来，再聊几句。我和几个同行的朋友正是被他的箫声吸引过去的。临走时他完整地吹了一首《苏武牧羊》，手法很熟练，但有浓重的市井气。出来之后，几个朋友都感慨，说长发男人有点隐士的味道，我也有同感，还莫名其妙想起苏轼引王巩家柔奴的两句话：此心安处，便是吾乡。说出来，有朋友认为不贴切，说人家本来就住在老家么，我笑，说比起那些"生活在别处"的人又怎样？

那天我们在长发男人的院子里坐了约有一个小时，除了那两个一脸木讷的邻居，我没有看到他的家小，也没好问，想来当然都是有的，就算没有，也无甚关系，箫中自有黄金屋，箫中自有颜如玉。

我的箫们

补记：三月前某个下午，突然接伍老师电话，口气亢奋，要我记得看当晚中央电视台音乐频道一台全国民乐大赛的直播节目，说是他教的一个年仅十多岁的孩子已入决赛，估计进前三名没问题。我问学的是箫是笛？他说是笛。但当晚我有事外出，没看成。半月后，又接伍师母电话，一开口，就感觉语气不对。她问我看了那天的直播没有，我很内疚，连忙解释，又问那个学生得奖没有。她说得了，但主持人在介绍他时，说他从小如何喜欢笛子，好容易才在贵阳找了个老师，但年纪太大，根本教不了，所以他几乎全靠的是自学云云。据说现场气氛很煽情，引得某个著名萧笛演奏家大起恻隐之心，当场就决定招那个孩子为学生。师母很愤怒，给我说了许多伍老师教这个学生时付出的种种心血努力，以及伍老师受此打击后的伤心沮丧，还说凡看了那次直播的朋友都大为震惊，纷纷打电话询问。大家一致认为主持人不可能乱编，孩子那么小，当然也不敢如此自作主张，这显然是他父母精心安排的一出戏，其用意不言而喻。听师母说，他们已经向组委会和那个主持人说明真相并提出了抗议，但似乎并没有引起任何重视。

伍老师年纪不过六十多岁，并不太老，而且精力过人，只此一桩，足见其言之荒谬。联想到伍老师要我看直播时的那种欣慰和自豪，真为他难过。

2013 年 1 月 2 日

声音的密纹

古 琴

2009 年 8 月的一天，五之堂主人舒奇峰约几个朋友喝酒聊天，大谈他穷搜贵州古籍的种种事迹，其中颇多峰回路转的戏剧性情节，在场众人无不听得津津有味。后半场，话题不知怎么突然转到了古琴上。因为我也捣弄过几天古琴，略知一点这方面的情况，于是说贵州弹古琴的老先生我知道三个，关崇煌、刘汉昌，还有一个是遵义的卫家理。三人中，卫老先生年纪最长，据说曾得过虞山派大琴家吴景略教授指点，几年前在省京剧团一间小礼堂听他弹过一曲《潇湘水云》，可惜距离太远，加上设备不好，没听出个所以然来。舒奇峰听了很高兴，说他女儿的古琴老师正是卫老先生最喜爱的弟子，将来是要承卫先生衣钵的。我问他女儿老师的名字，他说叫吴若杰。我一听就笑起来，说这个人我认识，原来不是弹吉他的吗？于是说了当年良范带我去见他，他分腿埋头，用大木梳倒着梳一头浓发的情形。舒奇峰说小杰多年来都没有固定工作，只每年组织一两次流行乐演唱会，能赚两三万块钱，就靠这钱作一年之计，平时弹吉他弹古琴，过得闲云野鹤似的。我没想到这么多年后，会在这样偶然的场合听到小杰的消息，很有些意外之喜，就和舒奇峰约好，哪天专门去听小杰弹琴。其间苏奇峰提到小杰专攻的是古典吉他，证明我当年听到的的确是一首古典吉他曲。

前面提到的三位弹古琴的老先生，我相对比较熟悉的是关崇煌先生，因为他与省花灯剧团的姑妈是同事，在乐队，是专业的琵琶演奏员，年轻时和我父母都熟识，比我父亲略小，所以父母数十年来都管他叫"小关"。关先生老家北京，虽然在筑多年，仍旧一口字正腔圆的京片子。其父关仲航，系古琴九嶷派名师，与查阜西、吴景略、管平湖等大家过从甚密，当代古琴名家李祥霆转师查阜西之前，即从他父亲学艺。记得第一次携琴去关先生家拜访，在琴房的墙上看到一帧一尺见方的黑白照片，上面有两人隔一木桌面向镜头而坐，一是着长衫马褂的中年华人，微胖，一是西装革履的西洋人，桌上横放一张古琴。关先生介绍，绅士模样的中国人即他的父亲关仲航，洋人则是当年荷兰驻华大使。大使喜好中国文化，欲拜一古琴名家为师，但辗转多人，都不满意，最后才决定拜他父亲为师，理由极有趣：因为他父亲弹古琴，经得起西洋节拍器的考验——原来大使每见一人，即求一曲复弹三遍，同时掏出一架节拍器置于一旁，验证节奏是否一致。

关先生近年来致力古琴推广，授徒多人，还结了琴社，请我父亲书匾，正以"九嶷"为名。开社雅集，我们去了，其间听关先生的幼徒，一个十三四岁的小女孩弹《渔樵问答》，老练得叫人吃惊，以至于许多已经练习几年的琴友怅然若失，说："这琴还如何弹得下去？"

刘汉昌先生我见得不多，也就数面之缘。一次是初闻他的名声，我专程去他府上拜访，得闻一曲《梅花三弄》。第二次是带春秋茶业的牟小秋和彭康去听刘先生弹琴，闲谈之间，他听说我无事时喜欢吹吹箫，就让我与他合《梅花三弄》，但我只熟箫曲，不熟琴曲，合了一半合不下去，只得作罢。第三次是"九嶷琴社"开社，又见到刘先生，再听了一次《梅花三弄》。某次在张建建家，与良范谈到古琴，他说他母亲有个干儿子，能弹古琴，就住在离我家不远的一个小区。我问姓名，他说叫刘汉昌。我听了惊诧，说贵阳真是小。

刘先生的琴技据说为贵州先贤桂百铸所授。桂百铸诗、书、琴、曲、棋、画无一不通，是只有那个时代才涵养得出的文人。《贵阳历史人物丛书·文化教育卷》对他有这样的记述："他（桂百铸）在精通书画、诗词的同时，对中国古琴亦有研究，是国内为数不多的古琴家。桂百铸早年在京曾向古琴家黄勉之学琴法，秘传其《水仙》一操。1956年曾与北京古琴研究会及北京音乐学院研究所的专家研讨古琴的源流及技法，中国古琴学会将其所弹《水仙》及自谱的《归去来辞》《平沙落雁》录制保存。1960年，捷克斯洛伐克音乐家代表团访问贵阳，桂百铸与洞箫专家谢根梅琴箫合奏《归去来辞》《平沙落雁》等古曲，得到中外专家的好评。"文中提到的洞箫专家谢根梅，与我的祖父是同事，其子谢虎生又是父亲的学弟，两家有世交之谊，父亲有一篇短文，提到过这位吹箫的谢老先生："谢虎生……其尊翁根梅先生与先父同事，是竹城有名的'箫王'。有一段时间他上班的地方与我家同院，我每天听他吹箫。除了吹古曲，还吹自度曲，听过的有《坝桥观瀑》《布拉格之春》等。大女儿是一位国际大画家的元配夫人，居住在法国；二女儿在泰国经商。他因此成了替国家挣外汇的统战人士。不料'文革'之前的'四清运动'里，这身份就一变而成可疑分子，被通知去与'管制分子'（'地富反坏右'）们同堂听训话，他悲愤交加，眼压剧升，散会走到门口就双目失明了，从此在黑暗中生活了十多年。我去探望，见老人很乐观，正编撰韵书自娱，问起吹箫，说是会引起眼压上升，被医生禁止了。"

问父亲那个"国际大画家"是谁，父亲说就是赵无极。关于谢根梅老先生，记得父亲多年前给我说过一件事，说是谢老先生曾在峨眉山顶住过一月，整日不及余事，只吹箫，以腐乳佐饭。我觉得这事很有意思，不知父亲为何没写进去。问他，说忘了。

那之后不久，某天吃中饭时无意间聊到卫家理先生，父亲插话说，"是住遵义吗？那我听过他弹琴"。我吃一惊，说我怎么不知道？父亲说，那是一年前，有位同学从海外回来，请去黔灵山听他父亲的一位学生弹古琴。因为是临时起意，又正值上班时间，所以没告诉我。我听了很遗憾，问父亲那天卫先生弹的什么曲子，父亲说只记得《阳关三叠》和

《梅花三弄》，别的不记得了。又问认识卫先生的那个同学是谁，父亲说就是谢虎生。那之后又十来天，接到邹欣的电话，说卫先生任会长的"播州古琴研究会"要在贵阳设分会，9月26日晚8点在省博物馆举行揭牌仪式，卫先生、关先生和刘先生及他们的众多弟子都要到场操琴，约我一起去。我很高兴，猜小杰也应该在场。果然，当天晚上第一个出场演奏的就是他，弹《梅花三弄》。与初次见面相比，他的相貌已是大变，头发短了，却蓄起浓密的胡须，人也胖了，不复当年瘦且高的模样。那天晚上，三个老先生轮番登台，先是卫先生，弹《流水》，最后是关先生，弹《渔樵问答》，刘先生居中，弹的正是其师桂百铸的自度曲《归去来辞》。

《流水》后半部，有用"滚拂"手法弹奏的长长段落，模拟水势的跌宕回旋，差不多算是这首名曲的一个标志，但据说最早却是没有的，直到清末《天闻阁琴谱》所载川派琴家张孔山的《流水》，才是如今这个模样，所以又叫《七十二滚拂流水》或《大流水》。诗人兼散文家车前子对此深恶痛绝，认为画蛇添足，大违古琴的趣旨，曾在一篇文章里痛斥，说就像画一堆牛粪仍嫌不够，还要加上一只苍蝇（大意）。听卫先生弹《流水》的"滚拂"段落时，突然想起车前子的话，忍不住好笑，就对邹欣说了，邹欣也笑，说车前子刻薄，不过古琴曲里微言大义的太多，有一首淋漓尽致的也不错。这话似乎有理，所以在这里把它记下来。

关崇煌先生

卫家理先生

刘汉昌先生

　　补记:《古琴》一节曾发表在《文汇报》的"笔会"栏目里（2009年12月21号），两月后，严晓星先生写了一篇文章回应此文，指出了其中的几处谬误，以《"洋人"就是高罗佩》为题，也发表在《文汇报》"笔会"栏目，后收入其专著《条畅小集》（上海辞书出版社2011年7月第1版）。汉学家高罗佩在中国大名鼎鼎，我是知道的。记得小时候读严先生文中提到的高罗佩著《狄公案》，感觉有股子怪味：说它是中国古典小说吧，叙述、对话、氛围又都与熟知的《三国》《水浒》《三侠五义》等等不同，甚至与近现代的历史小说不同；说它是西方式的侦探小说吧，它分明又写的是中国古代的故事，而且还是章回体。总之很别扭，不喜欢。

严晓星先生是研究古琴的学者，之前曾读到过他的大作《近世古琴逸话》。《"洋人"就是高罗佩》是邹欣的同事兼好友吴世忠在严先生的博客里读到的，告诉邹欣，邹欣又才告诉我。世忠比我小几岁，湖南人，毕业于四川美院油画系，瘦高、长发，视物时两眼微微从镜片之后凸起，又像专注，又像惊诧；性格单纯天真，相貌属线装书上所谓"古奇"一类，也好古琴，曾师从关崇煌先生。某次在关先生女弟子罗萍的"得茶居"和他聊天，得知他积蓄多年，预备买房子，不想父亲患病，积蓄大半耗于其中，购房梦醒，一横心，干脆花两万五千元买了张四川制琴名师曾成伟的琴。按他自己的话说，那"可是我一千二百五十节课的课酬啊！"由此看来，世忠算个痴人。

十年前妻子刚学琴时，用的是一张关先生在乐器店亲自给她挑选的扬州产仲尼式练习琴，两千五百元左右，价格就我们的收入言已是不菲，而音色枯硬，毫无琴韵。之前关先生就介绍过曾成伟的琴，但一张至少需五千元，嫌贵，没敢动念，一两年后涨到上万，这才焦虑起来，觉得再不买，今后只有更买不起，于是通过关先生出面，花八千元购得一张，也是仲尼式，较那张扬州琴略大，音色果然大不同。如今曾成伟的琴普通已是数万甚至十数万，每每念及当年的亡羊补牢，我还后怕，觉得幸好当时果敢，终于占得一次便宜。

罗萍初拜关先生学琴时，怕自己坚持不下去，不敢买好琴，于是提出退妻子的那张扬州琴先为练习之用。后来买了好琴，那张扬州琴又到了她大哥手里。2011年2月，关先生因病离世，罗萍又把那张扬州琴送了回来，说既是关先生亲自挑选，意义不同，应该留下来以为纪念。前几天，关先生弟子中琴技最高的吴曦到家中玩，试弹那张扬州琴，说其实也不差。我听了，觉得音色确是润泽不少，想是过了十余年，退了些许火气的缘故吧。

罗萍为人豪爽重情义。今年中秋，我在她的"得茶居"喝茶，见她细细交代伙计，务必在晚饭前把月饼和茶送到关先生家中，给师母拜节。

再补：写此节的正文和补记时，我和吴世忠并不熟悉，补记里提到那次我和他在"得茶居"聊天的事，事实上才是我们的第一次单独交谈。那时世忠住在工学院一套两居室的宿舍里，据说"家徒四壁"，连一张像样的床都没有，晚上就睡在里屋的一张垫子上。一个大学老师，何至于穷到这个份上？我问邹欣。他想想，说一方面他们的工资本就不高，再加上积蓄多年，原本以为可以买一套像样的房子，不想父亲生病，积蓄一扫而光，再想架势买房，又不知哪年哪月的事了，所以有点"以难得难，得过且过"的心态。这话说得有理，我猜想他把剩下的钱全买了古琴，正是这种心态的表现：反正守不住了，不如花完了干净。某次他笑嘻嘻对我说："我家里最值钱的东西就是这张古琴，哪天要是失火，只要抱了它跑出来，就一点损失都没有。"但他在对自己的生活完全不抱指望的同时，却又在某些方面表现得特别热心，尤其是对待他的那些琴友：任何一个只要打来电话，说是要换弦了，或者哪颗轸子又坏了，拧不紧弦，他都会从十几公里外的工学院赶来，细细给别人上好、修好。你能感觉到他很孤独，渴望交往，喜欢一些热气腾腾的场合。大家都觉得，如果他有个女朋友，情形就会不同。问他为什么不找一个，他说"我这么穷，又这么丑，谁会看得上？"其实他谈不上丑，是有点怪：身如细竹，面色发青，又爱穿一身黑衣黑裤，加上长齐背心的头发用绳子扎了个马尾，走起路来左右摇曳——这样的打扮在艺术圈子里不算稀奇，但在日常生活中就很突出；我第一次见他，就觉得他像电影《惊情四百年》中的人物，有一种英国吸血鬼似的苍白、单薄和神经质。

前年年中，我给他介绍了个女朋友，刚开始时两人很好，但渐渐性格冲突，愈演愈烈，最终不欢而散。其间某次，两人吵架，女方情急之下，抱起一块观赏石砸在古琴上，留下三寸多长一条深痕，世忠说外伤补得好，但内部损坏无法弥补，这张琴就算是毁了。那之前半年时间，他兼职在另外一所大学上课，一年下来，课时费可得一万多元，原本也是准备存起来，今后用着买房结婚之用。不想两人反目，琴又毁坏不可用，不消说，课一上完，他立即就用这笔钱买了张王鹏的琴，价值六万多，所以不仅又一次花完了全部积蓄，还再欠了几万元外债。两次存钱都为房子，最后却都买了古琴，他与古琴的缘分不可谓不大，但在我看来，有点孽缘的味道。

去年年底，贵阳旅法女画家贾娟丽携其母遗作在贵阳美术馆开名为《在一起》的展览。我陪父亲去看，一进展厅就遇上世忠，身后跟着一个我也认识的女人，两人关系触眼便知，我有点吃惊，因为我听邹欣说过，那次恋爱吓破了世忠的胆，早成惊弓之鸟，只怕这辈子都不敢接触女人了，不想几个月不到，他竟然又谈上了。不过转而又想，我们以为他吓破了胆，说不定他反觉得"原来也不过如此"呢？找个机会问他谁介绍他们认识的，他说是阿培。

阿培最近正在装修房子准备结婚，不怎么见得着，偶尔电话，也是问书架在哪里买好，灯又在哪里买便宜。一天偶然见面，突然就伸出右手五指让我看，说弹古琴留这么长的指甲够不够？原来他在西西弗书店工作时的一个同事，多年前曾通过关老师花一万多元买了张王鹏的琴，但一直没工夫学，久了怕放坏，遂决定把它退掉，阿培听到这个消息，立即上门买了回来。我问花了多少钱，阿培说因为关系不错，人家仍只要了一万多，一分钱没赚。现在市面上的所谓王琴，中低价位的实际只是王鹏监制，他亲手制作的已经炒到数十万一张，一般人根本不敢问津。我算算时间，觉得这张琴很有可能是王鹏亲手制作的，即便不是，他监制的也远不止这个价，就说这么便宜，琴不会有问题吧。阿培说已经请吴世忠看了，一点问题没有。据阿培说，他和武明丽都同时开始学了，不过他学得快些，还说"原来弹过吉他，当然不一样"，表情很得意。

2013 年 1 月 3 日

附件:《"洋人"就是高罗佩》

（《文汇报·笔会》2010年2月24日）

严晓星

作为古琴爱好者，读到戴冰《琴记》一文（见2009年12月21日《文汇报·笔会》），自然是欣喜的。文中提到的关崇煌先生，多年前就读过他回忆父亲关恩楣（仲航）的文章《琴声悠悠思慈父》，有些描述是完全可以对应的。比如这一段：

"记得第一次携琴去关先生家拜访，在琴房的墙上看到一帧一尺见方的黑白照片，上面有两人隔一木桌面向镜头而坐，一是着长衫马褂的中年华人，微胖，一是西装革履的西洋人，桌上横放一张古琴。关先生介绍，绅士模样的中国人即他的父亲关仲航，洋人则是当年荷兰驻华大使，大使喜好中国文化，欲拜一古琴名家为师，但辗转多人，都不满意，最后才决定拜他父亲为师，理由极有趣：因为他父亲弹古琴，经得起西洋节拍器的考验——原来大使每见一人，即求一曲复弹三遍，同时掏出一架节拍器置于一旁，验证节奏是否一致。"

从关崇煌先生的文章，则可知那位"洋人"，即是鼎鼎大名的汉学家高罗佩：

"20世纪30年代，当时的荷兰驻中国大使高罗佩先生为了学习中国古琴，几择其师，最后找到父亲，请求当面演奏一曲《平沙落雁》。父亲端坐雅室，手抚七弦，琴声古朴苍劲、跌宕徐疾……琴曲演奏完毕，高罗佩又请父亲重新弹了一遍。原来，高罗佩在暗中使用节拍器测试两次演奏的节律。当他发现分毫不差时，不禁为父亲的艺术造诣所折服，最终决定拜父亲为师。此事在当时的北京琴界传为了美谈。"

　　戴冰文中提到的照片，我有幸在杂志上见过，好像高罗佩的英文传记中也有。不过，这里一再说高罗佩是"荷兰驻华大使""荷兰驻中国大使"，应该是出于关崇煌先生的误记。20世纪30年代高氏到中国来访师学琴时，他还是荷兰驻日本大使馆的译员，或曰秘书。1943年他来到战时中国的陪都重庆，担任的也是驻华使馆一等秘书。直到他生命中的最后十二年，他才先后担任荷兰驻黎巴嫩全权代表、驻马来西亚大使、驻日大使。但很遗憾，他从来没在最热爱的中国以大使的身份登场。

　　只要说起高罗佩，稍微熟悉一点的人，多半会想起他的《狄公案》系列小说以及《中国古代房内考》《秘戏图考》等性学研究著作，其实他是一个非常中国化的人，房间要布置成明代式样，太太要娶中国人，写中国旧诗，用毛笔著述。不仅如此，词人卢前还回忆说，高罗佩和他聊天，常常说："在我们汉朝时候……"或"我们中国在唐朝……"看高罗佩自己写的文章，也不时可见"吾华"如何如何，的确是相当可爱的。他的古琴造诣，1945年与他见面的古琴家张子谦先生也说过：

"高君奏《长门》颇有功夫，惜板拍徽位稍差。据云能操八九曲。异邦人有此程度，尤其对于琴学一切，几于无所不知，洵足惊异。"

在这次见面之前的1937—1941年间，高罗佩已经完成了他这一生的绝大部分古琴学术著述：英文著作《琴道》（*The Lore of the Chinese Lute*）、《嵇康和他的琴赋》（*Hsi K'ang and His Poetical Essay on the Lute*），中文著作《明末义僧东皋禅师集刊》的资料部分以及英文论文《中国古琴在日本》（*The Chinese Lute in Japan*）、《作为古董的琴》（*The Lute as an Antique*）、《琴铭之研究》。1943年到中国任职后，他接触到了更多的琴人。因此，"能操八九曲"固属不易，"对于琴学一切，几于无所不知"才让张子谦他们"洵足惊异"。

1968年学者饶宗颐得了这位琴友的死讯，为赋《高阳台》词，另一位香港古琴家、2008年以103岁高龄去世的蔡德允女史也有唱和：

"水带愁长，山萦梦远，骎骎几度飞蓂。旧地琴尊，怎知今落谁家。星期月约都陈迹，更重重雾掩云遮。记当年，泛棹南来，雨细风斜。冰弦独抚怜清响，喜灯传客语，韵逸《平沙》。见说天风（高先生在蜀有天风琴社），娥眉曾占清华。谁知一曲《阳关》复，骤星沉、泪洒天涯。问何堪，寥落琴坛，秋月春花。"

1968年，中国内地"文革"闹得正凶，这时候偏偏失去了一位深深浸淫中国传统文化的西方友人，面对"寥落琴坛"的"秋月春花"，那一声"旧地琴尊，怎知今落谁家"，当真是动人！

高罗佩诞生于1910年8月，再过些时，就赶上他诞辰一百周年了。这位早已走入历史的传奇人物，算下来离我们也不是多遥远。

戴文中有一个小误："1956年曾与北京古琴研究会及北京音乐学院研究所的专家研讨古琴的源流及技法，中国古琴学会将其所弹《水仙》及自谱的《归去来辞》《平沙落雁》录制保存"——中国古琴学会是最近几年才成立的。当时是查阜西先生领导的古琴采访小组到各地走访录音，由中国音乐研究所（现为中国艺术研究院音乐研究所）存档。

图39：洋人即高罗佩。着长衫者即关先生父亲、著名琴师关恩楫（仲航）先生

图40：严晓星先生《條畅小集》封面

印象中的二十九个华语歌手

邓丽君

我谈不上喜欢邓丽君，但同时又认为她确是个不世出的歌手。前者因为她的歌曲，泰半都很庸俗，有浓重的舞厅味、风尘味；后者则源于她的嗓音技巧，宛转明丽，柔媚入骨。听她唱歌，你会觉得这个人特别唇红齿白。我曾想，如果邓丽君能从台湾民歌运动一路走来（像齐豫），或许会是另一番天地、另一番境界。多年前曾看过一盘邓丽君的现场演唱会录像带，名字似叫《十亿个掌声》，留小胡子的男主持人在台上对她插科打诨，百般调笑，说出诸如"有一堆牛屎正在后台等你"之类的话，让人不禁心生怜悯。

不知为什么，总觉得邓丽君身上有一种茫然的寂寞——这当然只是臆测，毫无一点根据的。

张 行

几年前，曾在一个朋友家里乱翻他收藏的旧磁带，无意间看到一盘张行最早的专辑（名称已经忘记），我拿着磁带，恍惚了那么一瞬，这才重新记起这个上海歌手，记起他唱过的那些歌：《一条路》《阿西们的街》《迟到》……封面上张行抱吉他靠墙而坐，半侧面，虽然画面光线幽暗，却仍能辨清他稚嫩的面孔。算起来，那时的张行不过二十出头。封面下方有简短的文字介绍，大致是他获得的种种奖项，其中一项是上海举办的中国首届吉他弹唱比赛一等奖。张行是大陆首个个人专辑发行破百万的歌手，拍摄这张照片时，或者说出这张专辑时，他声名之盛，可谓如日中天。谁想那不过是昙花一现，他很快就因"流氓罪"被收监，几年后重返歌坛，早已物是人非，再不是他的时代，从此销声匿迹几达二十年，后来才偶在诸如"同一首歌"之类的节目里露露面。还是那些歌，还是那样举重若轻的高音，人却胖了，前额微秃，不复昔日的少年翩翩。再后来，甚至"同一首歌"节目里也不再见他的踪影。

所谓"流氓罪"，据说就是他与当时的女友发生了性关系，而一个极具天赋的歌手由此夭折，想想，真让人无言以对。80年代中期，贵阳有年轻人聚在甲秀楼楼顶跳"黑灯舞"，被守候多时的公安人员一网打尽，狠判了几个，其中就有一个是出色的歌手，出狱后无所归依，吸毒成瘾，最终心智失常，从一艘渡轮上跳下去，溺死在海水里。

网上有人说张行："时代造就了他，也毁掉了他。"这话当然有道理，不过听来多么现成，多么轻巧，而其中的真正况味，大约只有张行自己咀嚼得出。

张　蔷

张蔷与张行同时，声名也相当，素有"南北二张"之称，都算得80年代大陆流行乐坛的代表人物。张蔷有裂帛之喉，且风格泼辣，唱的虽大都是抒情歌曲，却与别的女歌手不同，颇有点快人快语的味道。张蔷发行的个人专辑据说有数十种之多，和当时别的女歌手相比，几乎是天文数字，但印象中主流舆论却并不怎么认可，至少我很少见到媒体上有关于她的报道，大约是觉得她虽受少男少女追捧，却不够积极健康，上不了大雅之堂吧。几年之后，传来她移居美国的消息，张蔷这个名字从此销声匿迹。再次见到她已经是几近二十年后，同样是"同一首歌"节目，穿紧身皮裤，怒发如瀑，唱当年的老歌《爱你在心口难开》，还是那样亮得炸耳的嗓音，情绪张扬，边歌边舞，但怎么听，怎么看，都已是明日黄花的味道。

张蔷和张行一样，属于那种任何时代只要他们开口歌唱，都会引人注目的歌手，但饶是如此，你还是觉得他们都生错了时代。

程　琳

程琳成名时尚未成年，应该算是童星。中国的童星实际上都是小大人，程琳也不例外，除了外表稚气未脱，嗓音显然已是经过刻意修饰——凡受过少年宫音乐老师训练的孩子，似乎无一例外都带有一种假模假样的鼻音。不知程琳进过少年宫没有？

记得许多年前，程琳从美国回来，有媒体大肆炒作，说她拜了杰克逊的老师为师，音域宽达多少个八度，等等。听了，却觉得跟从前没一点分别。1993年左右，我在北京至北戴河的火车上遇见一个唱片公司的制作人，无意间聊到程琳，他淡然一笑，说那个时代，谁唱得稍好些，都很容易成名。这话说得不错，以程琳那样小的格局，换成今天，其实也就一个卡拉OK高手的水平。不过话又说回来，相比张行与张蔷，程琳又算是生得其时了。

朱晓琳

朱晓琳跟程琳情况差不多，都是少年成名，唱《妈妈的吻》，也是那种莫名其妙的鼻音。记得她正红时，有好事者组织她与韩国还是日本的一个同类型少女歌星同台演唱，一人一首轮换唱——这种情形下，不比也是比了。我在电视前替整个中国焦虑，觉得嗓音跟人家没法比，技术跟人家没法比，尤其是少女的天真烂漫更没法跟人家比。真不知谁出的馊主意。

侯德健

侯德健1983年自台湾来到大陆，除了一口佶屈聱牙的普通话，还给大陆流行乐坛带来许多几乎全新的东西，新在他的音乐既比大陆的更"民族"，又比大陆的更"现代"。他在大陆的成名作代表作当然就是《龙的传人》，但我始终不喜欢这首歌，以为有喊口号之嫌，他真正优秀的作品该是诸如《归去来兮》，还有电影《搭错车》里的那些插曲。

侯德健与罗大佑有相似之处，都具家国情怀，不同的是侯德健才子气稍重，不如罗大佑冷峭深刻。

费　翔

混血的费翔1987年亮相春节联欢晚会，一曲《故乡的云》之后，顿时色倾中国，各家媒体对他俊美的相貌和"六英尺"高的身材津津乐道，我甚至也是那时才第一次知道一英尺等于零点三零四八公尺，由此算出他身高超过一米八。随后费翔趁热打铁，开始全国性的巡回演出，每到一处，必引起海啸般的欢呼，贵阳也有一站，演出地点就设在新建没几年的省体育馆内。演出前，歌迷们堵塞了费翔下榻的体育宾馆至体育馆之间的道路，所以两点相距虽只两百来米，他也不得不躲进轿车，在保安的簇拥下，花费近二十分钟才一点一点移到体育馆进口。因为表哥在体育宾馆工作，我得以从警戒线以内近距离瞥到过他一眼，时值盛夏，他穿着宽大的沙滩短裤，裸露的大腿看上去似乎比我的腰还粗。不久，成都的表妹来贵阳，说成都站的演出情况也差不多：大量女歌迷通宵守在宾馆门口，口口声声只是唤："费哥哥，下来耍……"

当时有种传闻，说费翔的母亲很喜欢林青霞，曾鼓励费翔去追求她。也不知是真是假，不过表弟听了露出恍然大悟的表情，看我一眼，说真的呢，他们是很般配呀。

随后许多年，没怎么听到费翔的消息，后来偶尔看报纸，才知道他一直在百老汇唱音乐剧，也拍一点电影什么的。有则消息说，因为费翔身材太高，与某女演员搭手时实在不相当，不得不挖一条沟，让他在里面走来走去。

我没听过费翔唱的音乐剧，不知是不是比唱流行歌曲好些？

成都的明芳姑妈说她曾看过一期介绍费翔的电视节目，整个过程中费翔都表现得平和低调，给她留下很好的印象。姑妈还说，好几年前她在成都逛商场，突然一阵大乱，人群向着一处蜂拥，她以为发生了什么事，后来才听说是费翔来了。一个受到惊吓的老者愤然道："有啥子看头嘛，不过一个高鼻子老头。"

姑妈笑，说当时费翔算起来也不过四十多岁，"何至于就老头了"。

齐　豫

齐豫是台湾民歌运动的主力歌手，声名历数十年不坠，其声高而飘，纯如蒸馏水，演绎三毛作词李泰祥作曲的《橄榄树》，旷远超拔，真是浊世清音。她和出家的女歌手李娜近年都唱经，一个槛外唱，一个槛内唱，听来听去，倒还是槛内的那个唱得好，有玄渺之感；而李娜唱《一声佛号》，咬音嚼韵，刻意雕琢，病在太执着于技巧，尚不脱歌手习气，可谓身在槛外而声在槛内。何况被人听出了技巧，那技巧也就还是形貌，非骨肉血脉——大巧在但觉其好，却又莫名其所以好。

林忆莲

大抵演员有性格与本色之分。前者若水，遇物而赋形，后者如山，任你风云变幻，我自岿然不动；前者只有角色，后者只有自己。但在真正的大演员身上，两者其实不分，总是性格得本色，本色得性格；演什么角色，都既是自己，又是角色；是自己的角色，是角色中的自己。唱歌似也如此，但唱歌又与演戏不同。一部电影，一出戏，予以表现者的空间，不用说远远大过一首歌予以表现者的空间，这是客观的一面；从表现者本身说，唱歌基本只凭一条嗓子，演戏则五官四肢无一不可用，所以歌手能为性格歌手固已不易，而能性格与本色打成一片，浑然不分，更是难上之难——华语歌坛中接近这个境界的女歌手，在我看来，林忆莲算得一个。

苏 芮

可能是成名较晚的缘故，苏芮的听众大抵比她小上半辈（在她那个年纪，好些女歌手早已功成身退，封嗓嫁人了），所以她的嗓音里很有些年轻女歌手难得一闻的东西，比如成熟女性不自觉的内在的柔韧，比如世事见惯后的豁达、沉稳和坦荡，以及一种丰盈的、母性的风度。

苏芮成名前，据说曾在酒吧或夜总会之类的场所演唱多年，直到某夜被某娱乐公司的星探偶然发现，这才一炮蹿红。但从她的歌里不仅感觉不到丝毫风尘气，而且其代表曲目，如《请跟我来》《奉献》等等，竟都是流行乐坛少见的肃穆庄严之作，不禁令人感动而起敬意。

陈淑桦

最初对陈淑桦有印象，是电影《青蛇》插曲《流光飞舞》和《东方不败》插曲《笑红尘》，觉得还好听，却也没留下太明晰的印象。这种状况一直延续到几年前，偶然从一张歌碟上看到她《说，你爱我》的MTV，这才第一次真正领略到她嗓音里特有的成熟的妩媚。因为听这首歌的时间很近，所以一直以为那是她比较新的歌，不想前段时间突然在小报上看到她的近照，嘴角下沉，目光痴滞，病容满面，与MTV上的娇美形象大相径庭；又读内容，知道她因母亲去世，其实早已隐退多年，且患忧郁症，经济窘迫，如今住在一幢旧公寓里艰难度日。

陈淑桦于我，有点惊鸿一瞥的味道，还以为是当下呢，实则已是过往。

孟庭苇

记得朋友鼓手阿水因吸毒离世不久，陪成都来的表妹去一家歌厅听歌，一个清秀矮小的女歌手正唱一首从未听过的歌，神情冷淡，嗓音刻板，几句歌词飘进耳朵："你看，你看，月亮的脸偷偷地在改变，月亮的脸偷偷地在改变。"同行的一个朋友悄声问我，晓得她是谁吗？就是阿水的女朋友。那情形真有点神秘诡谲的味道。后来知道那是孟庭苇的代表作《你看你看月亮的脸》。

孟庭苇气局不大，但幽怨中透出些许娴雅气、书卷气，也算流行乐坛别具之一格。

齐　秦

我这一代人，喜欢齐秦的很多，就我的印象，似乎还没有不喜欢的，特别是当年学吉他时，弹唱最多的，都是他的歌。其实齐秦的歌不好唱，调子高，且高得不易觉察，听的时候以为容易，但如唱原调，一开口就知道唱不下去了。

齐秦唱歌，总是处理得既精致又流畅，气息连绵，嗓音里透出一种清冷和孤僻的气质，同时感情又很浓烈——这大约是他之所以那样吸引当年青春少年们的原因吧。

有人说齐秦忧郁，我也有同感。姜育恒号称歌坛的"忧郁王子"，相比齐秦，那其实不是忧郁，是阴沉。

童安格

童安格的歌有点像铁栅栏上的花纹，华丽，精致，但略嫌匠气，不过易学上口，当年还是很迷过他一阵子。记得某年正谈恋爱，恰听到他的《其实你不懂我的心》，其中一句歌词"怕自己不能负担对你的深情"，印证自家心境，觉得<u>丝丝</u>入扣，简直精准。

昔人评唐智永和尚书法，说"精熟过人，惜无奇态矣"。听童安格的歌，庶几就有点这个味道。

声音
的
密纹

王　杰

对王杰的最早记忆是将近二十年前的一个深夜，我躺在小钢丝床上用耳机听他的《一无所有》，因为声源几乎贴近耳膜，音量又调得大，鼓点声声都似乎直打到心脏，几遍下来，竟有筋疲力尽的感觉。王杰的嗓音乍一听有些哭腔哭调，有人据此认为他的歌很沧桑，但我却从中听出一种放纵、凄厉和自毁的东西——也不知这种感觉有什么根据，或者源自我看到过的有关他的寥寥几幅图片吧，其中一幅是他骑在摩托上，身后是一轮熊熊燃烧的火圈；或者还来自有关他的一些文字介绍，比如他年轻时曾英雄救美，与一群流氓贴身肉搏，然后带着被救的少女逃亡数月，接着是少女怀孕，成为她的第一任妻子，然而他们最终却又分了手；等等。

赵　传

赵传的成名曲当然是那首《我很丑，可是我很温柔》：粗犷的、宣言似的表白里分明有许多的委屈、哀怨和挣扎，让人听了心酸感动。那之后，赵传始终以一个"貌丑志坚"者的形象深入人心，广受欢迎。商业上说，这既是那些幕后操纵者们的成功，也不能不说是赵传个人的成功。但想来想去，怎么就那么让人别扭呢？

曾有则消息，大意是说某次赵传参加演出，主持人在他出场之前，极力渲染他的丑陋，甚至提到他的母亲说怎么会生出这样丑的孩子呢。赵传说，他在后台听着，脑子闪过想自杀的念头——真是成也为丑，败也为丑。这大约能反映商业社会中人性之一点狰狞吧。

赵传的歌声确有感人处，测其所由，正在以犷直驭温柔，以粗砺寓深情——这种方式在后来大陆摇滚歌手中毫不足奇，尤以崔健的《花房姑娘》为大成，而当时少见，所以听来有别样的效果。

杨庆煌

杨庆煌嗓音平平，技巧也仅只及格，所唱歌曲大半更是平庸小气，属于过耳即忘的一类。但他唱《会有那么一天》却不同，他的"平庸"似乎无意间契合了这首歌的某种意境，突然生发出一种职业歌手不多见的、日常性的真情实感，又凄迷，又期待，十分感人。

钟镇涛

第一次知道钟镇涛，是在琼瑶电影《聚散两依依》里，他饰男主角高寒，抱吉他唱主题曲《聚散两依依》，清爽俊朗，让许多当年的小男生不禁有"恨不为彼"之叹。后来又听他唱《你是我心底的烙印》，深情沧桑，更巩固了他给我的好印象。不想十来年后，突然看到他演的搞笑片，饰一黑社会喽啰，形象不仅已是粗壮鲁钝，而且持枪与人对射，子弹射完，俩人竟躺倒在地，拼命互喷唾沫，让人怅恨之余，也不得不佩服香港艺人能演能唱，下得烂、打得粗的本事。

张雨生

张雨生1989年随一部台湾歌手的MTV专辑《潮》而红遍大陆，中学生似的单纯调皮的面孔，加上如《天天想你》《我的未来不是梦》这样或纯情或励志的歌曲，大陆乐坛少见，自然大受欢迎。不过除了提到的两首，最多再加一首《大海》，差不多就是我个人觉得他最好听的歌了。

张雨生1997年在台湾淡水登辉大道因车祸去世，年仅三十一岁。联想到《潮》中，他踩滑板拼命滑行，躲避一辆吉普的追逐（那是我第一次看到他的形象），不禁产生某种宿命般的惊悚。

西方乐坛有一类歌手，比如洛·史都华、迈克尔·杰克逊、布莱恩·亚当斯等等，都有一个共同点，那就是身为男性，嗓音却偏中性，甚至偏女性，其中史都华和亚当斯不仅偏女性，且偏老年女性，而杰克逊则如幽怨的年轻妇女。这样的歌手华语乐坛其实也有，张雨生就算其中之一，不过其嗓音高远透亮，锐利而稚嫩，却又好比女童。

刘　欢

刘欢一入歌坛就高度成熟，几乎没有其他歌手的青涩阶段。1987年，第一次听他唱电视剧《雪城》片首曲《心中的太阳》、片尾曲《离不开你》，以及电视剧《便衣警察》主题曲《少年壮志不言愁》，有横空出世之感，觉得无论嗓音技巧都近乎完美，且气息汹涌，宽阔浩荡，是个大器。但不知什么时候起，他突然音向后靠，几乎全用鼻腔发声，听上去哼哼叽叽，莫名其妙，不知是不是学黑人灵歌不成的结果。与早期相比，如今的刘欢多了些游刃有余举重若轻的气度，却少了当年那种打动人心的真情实感。

刘欢有一首唱杨树的歌，大约是"西北风"时代的作品，歌名已经忘了，几句歌词倒还记得："杨树叶儿绿呀绿鲜鲜，花儿垂挂挂，新枝生长在阳光下，好一派挺拔潇洒。杨树杨树生生不息的杨树，就像我们自尊的妈妈；杨树杨树生生不息的杨树，就像我们自强的妈妈。"我一直认为这是"西北风"时代最好的歌曲之一，也是刘欢唱过最好的歌曲之一。可惜多年来，不仅没听他再唱，也没听别人唱过，上"一听音乐网"查，毫无这首歌的任何记录，就像那是我的一场臆想。

毛阿敏

毛阿敏唱歌总是很用劲，很刻意，很雕琢，唱《思念》这样的歌时，举轻若重，就显得灵动不足。不过你能感觉到她的用劲、刻意和雕琢都是试图想要准确地表现歌曲，所以最后还是接受了她，觉得是个严肃的歌手。毛阿敏唱过许多好歌（以谷建芬作曲的居多），唱得最好的我以为是电视剧《三国演义》的片尾曲《历史的天空》(也是谷建芬作曲)，唱这首歌时，她的用劲、刻意和雕琢都达到了她自己的空前程度——但这首歌恰该这么唱，非如此无以表现那种被克制了的千古慨叹。

韦 唯

韦唯嗓音宽厚，唱法粗直，碰上对路的歌，比如《爱的奉献》《亚洲雄风》，确有几分大家风范，但这么多年过去，仍旧一味粗直，渐渐变成粗糙；加上久无新作问世，翻来覆去就一首《爱的奉献》，她固然唱得只剩点佯装的激情，听者也不得不内疚地腻味起来。韦唯与毛阿敏齐名，但她有轮廓无细节，有气势无余韵，艺术上距毛阿敏实在还有距离。

王 菲

王菲唱情歌，大多以冷眼打量，冷语出之，属于情歌世界中凤毛麟角的现实派，这一点很类似言情作家中的亦舒，两者通彻狡狯之余，都透出一股肃杀气、悲凉气。王菲的嗓音其实偏窄，但细节感极好，多数歌曲处理得玲珑微妙，很耐咀嚼——不过话又说回来，过多雕琢，总嫌格局不大。

田 震

20世纪80年代末还是90年代初，某次看电视，一个打扮朴素的大脸女人唱《不必太在意》："别再徘徊，沉寂的心灵……"这首歌就当时来说也已是老歌，许多人唱过，我记得童安格就唱过。但那女人唱得跟别人不同，直来直去，一字一音，剥去了几乎所有装饰，很有点千帆过尽，复归本原的味道。没有技法，有时反显得是技法高了。一般人不敢这么唱，那是需要点胆识的。从此我记住了田震。但真正比较长期地关注她，是1996年她出版专辑《田震》之后。《田震》据说是她十年之内的第一张新专辑，主打歌曲是《野花》，该怎么唱还怎么唱，又是一番新境地了。相比之下，唱《不必太在意》的时期，反显得有些生嫩——刻意回避，当然也还是一种刻意。《野花》赤裸裸地表现情欲，却被她演绎得那样情真意切撕心裂肺，很能动人心魄。王静安论《古诗十九首》中《青青河畔草》《今日良宴会》等篇，说："可谓淫鄙之尤。然无视为淫词、鄙词者，以其真也。"《野花》庶几近之。前几年流行一时的《香水有毒》，许多词句暧昧粘湿，虽不至淫，却鄙。

田震近年唱歌，个人风格越发突显，渐入无人之境，这原本是好事，但过了，又有形成习气之虞——面目是生门，习气是死门。一旦形成习气，所谓风格，不过了无生气的标本而已。

那　英

　　那英因参加80年代末一次全国性的歌手比赛而一夜成名，记得当时老牌歌手井岗山听了之后，毫不掩饰激赏之情，说"没想到中国也有这样棒的歌手！"那英声音略带沙哑，套用梨园的说法，属于"云遮月"的嗓子，这在女歌手中不太多见，比起那些亮晶晶的嗓门来，似乎更具个性和表现力。那英、王菲、田震和韩红，四人应该同属当代流行乐坛女歌手的最高层级，相比之下，那英没有田震那样自觉，没有王菲那样新巧，也没有韩红那样沉雄，却是四人当中最均衡的一个。

韩　红

　　韩红的细节感可比王菲，而爆发力不输刘欢，能谱能唱，真是难得。听韩红唱歌，有牛刀杀鸡之感，精力弥漫却又深自克制，犹如一个大力士生怕一不小心伤及无辜，反而变得比常人还要谨小慎微一样。但这样一来，有时不免阻碍了真性情的流露，所以长久以来，我总想一闻韩红得意忘形处的一声长吼，想必蔚为壮观。

声音的密纹

338

窦　唯

毫无疑问，窦唯算得大陆最富才华的音乐人之一，如果没有他，"黑豹"乐队大约不会成为当时一流的乐队，而他一旦离开，"黑豹"立即声名消弭，几至不闻。除此之外，王菲个人风格的确立，应该说也与窦唯为她量身定制的那些歌曲密不可分。近十余年来，窦唯一直致力"另类音乐"的创作与演唱，由外而内，越来越趋于私人化的表述，又厌倦，又机敏，又阴沉，又天真，风格十分诡谲奇异。窦唯不是一个纯粹的形式主义者，因而他的尝试不会止于音乐层面，但他的思想显然片断化而不成体系，所以很难想象他继续下去会是什么结果，或许是一片无物之所，又或许是万象飞掠，都不停留。

何　勇

何勇的代表作是《垃圾场》："我们生活的世界，就像一个垃圾场，人们就像虫子一样，在这里边你争我抢，吃的都是良心，拉的全是思想……"其实这首歌浅白直露，类乎叫嚣，远不如他的另一首歌《钟鼓楼》好。记得某年窦唯、何勇和张楚到香港演出，何勇最后出场，唱的正是《钟鼓楼》，末尾部分由他父亲操三弦，配电声乐，奏出大段梭罗，效果奇佳，异常感人。《钟鼓楼》最末有两句歌词："你站了那么长的时间，怎么还不发言？"问得真好。据说崔健十分欣赏何勇，认为能代表中国摇滚的未来，但他昙花一现，很多年都没再听到他的音讯。

张　楚

据说张楚对西方流行乐一无所知，受华语流行乐的影响也极微，他的音乐素养主要或直接来自民间——不知这种说法在多大程度上合符事实？但张楚的音乐极具个性，的确很难辨识所受的影响。其代表作《姐姐》，在我看来，算得华语流行乐坛三十年来最震撼人心的作品之一，且与罗大佑的《鹿港小镇》同属少有的叙事之作。不过相比之下，《鹿港小镇》更多着眼对现代文明的批判与反思，是精英意识在文化视野上的大叙事，《姐姐》却直面个体的人生苦难，是发自底层的悲怆呐喊，在一片风花雪月的流行乐坛实属黄钟大吕之音。

"魔岩三杰"中，何勇最弱，窦唯与张楚堪可比肩，不过两人风格大相径庭：窦唯自觉，张楚天然；窦唯明晰，张楚混沌；窦唯繁复，张楚朴直；窦唯单纯得阴险，张楚激愤得天真。

我最喜欢的两个歌手

欧美和中国的流行歌手，这么多年来听得不算少，但尘埃落定，发现打心眼里喜欢的其实只有罗大佑和崔健，听他们的歌，有一种真正的"民族和文化的共鸣"。这样说是不是有点夸张？但我却自觉是妥帖的。

附件:《断想罗大佑》

(《文汇报》2007年)

1

20世纪90年代以来,罗大佑似乎丧失了他的锋芒,变得相当平庸,令人痛惜。但不能忘记的是,他曾赋予流行乐一种庄严的光辉,使流行乐跻身于最严肃的艺术之列而无愧。他在20世纪七八十年代曾达到的峰巅,我以为华语流行乐坛至今无人能及。罗大佑是流行乐坛真正称得上杰出的人物,犹如北岛之于中国新诗史,崔健之于中国摇滚乐。

2

罗大佑是有雄心和天命之感的歌手,他把社会批判和哲思之重担在流行乐的肩上,这需要特别出众的才华和对社会文化的深邃思考,"其所挟持者甚大,而其志甚远也"。那是流行乐真正的"霸业"。

3

罗大佑和崔健相比，崔健是"摇滚乐的批判"，罗大佑是"知识分子的批判"。就罗大佑而言，他的精神是摇滚的，而方式是流行的。

4

罗大佑被称为"东方的鲍勃·迪伦"，这样说是有道理的：两者虽然一是流行歌手，一是民谣和摇滚乐手，但二者都属"抗议歌手"一类，都兼有卓越的音乐才华和文学才华，都是真正意义上的诗人，都从传统里面发掘出现实的意义，在音乐和文学两方面，都在当时达到很高的成就。有人认为迪伦在诗歌方面甚至超过兰波和金斯堡，是60年代"最伟大的诗人"。而我以为罗大佑作为诗人超过痖弦之辈而在余光中之下。他们的歌词读起来都平白如话，但在作为歌曲唱出来时，却水乳交融，互为依附，似乎"非如此不可"，真有"语言难为词，音符难为乐"之感。

5

《童年》里有一句歌词："阳光下蜻蜓飞过来，一片片绿油油的稻田。"这种方式现代汉语里很少，古典诗词中最多，比如"斜阳外，寒鸦万点，流水绕孤村"。

6

音乐和宗教一样，只能体验，不能言传。其实中国的诗词也是如此。罗大佑受中国诗词熏染最深，其作品的气韵境界非追星的少男少女可以体会。

7

罗大佑对于传统和现实的洞见力是少有的，这种犀利常使他堕入虚无，但在罗大佑的作品里，虚无不是一种情绪，而是一种力量和一种立场。

8

若从《未来的主人翁》的立场来看，罗大佑创作明澄如水的《童年》可谓煞费苦心。《童年》既不是描述，也不是歌咏，而是对比，是心惊肉跳的回首，是工业文明里一首关于赤子的挽歌。

9

罗大佑有一种化腐朽为神奇的本事，许多歌就单独的乐句而言，都不是精彩出奇的，甚至是别人用过的，但一经他的揉搓就浑然天成，不着痕迹。

10

罗大佑《亚细亚的孤儿》音乐上不算一流，但歌词写得深刻，几乎达到一种哲学的凝练。在概括程度上可与崔健的《一块红布》相匹。不过这一次罗大佑的语言是现代方式，崔健倒用的是极传统的"香草美人"的比兴方式，以爱人喻国家民族，概括了一代人的命运。

11

罗大佑作品中有一类作品，如《童年》《光阴的故事》《将进酒》《恋曲1990》，初听时觉得音乐结构有些单调，多用的是叠章重句的形式。听多了才恍然，那似乎是《诗经》的方式，一唱三叹，不厌其烦，而其循复往返，委婉缠绵，又像《古诗十九首》。和当代欧美流行乐的结构相比就会发现，罗大佑的那些歌，音乐是格律的，而歌词是散文的。

12

《将进酒》最能体现罗大佑对传统的体悟和对现实的反思。又悲怆又风流，又凝重又清丽，那是晋人的气象。

13

流行歌曲绝大部分在抒情，罗大佑的《鹿港小镇》在本质上却是少有的叙事之作，有故事、有慨叹、有议论、有描写。装在几分钟的框架里，却如一部浓缩的长篇小说，真乃绝大结构。

声音
的
密纹

14

罗大佑的许多歌听起来有切肤之感，如《恋曲1980》《光阴的故事》《童年》《穿过你的黑发的我的手》《乡愁四韵》等。你看到事情露出真相，而生命正在残败，让人有悲欣交集之感。

15

罗大佑和李宗盛才气迫人，余者皆望尘莫及，可谓双璧。罗大佑体瘦，李宗盛体胖。罗大佑气质似老杜，沉郁而有担荷。李宗盛似太白，灵动而有高致。罗大佑尽关注重大命题，李宗盛更爱写"凡人歌"。罗大佑是基督情怀，李宗盛多酒神精神。罗大佑似儒，李宗盛近道。李宗盛倜傥，罗大佑痛切。李宗盛就巧，罗大佑求拙。

附件:《摇滚与崔健》

（《文汇报》2008年）

　　最早接触摇滚，是从大洋彼岸那个猎豹一样矫健、黑蛇一样柔韧的迈克尔·杰克逊开始的，他忽而狞厉如夜枭，忽而纤弱如怨女的嗓音，在那时的我听来，实在梦一般的魅惑。被魅惑的当然不止我一个，记得有许许多多不开灯的晚上，我和表哥表弟围住姑妈的盒式录音机，在烟头的闪烁明灭里反复聆听杰克逊的一盘磁带，哑口无言地抑制着满心的惊涛骇浪。那时表弟认识一个打架子鼓的朋友，小脸上一半是眼镜，某次他带来一盘杰克逊的新带子，放出其中一首，要求我们仔细听。放完之后他抬起脸来，用几近哽咽的声音说，他从杰克逊狂躁的音乐深处听出了一种隐秘而低徊的忧郁。"你们听见了吗?"他问。这个朋友后来因吸毒猝死在他的单人床上。

　　几年之后，在已经听了大量不同流派的摇滚之后，我曾煞有介事地总结道：摇滚是继酗酒、吸毒还有梦乡之外，第四种暂别人世的方式。这样说的时候我其实已经不再听杰克逊了，嫌弃他不过是通俗摇滚。但事后看来，这句话实则还是根植于对杰克逊的那种最初印象，根植于那些默不作声的夜晚和那个小脸的鼓手，他说话时的表情给我留下深刻印象，仿佛他在某个神秘的瞬间突然洞悉了天机。杰克逊于我，有点像是一记响亮的开场锣，咣的一声，我的青春期这才真的开始了。

让我不再沉迷于杰克逊的是一个美国人和一个中国人。美国人是迪克斯坦，中国人是崔健。在《伊甸园之门》一书里，迪克斯坦冷峻而不无伤感地回顾了美国的60年代，其中有一章专门谈到了摇滚，正是从这本书里，我第一次知道摇滚的滥觞之地是如何看待真正的摇滚的，从此坚信真正的摇滚不仅是一种音乐，更是一种精神，一种文化，一种立场和一种力量，是真诚到真实的拼死一跃，是世俗的泥尘里开出的精英之花。但我的外语从来没有及格过，所以我聆听西方摇滚的过程，不过是抱着迪克斯坦的抽象理念，一厢情愿地试图在那些听不懂歌词的音乐里寻找印证的过程。这个时候，崔健出现了，我自以为在其中落实了所有对于摇滚的理想。还记得1986年第一次听《一无所有》，那感觉不只是耳目一新，完全可以用涤污除垢、天清气爽来形容。但从头至尾，最喜欢的还是他的《花房姑娘》和《一块红布》，前者那粗砺的深情所达到的美学意境，我以为至今无人可以比拟，而后者的主题如此壮阔深邃，却又表现得如此具象具体，以极传统极民族的香草美人喻国家民族的方式，概括了整整几代人的命运，不仅是摇滚的，更是中国摇滚的。崔健的音乐，是摇滚精神与中国现实的完美呈现，于中国摇滚的意义，在我看来，犹如北岛之于新诗史，罗大佑之于流行乐，或者更甚而过之。1992年冬，崔健第一次来到贵阳，在省体育馆演唱三场，我观看了其中一场，那狂热的场面至今历历如新：每个人都举着一根蜡烛，随着节奏挥舞，同时跺脚狂喊呐叫，每一排人的头发都被后一排人手中滴下的烛油凝结成块。《一块红布》开唱之前，音乐与灯光陡然消失，满眼只见烛光成团，飞舞摇曳，冉冉如夜空群萤，随后前奏响起，两秒之后，欢呼声亦如海潮般随之而至。那场面让人不由得想起迪克斯坦在描写鲍勃·迪伦某场演唱会时使用的语言："音乐会接近尾声时，全场到处亮起了火柴和打火机——每个人都为自己的不朽点燃了一支蜡烛——随着迪伦演唱《像一块滚石》，彬彬有礼的人群怀着同代人团结一心的激情向前拥去。……人们沉浸在一片狂热中，经历了一个罕见的、充满自发激情的时刻。或者六十年代的生气犹存，应当从这些虽然别扭但令人愉快的回忆仪式中得到挽救。"

据说三场演唱会结束之后，省体育馆六千余张椅子被踩坏了近千张。

因为摇滚、杰克逊、迪克斯坦和崔健，还因为个体对于激荡青春的记忆，我总固执地把中国的80年代与美国的60年代相提并论，固执地把不同国度的两个时代看成是同一个时代，把自己和自己的同代人看成是另一个国度另一个时代的灵魂映像。但仅仅转念间，摇滚的时代就已然渐行渐远——不是作为音乐的摇滚渐行渐远，而是作为文化的摇滚渐行渐远。商业时代在中国不可逆转的来临，已经改变了整整几代人的生命理念，最终令摇滚丧失了它的现实坐标，不得不呈现为一种"历史的无物之阵"。

据说崔健还在一些酒吧里演唱，票价虽然不菲却早早销售一空，是哪些人还在听崔健的演唱？这个问题我不得而知，但我猜测会有许多如我这个年纪的人身处其中，坐在靠门的一张椅子上，聆听摇滚，怀念青春，以第四种方式重返伊甸园，重返颓而不废的80年代。

吉他终结者

　　20世纪90年代中期的某个周末，我和董重到羊艾农场找姜东霞玩。好像是冬天，因为我脑子里还有我们围炉夜话的画面。晚饭之后，姜东霞的同事梁英来串门，还带着她的儿子，一个六七岁的小男孩。我认识梁英已经多年，董重却是第一次见到她，所以房间里很快就变成了我陪董重聊，姜东霞陪梁英聊的局面。我觉得气氛有点冷清，就要姜东霞去借一把吉他来弹，姜东霞借来了，于是我们开始弹琴唱歌。也许是有生人在场的缘故，梁英的儿子刚进屋时感觉有些腼腆，不怎么说话，很规矩地坐在母亲身边，但等我们弹了一会吉他之后，他似乎变得活跃起来，开始闷声不响地东摸摸，西翻翻，像个没头苍蝇似的在屋里四处乱窜，时不时还扭头瞟一眼我和董重。突然，他毫无预兆地站到了我和董重面前，绷紧身子，大声说："叔叔，你们不要再闹了好不好嘛?"我这才知道，他的表现不是活跃，是烦躁。

在那次去羊艾农场之前，我实际上已经对吉他渐渐失去了兴趣，其中的原因很多，也许是因为心境变了，也许是因为时间少了，我也说不清楚，但真正地不再碰吉他，我记得正是那次去羊艾农场之后，小男孩脸上的神情现在想来，是那样气急败坏、悲愤和忍无可忍。记得当时在场的人全笑起来，我一面把吉他靠在身边的墙上，一面笑着连连答应，"好好好，叔叔不闹了，不闹了"。

后来我就真的不闹了，直到现在。